No oigo a los niños jugar

No oigo a los niños jugar

Mónica Rouanet

Rocaeditorial

© 2021, Mónica Rouanet Mota

Primera edición: abril de 2021

© de esta edición: 2021, Roca Editorial de Libros, S. L.
Av. Marquès de l'Argentera, 17, pral.
08003 Barcelona
actualidad@rocaeditorial.com
www.rocalibros.com

Impreso por Liberduplex

ISBN: 978-84-18417-28-3
Depósito legal: B 6091-2021
Código IBIC: FA; FH

RE17283

Índice

A Facu, *in memoriam*

Una parte de él quedará siempre en Mario

Prólogo

¿*R*ecuerdas la primera vez que la vimos? Sí, claro que te acuerdas, ¿cómo ibas a olvidarlo? Fue después de que Mamá Luisa te permitiera salir a por aquel helado de chocolate que vendía Paco, el heladero, en su camioneta. ¡Mira que diste el coñazo para que te dejara ir a comprarlo tú solo! ¡No me mires así, que sí que lo diste! Que si ya soy mayor para cruzar la calle, que si nunca pasan coches, que si tendré cuidado… ¡Bah, muy pesado, te pusiste muy pesado! ¡Y menudo susto te llevaste con aquel taxi! Estoy seguro de que te pusiste a berrear; no hacías más que lloriquear por cualquier cosa hasta que ella llegó, ¿lo recuerdas?

Estábamos los dos sentados, como cada atardecer, en el primer escalón de la entrada a la residencia. Ahí la dejó el coche, un coche negro de cristales tintados, de los caros. La tarde se había vuelto gris y caían algunas gotas, pero a nosotros no nos importa que llueva, ¿verdad? A ella tampoco parecía importarle. Se bajó despacio, como si no tuviera prisa, y esperó a que Bernardo sacara sus maletas. Nadie se apeó para despedirla, ni siquiera bajaron la ventanilla para decirle adiós o ahí te quedas antes de arrancar y desaparecer por el camino. Nada. Ella tampoco lloró, como hacen casi todos cuando llegan. ¿Verdad que no lo hizo? No, señor, no lo hizo, sino que se quedó ahí, bajo las ramas de los olmos medio pelados, apretando las manos hasta que se le blanquearon los nudillos mientras contemplaba el largo edificio de cinco plantas. La mayoría de los nuevos ni siquiera lo miran, siguen a Bernardo por las escaleras sin dejar de lamentarse.

La vimos cerrar los ojos mientras la saliva atravesaba su garganta; contemplamos cómo daba su primer paso en respuesta a la llamada de Bernardo desde lo alto de la escalinata. Nos fijamos en su cuerpo estilizado, tan liviano que sus pisadas solo acariciaban los adoquines. Y distinguimos las muñequeras blancas que asomaban bajo las mangas de su jersey. Los dos sabíamos bien que eran vendas que escondían los cortes de sus brazos. Ya las habíamos visto antes.

Y por un segundo, al pasar a nuestro lado, aquella chica delgada y paliducha de ojos enigmáticos nos miró.

1

Habitación 324

—¡Sube! ¡Te vas a mojar! —le gritó Bernardo con su voz ronca y entrecortada—. ¿No me oyes? ¡Señorita!

—Me llamo Alma.

—¡Sube, Alma, empieza a caer de lo lindo!

Ella obedeció a Bernardo hasta alcanzar el recibidor principal y nosotros la seguimos.

—Por ser tu primer día y porque tus maletas pesan bastante, voy a subirte en ascensor, pero acostúmbrate a hacerlo por las escaleras. Tu habitación es la 324, tercera planta, ala derecha.

Bernardo sacó el llavero de su bolsillo derecho y lo agitó como un sonajero hasta encontrar la llave más pequeña. La introdujo en una pequeña cerradura incrustada en la pared y el ascensor acudió a la primera planta. La cabina tampoco tenía botones de llamada, sino esas bocallaves que los hacían inutilizables para nosotros. Las puertas se cerraron y los perdimos de vista.

Tú y yo subimos la escalera principal a todo correr, no queríamos perdernos nada. La 324 fue antes la habitación de Verónica, ¿no? Y la de Beatriz, y la de Marta. Ninguna de ellas nos miró nunca como lo acababa de hacer Alma, por eso a ellas no las seguimos. Ni siquiera me acuerdo de si subieron andando o en ascensor.

Llegamos casi a la vez que ellos.

Salieron de la cabina al pasillo del ala derecha con nosotros dos escoltándolos en silencio hasta la 324. Bernardo abrió la puerta; la luz de la ventana le dio de lleno en la cara, parpadeó molesto y metió las maletas de Alma en la habitación. Las dejó entre la cama y el armario, junto a la mesa.

—Los mayores ocupáis la tercera planta; en el ala derecha se encuentran las habitaciones de las chicas, en la izquierda las de los chicos. Son todas individuales y con baño. Junto a la cama tienes el botón de alarma; ya sabes, por si te sientes mal. El comedor, las salas de terapia y las salas comunes están en la primera planta, la de entrada. La cena se sirve a las ocho, aún tienes media hora para acomodarte —dijo, y se dio la vuelta para salir.

—Gracias —contestó Alma.

Bernardo no respondió. Lo hace a veces, si le das la espalda. Bernardo oye con los ojos, como todos los que estuvimos aquí cuando esto era una residencia de niños sordos. Lo fue durante cincuenta años, pero se fue quedando vacía y la cerraron. Tiempo después la reabrieron con el nombre que se lee en su fachada:

CITMA
Centro de Internamiento Terapéutico de Menores Adolescentes

Es mejor cuando Mari recibe a los nuevos, ella es más cariñosa y habla más, pero ese día no estaba. Libra los domingos, es raro que alguien ingrese en domingo. Antes era distinto, antes éramos muchos más. El edificio estaba abierto a todas horas y abarrotado de gente, y los nuevos podían llegar en cualquier momento, incluso los días de fiesta, que siempre estaba Mamá Luisa para acogerlos.

Las gotas golpeaban fuerte la ventana. Alma se acercó a ella y su rostro se reflejó en el cristal permitiéndonos ver sus ojos; parecían albergar la lluvia que caía fuera. Se quedó quieta, acariciándose las muñecas, mirando sin ver, hasta que el sonido hueco de los insoportables tacones de Luna por el pasillo la obligó a girarse hacia la puerta que había dejado abierta, justo donde nos habíamos acoplado nosotros.

¡Menudo respingo diste! Recuerdo que corrimos unos metros para ocultarnos, como dos tontos, detrás de una de las plantas gigantes que había en los pasillos. No sé por qué lo hicimos, los mayores nunca ven a los pequeños. Pero ella sí nos veía, o eso nos había parecido.

Luna pasó a nuestro lado sin percibir nuestra presencia. Andaba como siempre, pisando fuerte para hacerse notar, marcando el territorio. Se detuvo delante de la 324 justo cuando Alma llegó al umbral: medio cuerpo dentro, medio cuerpo fuera. Desde nuestro escondite, veíamos su perfil perfecto.

—Eres la nueva, ¿no? Soy Luna, la más antigua de esta planta. Creo que, en realidad, soy la más antigua de todo el manicomio —dijo, y soltó una de sus estridentes risotadas—. ¡Bienvenida! ¿Cómo te llamas?

—Alma.

—Bonito nombre —dijo, clavando sus ojos en las vendas que le cubrían las muñecas a la nueva—. La próxima vez, corta en vertical. Así no fallarás. ¿O eres de las que prefiere seguir fallando?

Alma bajó la vista mientras escondía los brazos a su espalda y tuve que sujetarte para que no salieras de nuestro escondrijo tras las enormes hojas de la monstrera y le dieras una patada a la tonta de Luna. Nunca te cayó bien, a pesar de que, a ratos, era muy divertida.

—No me hagas caso —añadió con más risitas—. Yo soy de esas.

Alma no contestó.

—¿Cuánto te queda para los dieciocho? —preguntó Luna.

—El mes pasado cumplí diecisiete.

—Perfecto, eres mayor, nos llevaremos bien. No me gustan los pequeños, están demasiado locos. Menos mal que aquí, pequeños, en plan… pequeños del todo, no hay, aunque los de abajo son un coñazo. ¡Parece que tienen cinco años!

Entonces fuiste tú quien me detuvo. Lo que peor llevaba de Luna era ese desprecio hacia los internos del primer piso, que tenían más o menos mi edad. Tú todavía no llegabas a la requerida para ingresar en la nueva residencia. Creo que Luna los odiaba porque no conseguía dominarlos, porque la miraban sin interés, porque ninguno quería imitarla. Y ella necesitaba ser el centro. Todo lo contrario a Alma. Ya intuíamos que ella era diferente a todos. ¿Recuerdas sus ojos? Tan oscuros, tan pequeños… Se le achinaban al sonreír, aunque lo hiciera tan pocas veces. Y su nariz, ligeramente torcida hacia la izquierda. Sí, ya lo sé, tenía las orejas pequeñas y un poco de soplillo, pero no me negarás que, en conjunto, era preciosa. Emanaba algo

13

que hacía que todos estuviéramos pendientes de ella. Y ella se sentía incómoda y se escabullía a la más mínima oportunidad.

—La mayoría de los residentes vuelven a sus casas los fines de semana y quedamos pocos en el manicomio; rollo los que peor estamos, ya sabes, nadie quiere aguantarnos —dijo Luna, soltando otra risotada—. Eso significa que hay menos cuidadores, solo los que están de guardia, y los domingos, a estas horas, es difícil verlos por los pasillos de la tercera planta. ¡Ah! Y no hagas caso de esa cámara —añadió, señalando a una situada sobre el dintel de la puerta del pasillo—, es disuasoria. Ya te diré a cuáles debes prestarles atención.

—¿Disuasoria?

—Sí, está ahí para intimidarnos —aseguró y, tras girarse completamente hacia la cámara, le sacó el dedo corazón de su mano derecha.

—¿Cómo lo sabes?

—¡Porque lo sé! —dijo avasallándola.

A Alma parecía traerle sin cuidado todo lo que Luna pudiera contarle, y quizá por ese desinterés ella se empeñó en ampliarle la información:

—Hace años, una de las primeras chicas que acabó en este manicomio resultó ser la hija de una cantante famosa y, en cuanto su madre vio las cámaras, llamó a sus abogados para que las quitaran por aquello de proteger la identidad de los menores. Creo que solo quería proteger la suya cuando venía de visita, ya sabes. Bueno, el caso es que las cámaras que veas dentro del recinto no funcionan, solo están activas las de la puerta principal y las de la verja de salida, en plan… por donde entran los coches.

Alma asintió sin pronunciar palabra. Me parece que lo hizo para que Luna se marchara.

—Has conocido a Bernardo, ¿no? —continuó con la cháchara—. Supongo que Silvia subirá ahora para acompañarte al comedor. Es maja, pero no te fíes. No le digas que he estado aquí, ¿vale? Se supone que he salido para ir al lavabo, pero quería ser la primera en verte.

—¿Desde qué edad se puede ingresar en este sitio? —preguntó Alma.

—A los trece. En la planta de abajo viven los de trece, catorce y quince; en esta estamos los mayores.

—¿Y no hay niños más pequeños?

—¡Ya te he dicho que no, tía! —respondió con agresividad—. ¿Por qué lo preguntas?

—Me ha parecido ver sentados en la escalera de la entrada a un niño de unos ocho años con otro algo mayor, de once o doce.

—¿Cuándo? ¿Ahora? —preguntó Luna y, con un manotazo, apartó a Alma para entrar en su cuarto hasta alcanzar la ventana y echar un vistazo a la solitaria escalinata, ya en penumbra.

—Hace un momento, a mi llegada.

—¡Eso es imposible! Los domingos no hay visitas y los que vuelven de sus casas lo hacen rollo más tarde —respondió, mirando con fijeza a Alma—. Y, además, aquí no tenemos niños tan pequeños. ¡Menos mal, tía, me volvería loca! —Una nueva risotada—. Bueno, me voy, que al final Silvia me va a pillar y me va a echar la bronca. Cuéntale mañana al doctor Castro que tienes visiones, con suerte te da algo fuerte y te evades un rato de esta mierda de sitio. Dile que has visto fantasmas bajando de arriba —añadió, señalando el techo—. Algunos dicen que las dos plantas superiores están llenas de espíritus y que por eso no las abren.

Salió al pasillo y pasó de nuevo a nuestro lado, sin vernos, para descender taconeando la escalera.

¿Te acuerdas de cómo nos miró entonces Alma? Como si conociera nuestro secreto, sí, pero como si no le importara. Creo que hasta nos sonrió. Con esa tristeza suya, pero nos sonrió.

2

Rejas en las ventanas

Cuando se marchó la de los tacones, cerré la puerta y corrí hasta la ventana. Una reja fija la resguardaba por su parte exterior; aun así, la abrí de par en par buscando oxígeno. Me ahogaba. Necesitaba aire, escapar, saltar… El viento fresco me dio en la cara y un olor a humedad me llenó los pulmones. El edificio estaba rodeado por un amplio jardín y el aroma a tierra mojada me serenó un poco. Cogí la única silla de la habitación, la acerqué a la pared y, cuando estaba a punto de subirme a ella para alcanzar el alféizar y agarrarme a la reja, oí unos golpes en la puerta justo antes de que se abriera.

—Hola, soy Silvia.

Alta, delgada, gafas de pasta, joven. Sonreía, también con los ojos.

—¿Te ha dado tiempo a instalarte? Si quieres, puedo echarte una mano.

—No hace falta, muchas gracias.

—Todavía tenemos un ratito antes de la cena. Vamos, te enseñaré esto. Lo primero que debes saber —dijo sin moverse de la puerta— es que ninguna habitación puede cerrarse con llave y que, si en algún momento te sientes mal o necesitas ayuda, puedes pulsar ese timbre junto a la cama. En menos de un minuto, aparecerá alguien para ayudarte.

Dirigí la vista al timbre: un interruptor blanco de mayor tamaño que los interruptores de luz convencionales.

—¡Vamos! —insistió Silvia.

No tenía ganas de ir con ella a ningún sitio, pero aún me apetecía menos discutir, así que salí, cerré la puerta y la seguí por el largo pasillo. —Como habrás visto, este es un edificio antiguo, de muros gruesos y pasillos kilométricos. La escalera central tiene acceso a las dos alas —dijo mientras nos dirigíamos hacia allí— y para acceder a ella debemos cruzar… por aquí.

Habíamos llegado a una puerta blanca de doble hoja, abierta de par en par. Encima de ella estaba la cámara falsa que me acababa de señalar la de los tacones. No quise preguntarle por qué tenían cámaras que no funcionaban a la mujer que me acompañaba en mi primer recorrido por la clínica. No recordaba su nombre, a pesar de que me lo había dicho un par de minutos antes.

—Durante el día, se queda abierta para que podáis entrar y salir hacia las aulas o las salas comunes, pero tras la cena se cierra. No te preocupes, se abre desde dentro apretando esta palanca central. Es una puerta de seguridad, por si tuvierais que evacuar la zona. En ese caso, salta una alarma en la centralita, tanto en la recepción del vestíbulo como en las garitas que hay en cada planta, y enseguida vendría alguien a ocuparse de vosotras.

En el vestíbulo no había visto ninguna garita y tampoco sabía dónde se encontraba la de la tercera planta, pero no se lo dije. Menos mal que me señaló, frente a la escalera, una ventanilla de cristal con un mostrador que dejaba ver una sala como las de los hospitales, esas donde trabajan las enfermeras de guardia, que no le pasaría desapercibida ni a un ciego. Debo decir en mi defensa que en aquel momento estaba vacía y a oscuras.

—Todas las habitaciones dan al lado sur, así que desde la ventana puedes ver el jardín delantero. En el lateral izquierdo del edificio, atravesando el sendero de los olmos, hay otra construcción con una piscina y un gimnasio. Y en el lado derecho, Bernardo cultiva un huerto en una zona algo escondida, pero con mucho sol. Ya lo verás, es precioso.

Llegamos a la escalera; en cada uno de los laterales del amplio distribuidor se escondía un ascensor. Yo había subido por uno de ellos, no recordaba cuál. Me fijé en que la escalera terminaba ahí; en el lugar donde debían continuar los escalones había un tabique. Miré las dos largas galerías que se extendían a los lados. Eran más estre-chas que el distribuidor central donde nos habíamos parado y muy oscuras. En el primer tercio de su recorrido no recibían más luz que la eléctrica y en ese momento estaba apagada. Luego se abrían unas ventanas en la pared contraria a la de las habitaciones, pero solo dejaban pasar un pequeño asomo de luz al final del pasillo.

Todas las ventanas estaban cubiertas por una reja.

—Los pasillos parecen infinitos, ¿verdad? En cada ala hay veintidós habitaciones, cuarenta y cuatro en total por planta, pero no están todas ocupadas. Ahora mismo, contigo, sois veintiuno los ingresados en la tercera. En la segunda, algunos menos.

Mientras bajábamos las escaleras, Silvia iba explicándome las normas y horarios de la clínica, pero yo no la escuchaba; algo raro me impedía prestarle atención.

Minutos antes, tras cruzar en coche la verja que protegía el recinto, pude contemplar las dos fachadas del gran edificio. La primera que vi al entrar fue la trasera y, para alcanzar la escalinata, tuvimos que rodearlo hasta la cara opuesta. Según descendía el coche por la estrecha y sinuosa calzada interior que atraviesa el jardín, empezó a asomar por encima de las copas de los árboles una de las esquinas superiores de aquella mole. Mi primera impresión fue que me encontraba frente a una enorme masa de granito agujereada por cientos de ventanas idénticas, todas ellas cerradas, que envolvían la clínica en una atmósfera extraña. En el zócalo de esa fachada posterior logré distinguir tres puertas: dos grandes de cristal cubierto por gruesas rejas negras, una en cada extremo de aquel gigante de piedra, y otra mucho más pequeña, justo en el centro, que parecía el acceso a la zona de servicio. Mientras el coche rodeaba aquel mamotreto, pensé que bien podría haber sido una cárcel, un reformatorio o incluso un seminario. Y sonreí pensando que el actual era, sin duda, su mejor uso: una clínica psiquiátrica, también llamado sanatorio mental… y manicomio.

Y yo iba a ser una de sus habitantes.

El coche alcanzó la fachada principal y me dejó a los pies de una escalinata de once escalones de piedra. Los subí hasta un enorme pórtico con tres puertas juntas, de cristal grueso pero transparente, sin enrejado.

Era imposible que el vestíbulo de ese monstruo gris no tuviera ventanas que dieran a la fachada trasera. Parecía que le faltara medio lado, como si ese tabique falso que cubría el resto de la escalera cerrara también el acceso a una parte gemela del edificio.

—Y aquí, en la primera planta, están el comedor, las salas comunes, la biblioteca, las aulas, la enfermería y el despacho del doctor Castro —dijo Silvia cuando terminamos de bajar.

Nos encontrábamos en el vestíbulo que ya había cruzado hasta el ascensor con aquel hombre de hablar extraño. La garita de recepción, en la que no había reparado antes, brillaba bajo las luces intensas instaladas en el techo. Un hombre de ojos claros me saludó con la mano y una sonrisa.

—Es Óscar, uno de los conserjes.

—Hola, soy Alma —me presenté.

—Bienvenida —respondió Óscar.

Mi acompañante señaló la parte superior de la ventanilla de la recepción, donde un reloj marcaba las veinte horas. A su lado, otra cámara idéntica a la de mi planta. Seguro que esta sí funcionaba.

—Ya es la hora de cenar —dijo—. Vayamos al comedor, te presentaré a los demás. Hoy hay menos gente; los que se marchan a casa durante el fin de semana regresan más tarde, justo para irse a la cama. Algunos incluso vuelven los lunes a primera hora.

—No tengo hambre —dije muy bajito.

No me apetecía conocer a nadie aquella noche, ni siquiera a chicos y chicas que, como había dicho mi abuelo, me entenderían porque estaban pasando por una situación similar a la mía.

Lo dudaba mucho. No podía creer que todos los que estaban allí ingresados hubieran matado a su familia. Ni siquiera aquella chica histriónica de los tacones.

No me gustaba sentirme así: tan anulada, tan abúlica, tan tonta. Era agotador. Me costaba pensar, razonar con claridad. Siempre andaba cansada, con terribles dolores de cabeza. Antes no era así, lo juro.

Antes del accidente.

—No deberías acostarte sin comer algo —dijo mi guía—. Si lo prefieres, puedo subirte luego un vaso de leche y unas galletas a tu habitación. ¿Te parece bien?

19

Asentí sin levantar la vista del suelo.

—¿Quieres que te acompañe otra vez arriba? —me preguntó, poniendo una mano sobre mi brazo.

Me gustó sentir su tacto.

—No —respondí. Pero no me fui, me quedé allí bajo su mano hasta que de mi boca salió una pregunta—: ¿Qué hay en las dos plantas superiores?

—Nada. De momento están cerradas y su acceso sellado. En cuanto la clínica tenga más fondos, las rehabilitarán para acoger a más jóvenes.

Esperé hasta que me indicó que podía irme y entonces subí sola las escaleras; en la tercera planta crucé frente a la garita de guardia, vacía aunque ya iluminada, y recorrí el pasillo de la derecha hasta alcanzar la habitación 324.

Me entretuve un rato en colocar mis cosas con un orden sin sentido en el que iba a ser mi alojamiento no sabía por cuánto tiempo. Saqué la ropa de la maleta y colgué algunas prendas en las perchas del armario; el resto las metí en los cajones, descolocadas. Sobre la mesa dejé mi neceser y guardé la ropa interior en el cajón de la mesilla de noche. Encima de ella coloqué mi despertador de números digitales y lo puse en hora; aunque no sabía la exacta, marqué las 20:10 horas. Me gustaban esos números brillantes, me situaban en el tiempo y me hacían pertenecer a un momento concreto.

Luego retomé mi sitio junto a la ventana. Detrás del cristal veía muchas cosas, pero mis ojos se centraron en la reja que me impedía saltar. Aun así, abrí la ventana, acerqué de nuevo la silla y me subí al alféizar para aferrarme al frío metal que me separaba de la caída.

De esa primera noche no recuerdo mucho más, salvo que a las tres de la mañana me despertó un ruido y encendí la luz de la mesilla. Sobre la mesa, un vaso de leche junto a un plato repleto de galletas. Seguía sin tener hambre. Iba a continuar durmiendo cuando oí los pies y la risa de un niño que correteaba por el piso superior.

3

Cigarrillos

*D*e pronto dejó de llover. ¿Te acuerdas de cómo nos gustaba salir al jardín los días de lluvia? Aquella noche el olor a tierra mojada era más intenso que otras y, cuando Mamá Luisa se entretuvo con sus cosas, te cogí de la mano y volamos escaleras abajo hasta llegar al comedor. Todo el mundo había terminado ya de cenar y, sin problemas, nos deslizamos en silencio por la puerta de la cocina para llegar al jardín de la rosaleda. El césped, mojado, olía a insolencia. Qué expresión, ¿verdad? Era una de esas frases que soltaba Mamá Luisa de vez en cuando. Siempre me gustaron sus frases.

Desde allí vimos encenderse la luz del dormitorio de Alma y cómo ella asomaba su cuerpo a la ventana, tras las rejas. Pusieron tarde las rejas… Si las hubieran colocado antes, yo no habría salido aquella noche a mi ventana para andar por la repisa que une las habitaciones, ¿te acuerdas? ¡Qué revuelo se montó! Casi como cuando tú cruzaste la calle a por aquel helado de chocolate.

Nos quedamos un rato mirando a Alma, hasta que cerró la ventana y apagó las luces, justo cuando unas sombras difusas se dibujaron en la penumbra y se acercaron por el camino. Las cuatro figuras de siempre: Luna a la cabeza, con su taconeo avisando de que venía, Candela, Mario, y Ferran detrás.

—Mañana la invitaremos a bajar con nosotros —dijo Luna antes de encenderse uno de sus odiosos cigarrillos. Adiós al aroma a tierra mojada—. Igual también fuma y ha traído tabaco.

—No lo creo —dijo Ferran—. Ella no huele como tú.

—¿Y tú cómo sabes a qué huele? ¡Te recuerdo que la única que la ha visto soy yo! —dijo Luna—. Espera… ¡No me digas que has estado olisqueando su puerta! Joder, tío, tienes un problema serio, ¿lo sabías?

—Sí, por eso estoy aquí —respondió Ferran—. Igual que tú, que te han encerrado por meterte de todo.

—¡Sí, menos a ti!

—¡Dejad de pelear! —gritó Candela, y comenzó con ese tic suyo: se daba tirones en el poco pelo que le quedaba mientras se movía hacia delante y hacia atrás.

Mario le rodeó los hombros con un brazo y Candela dejó de hacerse daño.

—¡Bah, da igual! Mañana me colaré en su cuarto a ver qué encuentro —dijo Luna.

Acabó su cigarrillo y arrojó la colilla a la hierba húmeda. Mario la recogió y la envolvió en un papel. Lo hacía todas las noches y, todas las noches, Luna se metía con él por esa precaución.

—¡Que ya saben que fumo! ¡Déjala ahí!

—No quiero dejar pruebas.

—¿Ya estás con otra de tus neuras? ¡Que nadie nos vigila! Mira que eres pesado, tío.

Caminaron hacia el edificio y los perdimos de vista. Entonces me preguntaste si yo había fumado alguna vez. Y yo te dije que sí, que una vez me fumé un pitillo con Diego justo detrás de donde está ahora el huerto de Bernardo, y que Mamá Luisa nos olió la boca en cuanto entramos a acostarnos y nos castigó sin postre una semana entera. Y quisiste saber si también nosotros recogíamos las colillas y te dije que no, que en aquella época fumaba todo el mundo en todas partes, y una colilla más, una colilla menos no se notaba.

La noche estaba muy oscura porque, aunque ya no llovía, las nubes ocultaban la luna y las estrellas. Tú quisiste subir ya a la habitación, así que entramos por una de las puertas posteriores y subimos la escalera de servicio.

Mamá Luisa nos estaba esperando arriba, en el último escalón, con su cara de pocos amigos. Y tú te abalanzaste sobre ella y le soltaste el aliento. ¡Sí, no te rías! ¡Que casi se cae al suelo de lo mal que te olía! ¡Jajajaja, no me pegues, que es broma! ¡Cómo nos reímos esa noche! Aun así, no le contamos nada a Mamá Luisa sobre la mirada de Alma, y eso que no hacía más que preguntarnos por la nueva: que si era de las tranquilas, de las lloronas, de las calladas, de las gritonas…, de las guapas. Ahí tú me miraste y sonreíste, y a mí me dio vergüenza porque sí me parecía guapa. Pero de ahí a gustarme… Lo que sí le contamos a Mamá Luisa fue lo de las vendas blancas que le cubrían las muñecas. Entonces Mamá Luisa se puso seria y nos envió a la cama.

Y esa misma noche, qué casualidad, Diego vino a vernos. ¡Cómo corriste por el pasillo en cuanto le oíste llegar! ¿Te acuerdas? Como si llevaras años sin verlo. Saltaste a sus brazos entre carcajadas.

Y, a partir de ahí, todo comenzó a torcerse.

4

Locos

$\mathcal{M}$i primera mañana en la clínica me despertó Coldplay y no me di ni cuenta. Nos despertaban con la misma canción todos los días, pero yo no caí en que era *«Adventure of a lifetime»* hasta pasadas varias semanas, a pesar de que Coldplay era uno de mis grupos favoritos.

El caso es que escuché una música, más bien un ruido, que me espabiló y me obligó a volver a la vida. Por aquella época dormía mucho. Si tenía suerte y no soñaba, era como estar muerta.

Me levanté, me duché y me vestí con unos vaqueros, una camiseta y un jersey. Las vendas se me mojaron en la ducha. Les quité la humedad con una toalla y las oculté bajo las mangas del jersey de lana. Las heridas casi habían cicatrizado del todo. Continuaba llevando las vendas para ocultar los cortes. O para recordarme a mí misma que me los había hecho, no sé. Me calcé unas zapatillas deportivas y, antes de salir de la habitación, vacié el vaso de leche por el retrete y guardé las galletas en el cajón de la mesilla, junto a la ropa interior.

Se oía jaleo en el pasillo: el sonido de los tacones de la chica de la noche anterior y su voz ácida sobre otras voces. Abrí la puerta con el vaso y el plato vacíos en la mano y salí muerta de miedo. No quería estar allí. En realidad, no quería estar en ningún sitio, así que me quedé junto a mi puerta en un intento por pasar desapercibida.

Pero no lo conseguí. La de los tacones se acercó.

—Buenos días, Alma —me pareció que gritaba más de lo habitual, y me agarró del brazo—. Ven, nos sentaremos juntas a desayunar. Tía, tienes muchas cosas que contarme. ¡Hace siglos que no salgo! ¿Cómo está el mundo?

Fui bajando junto a ella escalón a escalón, sintiendo cómo las miradas de los demás nos radiografiaban.

Alguien se colocó a mi otro lado. Cerca, demasiado cerca.

—¿Qué haces, Ferran? ¡Quítate de ahí, tío! ¿No ves que está conmigo?

La respiración del tal Ferran en mi cuello.

—Yo también quiero conocer a la nueva.

—¡La nueva se llama Alma! ¡Anda, pírate y déjanos en paz!

—¡A ver, que corra el aire! —escuché detrás de mí—. Ferran, te quiero a más de tres metros de distancia. Y tú, Luna, suéltala. No creo que necesite que la sujeten para andar.

—Pero es que…

—¡Conmigo los *esque* no valen! —respondió la misma voz, cada vez más cerca—. Que tú y yo nos conocemos demasiado bien, ¿verdad, Luna?

La voz pertenecía a una mujer de pelo largo, flequillo y grandes gafas. Con la mirada echó para atrás a Ferran; a Luna tuvo que separarla colocándose entre ella y yo.

—Buenos días —me dijo con energía—, soy Mari. Me encargo de que ninguno os quedéis en la cama y de que todos hagáis lo que tenéis programado. Tú eres Alma, ¿no? ¡Bienvenida! Dame ese plato y ese vaso, que ya los llevo yo a la cocina. ¿Estás bien? Si necesitas alguna cosa, no tienes más que pedírmela.

Estuve a punto de rogarle que me dejara quedarme en mi habitación, pero no me atreví a abrir la boca.

—Tienes sesión con el doctor Castro justo después de desayunar. No te preocupes, yo te acompañaré hasta su despacho —dijo, mirando a Luna como si la estuviera advirtiendo de algo.

Alcanzamos la primera planta y entramos en el comedor. Recuerdo que me dio la sensación de estar abarrotado de mesas, de mesas llenas de gente. Demasiadas personas, no quería ver a ninguna. Ni que ninguna de ellas me viera a mí. Caminé tras los demás, como las ovejas en el matadero, mientras Mari corría en ayuda de otro desvalido. Oí su voz, alejándose, poniendo orden en un nuevo conflicto.

Los tacones de Luna acercándose de nuevo.

Los ojos de Ferran acechando.

En cuanto descubrí un sitio vacío entre dos chicas, algo más pequeñas que yo, me senté entre ellas.

—¿Qué haces ahí? —me preguntó Luna—. Esa es una mesa de niñatos.

No me moví, ni siquiera la miré.

—¡Tú, levanta! —ordenó a la chica sentada a mi derecha.

—¡De aquí no se levanta nadie! —Mari al rescate—. Alma, cariño —añadió, dirigiéndose a mí; su voz me daba tanta seguridad que levanté la vista del mantel y la miré a la cara—, los mayores, los de la tercera planta, suelen colocarse en las mesas de la derecha. Puedes sentarte a desayunar donde quieras, pero debes tener en cuenta que es con los de tu edad con quienes vas a compartir más cosas: seréis compañeros de clase, de pasillo y de planta, usaréis las mismas salas comunes, tendréis los mismos horarios… ¿No es más lógico que te acerques a ellos y empieces a conocerlos?

Me puse en pie sin decir nada.

—¿Ves? Así mejor. Anda, Luna, acompáñala a tu mesa. Pero sin agarrarla, que sabe andar solita.

Perseguí su taconeo hasta la zona de la derecha. Era cierto, allí estaban los de mi edad. Me senté en un sitio libre que encontré junto a una chica excesivamente delgada y pelirroja, y Luna se colocó a mi otro lado. La chica pelirroja se llamaba Gabriela, hablaba poco y comía menos. No dejaba de menear los cereales de su tazón de leche con una cucharilla que jamás se llevaba a la boca.

—Lleva sin comer mucho tiempo. Se ve gorda —me susurró Luna al oído con retintín.

—¿Qué le estás contando? —preguntó un chico de aspecto nórdico, pero con un acento como el mío—. ¿Habláis de mí?

—No, Mario, no te montes paranoias. Hablamos de lo poco que come Gabriela para lo gorda que está.

Solo el ruido metálico de la cucharilla de la pelirroja, golpeando la loza de su plato, rompía el mutismo de la mesa.

—¡Si estás estupenda, Gabriela! —dijo Luna con tono de burla—. Estás muy bien, de verdad. Solo era una broma. ¿Verdad que está muy bien, chicos?

Un revuelo en una de las mesas donde desayunaban los más pequeños hizo que todos girásemos nuestras cabezas hacia allí. Se reían. Se reían con ganas. Sin sarcasmo. Con risas inocentes. Hacía mucho que no me reía así y creo que lo mismo le ocurría a los que estaban sentados a mi mesa. Busqué a los dos pequeños que me recibieron a mi llegada, pero, tal y como me había asegurado Luna, no encontré a ningún niño de esa edad en todo el comedor.

—Tú no tendrás tabaco, ¿no? —me preguntó en cuanto se solventó el alboroto.

—No.

—¿Tomas medicación?

—Sí.

—¿Cuál?

—No sé.

—¿Antidepresivos?

—Sí.

—¿Has traído alguno contigo?

—No.

Justo en ese momento, o quizás fue más tarde, no lo sé, se acercó a nuestra mesa un adulto al que no había visto antes y nos fue repartiendo medicinas. Se quedó a nuestro lado hasta que se aseguró de que nos las habíamos tragado y se desplazó hasta la siguiente mesa para seguir su tarea.

No recuerdo mucho más de aquel primer desayuno, solo a Ferran sentado frente a mí, sin dejar de mirarme.

Me sentí incómoda.

27

5

Visitas

Cada vez que Diego venía de visita, Mamá Luisa se preocupaba y nosotros no entendíamos bien por qué. Se alegraba mucho de verlo, se alegraba incluso más que nosotros, pero se preocupaba. Es lo que tienen las madres, que siempre andan preocupadas.

Tú no parabas de quejarte y repetir, entre lloriqueos, que nosotros también teníamos derecho a nuestro día de visita, ¿te acuerdas? Todas las tardes, de siete a ocho, aparecían los visitantes. Algunos venían a diario, sobre todo al principio, cuando sus hijos acababan de ingresar en la clínica, incluso aunque el doctor Castro considerara que era mejor que no se vieran. Venían de todas formas a hablar con él, a que les diera el parte. Otros solo se acercaban un día a la semana, dos a lo sumo, y otros lo hacían únicamente para llevarse a sus hijos los sábados y domingos. Algunos, los menos, no venían nunca. Pero todas las visitas se producían siempre a la misma hora: de siete a ocho. En cambio, Diego se dejaba caer cuando le daba la gana, y se quedaba todo el tiempo que quería. Por eso, cuando tú te enfurruñabas, Mamá Luisa te recordaba que cualquier día, cuando menos lo esperaras, Diego entraría por la puerta y se quedaría con nosotros varios días. Lo decía ilusionada, pero con la boca torcida, y yo sabía que las visitas de Diego la inquietaban.

—¿Cómo estás, llorica? —te decía nada más verte. Y tú te reías y corrías a abrazarlo.

¿Sabes qué? Me daba un poco de rabia. Si alguna vez se me ocurría llamarte llorica, te ponías como una fiera, tanto que acabábamos enzarzados en una pelea y Mamá Luisa tenía que venir a separarnos. En cambio, cuando Diego te lo llamaba… Bueno, da igual, ya no me importa.

Aquella vez, cuando le dijiste que la chica nueva nos había mirado, me dieron ganas de meterte una colleja. ¡Habíamos quedado en no contárselo a nadie! Pero tú no lo podías evitar, a Diego siempre se lo contabas todo.

—¡No se lo chives a Mamá Luisa! —le rogué—. Si se entera, no nos dejará bajar.

—¡Palabra de honor! —me dijo, e hizo ese gesto que a ti te hacía tanta gracia con el que parecía cerrarse la boca con una cremallera.

Después de eso, Mamá Luisa entró en la habitación y Diego nos pidió que los dejáramos a solas. Tú y yo nos fuimos a la cama a no dormir. Yo creo que se nos hizo casi de día, pero como las persianas estaban bajadas del todo, no podíamos ver ni un minúsculo rayo de sol. Estuvimos esperándolo mucho rato, tanto que creíamos que se había marchado. Pero por fin apareció y se tumbó en su cama. Entonces sí, entonces nos dormimos. Como antes, como cuando éramos una familia y no teníamos miedo a no despertar, como cuando no solo Alma podía vernos. ¿Te das cuenta de que solo dormíamos de verdad cada vez que Diego venía a vernos?

6

Castro. Primera sesión

—$\mathcal{V}$amos, Alma —me dijo Mari en cuanto terminé mi desayuno—, te acompaño a ver al doctor Castro.

Me levanté dispuesta a seguirla entre las mesas ya casi vacías. En la mía todavía quedaban Gabriela y su tazón de leche. La pelirroja continuaba dando vueltas con su cucharilla a unos cereales transformados en un engrudo denso y oscuro. Los demás, los que ya habían terminado, aguardaban fuera. Anduve detrás de Mari hasta el enorme vestíbulo y los vi al otro lado de la cristalera. Algunos se habían sentado sobre la escalinata, otros charlaban en el jardín delantero. Parecían normales, no una pandilla de locos. ¿Cuántos de ellos habrían intentado lo mismo que yo? Me prometí fijarme en sus muñecas.

Nos adentramos en un pasillo pintado de amarillo claro. A la derecha descubrí las salas comunes, amuebladas con sofás de aspecto cómodo, una pantalla de televisión al fondo, librerías con estantes repletos de libros y revistas… Sus ventanas también daban al jardín delantero. A la izquierda del pasillo, una pared con más ventanas; estas orientadas a la fachada posterior del edificio. Me asomé a una de ellas y comprobé que debía de haber una planta inferior, algo así como un semisótano, porque no nos encontrábamos a pie de calle. Tenía la sensación de estar abotargada, como si me acabara de despertar de un sueño pesado y largo, y continuara en ese duermevela denso que da dolor de cabeza y deja la boca pastosa. Me daba rabia no recordar bien los detalles de las cosas, ser incapaz de establecer conexiones entre pensamientos. Solo sé que, en aquel instante, volví a tener la sensación de encontrarme en un lugar al que le hubieran robado la mitad.

Continué andando por el corredor amarillo, siguiendo los pasos de Mari, hasta que llegamos a la zona de los despachos.

—Este es el del doctor Castro —dijo, señalando la primera puerta, que encontramos cerrada.

Mari llamó con los nudillos y, al momento, se oyeron unos pasos acercándose desde dentro.

—Aquí te dejo —dijo Mari antes de que se abriese la puerta.

El doctor Castro: bajito, ojos verdes, barba, chaleco. Me ofreció la mano y una sonrisa.

—Eres Alma, ¿no? —preguntó mientras estrechaba la mano que, sin darme cuenta, había enviado hacia la suya—. Soy José Antonio Castro.

No se trataba de un despacho demasiado grande. En el centro, una mesa redonda con dos sillas, una frente a la otra.

—Puedes sentarte. Soy el psicólogo del centro y trabajo con todos los chicos y las chicas. La idea inicial es que nos veamos unas cuantas veces para saber qué tal estás y cómo te sientes con el cambio que supone vivir aquí.

Voz amistosa, tono cordial, gesto amable.

—Este será un espacio en el que podrás hablar de lo que necesites. Quiero que sepas que todo lo que me cuentes aquí está sujeto a confidencialidad y solo existen dos circunstancias en las que puedo romperla. Una: si detecto algo que suponga un peligro para ti, y dos: si me cuentas que tienes pensado hacer daño físico a otra persona.

Marcando reglas, sin condescendencia. Ya era hora, llevaban demasiado tiempo hablándome con lástima, cuidándome para que no me rompiera, sin darse cuenta de que ya estaba rota.

—Las sesiones son una por semana y tienen una duración de cuarenta y cinco minutos, aunque ahora, al principio, las tendremos más a menudo. Esta semana y la que viene, nos veremos los lunes y los jueves, a esta misma hora. Luego ya fijaremos el día definitivo.

Las dos próximas semanas…

31

—Bueno…, para empezar: ¿cómo te sientes con el cambio que supone estar aquí?

Pues… estaba allí, en aquella horrible clínica llena de desquiciados con los que había compartido mesa durante el desayuno, y yo era una más entre ellos. No sabía cuánto tiempo iba a quedarme y, lo que es peor, no me importaba demasiado. Casi me daba más miedo pensar qué haría cuando decidieran soltarme, cuando me enviaran a casa, cuando volviera a quedarme sola.

Estaba incómoda, me dolía todo. Había colocado la pierna derecha sobre la otra, oprimiéndola. La puntera del pie izquierdo en el suelo, presionando la baldosa que tenía debajo. Únicamente la parte inferior de mi espalda tocaba el respaldo de la silla, los hombros tensos, las manos en el regazo, con los pulgares dentro de los puños. Los apretaba tanto que se me blanquearon los nudillos, pero no cambié de postura. Permanecí así, doliéndome.

Fijé la vista en la pared, un rayo de sol se reflejaba en ella y dejaba ver el color cálido de la pintura. En aquel momento no supe si era beis o crema. Quizás mi madre lo hubiera llamado blanco roto. O blanco perla. Ella siempre tenía un nombre para todo, incluso para las distintas tonalidades de un color tan simple como ese.

Continué observando el rayo de sol, siguiendo su recorrido. Parecía la iluminación de un foco en un escenario: una luz redonda y amarilla, que bien podría ser amarillo Nápoles o amarillo indio, rodeando al personaje en el que el público debe fijar su atención. Pero el personaje no salía a escena, así que el foco seguía buscándolo por la pared-escenario; despacio, muy despacio, despacísimo. Tic tac… Milímetro a milímetro, casi sin ganas. Por fin, el primer personaje se dejó ver: un dibujo de una familia clavado en un corcho con una chincheta roja. Una madre, un padre y un hijo, solo uno. El hijo en el centro. Vestido con un jersey verde. Imaginé a la madre del dibujo diciéndole a su hijo: «Hoy ponte el jersey verde helecho. No, el verde musgo es mejor para otras ocasiones». Tic tac… ¡Vaya si se movía ese rayo! Centímetro a centímetro. Otro dibujo, esta vez de un paisaje, un bosque. En la parte central, un árbol más grande que el resto, con nudos en su tronco y ramas peladas.

Más dibujos en el corcho.

Algunos eran muy buenos, como el del bosque, otros parecían garabatos. Los observé todos. Distinguí el de Luna, un autorretrato. Ahí estaba ella, con sus tacones y sus labios rojos. No sabía cómo se llamaba ese tipo de rojo. Me pregunté si el doctor Castro me propondría pintar a mí también y me imaginé emborronando la página en blanco con amasijos de hierro retorcidos, con golpes, con ojos, con dolor. ¿Cómo se pinta el dolor?

—No te preocupes —dijo el doctor Castro—. Este tiempo es para que expreses lo que quieras expresar. Si quieres mantener silencio, o llorar, lo comprendo.

Deshice el nudo de una de mis manos y me toqué el rostro. Me ardía y estaba empapado, bañado en lágrimas. Me limpié la cara con la manga del jersey y volví a verme el blanco de las vendas. No sabía que había estado llorando. ¿Desde cuándo? Bajé la mirada y los brazos, escondiéndolos bajo la mesa.

Ya lo sabía, ya sabía cómo me sentía: avergonzada. Pero no lo dije, no respondí a la única pregunta que el doctor Castro me hizo ese día, sino que seguí llorando, dejando que gruesos lagrimones resbalaran por mi cara y por mi cuello y empaparan mi camiseta. Por fin descrucé las piernas y me recosté en el respaldo de la silla, los brazos colgando a los lados. Los nudillos blancos.

Tic tac. El rayo estaba a punto de darme de lleno en la cara, de convertirme en el centro de atención, en la protagonista. Cerré los ojos y deseé que una nube lo cubriera y lo hiciese desaparecer, que me dejara seguir siendo invisible, al menos un ratito más. O dos ratitos. O mil ratitos.

Tic tac…

—El tiempo se ha acabado por hoy, Alma. Si quieres, antes de salir puedes pasar al baño y refrescarte la cara.

En cuanto cerré el grifo, escuché la voz de Mari en la puerta del despacho, supongo que el doctor Castro la había llamado para que me acompañara a mi habitación o adonde fuera.

Aquel día me dejaron subir a mi dormitorio y quedarme allí el resto de la mañana. Lo agradecí, no tenía ganas de ir a clases de nada, ni a salas comunes ni a comedores. Me coloqué junto a la ventana y observé el jardín vacío. Desde allí podía ver la escalinata de la entra-

33

da, el bosquecillo y una esquina del edificio de la piscina. El sol calentaba y adormecía por igual. Una ráfaga de viento movió las copas de los olmos. Un pájaro cambió de rama. Un bostezo.

De pronto alguien rompió la magia del jardín solitario: el mismo niño que me recibió a mi llegada, el más pequeño de los dos, paseaba de la mano de un joven. Se detuvieron a escasos metros de la escalinata. El pequeño alzó una mano para señalar mi ventana con su dedo índice y se encontró con mis ojos. Y yo con los suyos.

Ojos de muerto.

7

Susurros al oído

*M*e enfadé. ¿Recuerdas cómo me enfadé? Te fuiste a dar un paseo con Diego por el jardín y no me despertasteis para que os acompañara. Tampoco le dijisteis nada a Mamá Luisa, ella pensaba que seguíais durmiendo en la habitación. «Es que Diego tenía hambre», dijiste cuando te pregunté por qué os habíais marchado sin avisarme, y a mí se me pasó el enfado porque me acordé de aquella vez en la que me entró hambre por la noche y no me podía esperar al desayuno. Esa noche bajé las escaleras en silencio y me colé en la despensa. Abrí un paquete de galletas y comencé a comérmelas todas a la vez; con ansia. ¡Qué frío estaba el suelo! Había bajado descalzo para no hacer ruido. Una tontería, pensarás, nadie podía oírte. Todos éramos sordos. Menos las cuidadoras. En aquella época eran todas mujeres, ¿verdad? Sí que había hombres, claro que los había, pero ninguno de ellos se quedaba por las noches. Solo nos aguantaban ellas, y algunas oían muy bien. Siempre decían que los sordos somos más ruidosos que nadie y nosotros no lo podíamos comprender. Que no entendemos nada de nada de los que no son como nosotros es algo que sabe todo el mundo, pero nadie se da cuenta de que los oyentes no tienen ni idea de cómo es nuestra vida. Los oyentes escuchan el silencio; en cambio, nuestro mundo siempre está en silencio, ¿cómo vamos a identificarlo? Para comprender que nuestro silencio es nuestro ruido tienes que haberlos confundido desde pequeño, desde tan pequeño que ni siquiera hubieras nacido. Solo entonces podrías comprender por qué gritamos los sordos, por qué hacemos tanto ruido.

Por la mañana me encontraron dormido en el suelo de la despensa, con millones de migas delatando mi delito, con los pies helados y en plena tiritona. ¡Cómo se enfadó Mamá Luisa! Estuve estornudando dos semanas enteras, y castigado sin galletas otras dos. Pero eso no fue lo peor: a partir de esa noche, cerraron la despensa con llave, ¿te acuerdas? Ya no podíamos colarnos de extranjis a coger un dulce, como hacíamos de vez en cuando, ni escondernos dentro cuando los que nos quedábamos los fines de semana con Mamá Luisa jugábamos al escondite. Hasta que Diego se metió en el despacho del director y le robó la llave. Él era el único que se atrevía a hacer esas cosas. Y nunca lo pillaban. Siempre fue el más sigiloso de todos, el más lanzado. Se aventuraba a salir solo de la residencia a cualquier hora, incluso a caminar hasta la boca de metro y cambiar de barrio. Creo que ese día se fue hasta una ferretería del centro para sacar una copia de la llave, o eso nos contó.

Incluso ahora se atreve a marcharse.

Diego siempre fue el favorito de Mamá Luisa. Cuando yo llegué a la residencia, él ya estaba. Decían los mayores que vino siendo un bebé de pocos días y que Mamá Luisa lo abrazó nada más verlo, con lágrimas en los ojos. Que le susurraba cosas al oído, como si pudiera oírla. Lo hacía tan cerca de su pequeña oreja que era imposible leer las palabras en sus labios mientras le contaba secretos.

Sí, ya sé que tú también llegaste siendo muy pequeño, ¿cómo no lo voy a saber? Tenías unos tres meses y eras muy delgadito. Me acuerdo perfectamente de cuando te trajeron. A ti también te mecía Mamá Luisa todas las noches. Pero contigo fue diferente, a ti te criamos entre todos. Los mayores cuentan que cuando llegó Diego, Mamá Luisa andaba triste. Había estado enferma y tuvo que marcharse a su pueblo para que la cuidaran durante unos meses. Dicen que cuando regresó tenía mala cara y que Diego le devolvió la alegría. No sé, el caso es que siempre fue su favorito y yo sentía celos. Por eso me sentó mal que le hablaras de Alma, que le dijeras que nos había mirado y que le mostraras desde el jardín delantero cuál era su habitación. Y, sobre todo, me asustó que ella os viera.

8

¿Verdad que tú si puedes vernos?

El resto de la mañana la pasé dormitando. Tras el intento de suicidio me aumentaron la dosis de pastillas. Fue un médico del hospital donde me cosieron las muñecas, creo que era un psiquiatra, aunque no estoy segura. Recuerdo que un hombre grande, con una barriga prominente encerrada en una bata blanca, se acercó a mi cama y me miró de la cabeza a los pies.

«¿Sabes lo que has hecho?», me preguntó.

«Sí —le dije—, me he cortado las venas.»

«¿Sabes por qué lo has hecho?»

«Sí, porque no quiero vivir.»

Se dio la vuelta y se marchó. Lo vi salir de la habitación, una espalda enorme. Al rato entró una enfermera con una pastilla y un vaso de agua.

«Ha dicho el doctor que te va a aumentar la dosis de la medicación que te recetó tras el accidente. Ahora tendrás que tomarla tres veces al día.»

Me la tragué sin preguntar y enseguida me entró sueño, pero un sueño de los buenos, de los que no te deja soñar, solo dormir. Antes de cortarme las venas también dormía mucho, pero ese era un sueño castigador, lleno de imágenes veloces y secuencias imparables, de luces intensas y ruidos afilados. De ojos de muerto. Todas esas pesadillas comenzaron tras el accidente y terminaron con la dosis más alta de pastillas. Lo bueno es que, gracias a ellas, ya no quería morir. Tampoco quería vivir, pero, al menos, ya no tenía un agujero negro en lugar de futuro. Simplemente, ya no me importaba el futuro. En realidad, nada me importaba lo suficiente como para querer vivir o morir por ello, así que me quedé como estaba, en ese estado límbico entre la vida y la muerte.

Me había tumbado sobre la cama, sin cubrirme. El jersey que llevaba aquel día era bastante grueso y me daba suficiente calor. Ni siquiera me había descalzado, así que cuando alguien llamó a la puerta de mi habitación, me puse en pie y fui hacia ella. Imagino que mi aspecto era deplorable, pero ni siquiera pensé en eso. Abrí como un acto reflejo.

Al otro lado, una joven de cuerpo menudo y cara limpia.

—Hola, soy Patricia —dijo—, una de las educadoras del centro. No te preocupes, ya nos irás conociendo a todos. Yo soy la encargada de organizar actividades de ocio. ¿Cómo te encuentras?

—Bien… Supongo.

—Perfecto, pues pasa al baño y aséate un poco. Creo que todavía no te han enseñado nuestro jardín ni la zona deportiva. Vamos, te gustará.

Me quedé mirándola sin saber bien qué hacer. ¿Debía invitarla a pasar a mi habitación mientras me aseaba en el lavabo o, por el contrario, debía dejarla en el pasillo esperando a que estuviera lista? Y, en ese caso, ¿debía cerrar la puerta o dejarla abierta? Antes era una persona mucho más resolutiva, pero en esa época cualquier decisión, por pequeña que fuera, me bloqueaba.

—¡Venga! ¡Date prisa! Te espero aquí fuera —dijo, salvándome de mi asfixiante duda—. Y abrígate, que hace frío.

Un minuto después bajaba con Patricia, pelo rojo oscuro, peldaño a peldaño, la escalera que formaba el eje central del edificio. En el último tramo, el gotelé de la pared daba paso a enormes azulejos jaspeados de color tierra.

Salimos por la puerta central, descendimos la escalinata y giramos hacia la izquierda. El día se había vuelto gris. Un letrero escrito en madera indicaba que estábamos a punto de entrar en el paseo de los olmos. Entre los troncos podíamos ver el lateral de la clínica, con sus ventanas simétricas, todas ellas enmarcadas en piedra blanca. Me fijé entonces en otras más pequeñas, situadas a la altura de las rodillas y cubiertas por rejas metálicas que dejaban entrever un semisótano.

—Esa es la planta baja. Ahí están las calderas, la lavandería, los cuartos de contadores y cosas por el estilo —dijo Patricia al darse cuenta de hacia dónde miraba.

Tras salir del paseo de los olmos, justo enfrente vi una rosaleda y, detrás, un edificio mucho más bajo que el principal, de techo ovalado y sujeto por contrafuertes de color anaranjado. En el centro, una escalinata estrecha y corta y, a ambos lados, pequeñas ventanas que rozaban casi el suelo. Patricia abrió la puerta con una llave que sacó de su bolsillo. La seguí hasta el interior; una bofetada de calor me recibió con los brazos abiertos; calor húmedo.

Debí realizar un gesto extraño porque Patricia se rio.

—Quítate el abrigo —dijo. Y me lo quité.

El agua de la piscina quieta, azul, transparente. Las baldosas limpias, brillantes. Las calles marcadas. Me dieron ganas de tirarme y nadar nadar nadar hasta marearme, nadar hasta que me doliera, nadar hasta desfallecer de cansancio y volver a dormir para despertar y seguir nadando.

—No he traído bañador —dije.

—No creo que eso sea un problema. Podemos llamar y que te envíen uno.

Me acerqué al bordillo y me agaché hasta tocar el agua con la mano. El leve movimiento de mis dedos hizo que gran parte de la piscina se llenara de estelas centelleantes.

—¿Podré venir siempre que quiera?

—Existen unos horarios fijos, pero si alguna vez quieres acercarte fuera de esos horarios, no tienes más que pedírmelo.

—¿No podré venir sola?

—Solo cuando el recinto esté abierto y haya alguien de guardia.

Nos asomamos al gimnasio, también vacío en ese momento, y salimos de nuevo a la rosaleda. Patricia se puso su abrigo y yo la imité, aunque seguía sintiendo el calor de la piscina.

Entramos en el comedor al mismo tiempo que el resto de los internos. Caminé hasta la mesa en la que había desayunado y me senté en el mismo sitio. La comida se desarrolló de forma parecida: Luna

39

llevaba la voz cantante, Mario me miraba con desconfianza, Gabriela paseaba su comida por el plato sin probar bocado, Candela parecía normal, salvo cuando alguien elevaba la voz más de la cuenta en tono desafiante, y Ferran no dejaba de acechar cualquier botón mal abrochado en los escotes de cada una de las mujeres de la sala.

No podía dejar de pensar en la piscina. El olor a cloro se había quedado incrustado en mi pelo y en mi ropa.

Tras la comida salí con los demás al jardín delantero y, poco a poco, me fui escabullendo hacia el paseo de los olmos para regresar a la piscina. Imaginaba que estaría cerrada, solo quería verla de nuevo, sentir su calor húmedo. Entre los troncos de los árboles, estaba oscuro. No sé quién me dijo una vez que en los bosques siempre es de noche. Las ramas aún no habían perdido todas sus hojas y la escasa luz que conseguía atravesarlas dibujaba sombras inquietantes en el suelo. Una de esas sombras se detuvo a pocos metros de mí. Al principio solo pude distinguir un bulto, pero poco a poco mis ojos se habituaron y pude diferenciar el contorno de un niño. En cuanto me acerqué un poco más, vi que se trataba del mismo niño con el que no había dejado de encontrarme desde mi llegada a la clínica. Esta vez iba solo. Me miró fijamente con esos ojos tan especiales y se puso el dedo índice sobre los labios. Echó a andar entre los troncos y lo seguí hasta el edificio deportivo.

Me detuve junto al primero de los contrafuertes mientras él rebasaba los otros. Entonces se giró para mirarme y dobló la esquina hacia la parte trasera del edificio. Corrí para no perderlo, pero cuando llegué a la fachada posterior, no vi a nadie. Supuse que el niño se habría colado por alguna de las pequeñas ventanas. Me agaché y empujé las hojas de la última, pero estaban cerradas por dentro. ¿Dónde se habría metido?

Me incorporé; bajo mi pie derecho, algo duro: un rotulador rojo. Lo recogí del suelo y entonces la vi. Escrita con letra infantil sobre la pared blanca, una frase:

«¿Verdad que tú sí puedes vernos?».

9

Las llaves

$\mathcal{N}$o sabía que te habías escapado durante la siesta, y menos aún que cogiste tu rotulador para escribir aquella frase. ¿A quién se le ocurre? ¡Nadie podía estar al tanto de que seguíamos en la residencia! ¡Esa chica no debería habernos visto! Sí, ya sé que esta es nuestra casa y que la extraña era ella, pero no debiste escribirle aquel mensaje.

¿Que cómo lo supe? Noté que te pasaba algo porque tenías esa cara tan rara tuya, la que pones cuando has hecho alguna trastada. Así que, en cuanto te lo saqué, me escabullí por la escalera trasera, la de servicio, para ver si podía arreglarlo. Esa escalera seguía igual que antes, desde que taparon los accesos solo la utilizábamos nosotros.

Salí del edificio por una de las puertas traseras y corrí a través del jardín posterior hasta alcanzar la piscina. Continuaba cerrada. ¿Te acuerdas del miedo que te daba el agua? A ti y a mí nunca nos gustó mucho nadar, no como a Diego. Él se pasaba horas allí dentro. Decía que nadar lo tranquilizaba, que lo ayudaba a pensar.

Lo primero que hicieron cuando decidieron cerrar la residencia fue vaciar la piscina.

«Para que no se estanque el agua —dijeron—, así evitamos las plagas de bichos y los malos olores.»

Fuimos testigos de la marcha de todos los niños y niñas con los que habíamos convivido durante toda nuestra existencia, menos de los olvidados. Solo aguantaron los que no tenían otro lugar al que ir, ni otra madre que no fuera Mamá Luisa. La residencia se vació como la piscina: todos se esfumaron, excepto unas pequeñas gotitas que permanecieron invisibles, agazapadas en el fondo, y que, poco a poco, se ensuciaron hasta acabar siendo agua podrida.

Durante aquellos años, la ciudad creció a nuestro alrededor. Nos rodearon edificios y carreteras, y hasta un polideportivo con piscina propia a la que Diego se escapaba de vez en cuando. Para seguir pensando.

Tiempo después llegó la noticia: volvían a abrir la residencia. Aunque no como un hogar de niños sordos, sino como clínica terapéutica de enfermedades mentales para niños ricos.

Y llenaron de nuevo la piscina.

Después de aquello, Mamá Luisa le rogó a Diego que no entrara más en ella. Le dijo que, ya que él salía y entraba del recinto, como había hecho siempre, podía utilizar cualquier otra de las que había en la ciudad. Pero Diego no era capaz de resistirse a dejar de nadar en su piscina, y, de vez en cuando, en sus visitas, se colaba y hacía unos largos. Yo creo que aquel día, cuando entró en el despacho del director y se llevó la llave de la despensa, arrambló con todas las del edificio porque, a partir de entonces, no había puerta que se le resistiese ni rincón en el que no hubiera dejado su marca. Y menos mal que lo hizo, porque así pudimos continuar nosotros con nuestras vidas.

Bueno, el caso es que conseguí borrar casi al completo tu bonita frase, pero fui incapaz de encontrar tu rotulador rojo.

10

Malditas pastillas

*C*asi dos semanas después llegó mi bañador. Fue una mañana a primera hora, en un paquete que me entregaron abierto y que no iba dirigido a mí, sino a Patricia. También llegaron mi gorro de baño, mis gafas, unas chanclas y mi albornoz.

Todos esos días de espera se habían transformado en trozos de noche. Me los pasé casi enteros dormida, en mi habitación, y solo me despertaba cuando alguno de los cuidadores, enfermeros, médicos, loqueros, o lo que fuera aquella gente, tocaba a mi puerta para, amablemente, darme la medicación o indicarme que debía bajar a comer. Alguna vez intenté escaquearme, pero me dejaron claro que, de momento, lo único que no me podía saltar eran las comidas en el comedor conjunto y las visitas al doctor Castro. Aquella monotonía fúnebre se convirtió en rutina, tanto que me daba la sensación de haber vivido siempre en la clínica, hasta de haber nacido allí, pero a veces me llegaban flases de otra vida que había sido mía fuera de aquellos muros de granito, y el pecho me rebosaba de angustia.

Aquella mañana me tocaba sesión con el doctor Castro, otra más. No recuerdo cómo fueron las anteriores, aunque creo que no hablé demasiado. Eso no significa que no me gustaran, al contrario. Era el único espacio en el que podía compartir con alguien el destierro de mi propia existencia.

Esa vez nadie me acompañó. Mari, con un gesto, me indicó que era la hora, así que salí, crucé el vestíbulo y enfilé el corredor amarillo hasta el despacho del doctor Castro. Llamé con los nudillos y enseguida me abrió.

—Buenos días, Alma. ¿Cómo has dormido hoy?

—Bien —dije, y mi voz sonó pequeña.

Como en sesiones anteriores, nos acomodamos en las sillas, con la mesa en medio. El doctor Castro empezó hablando de trivialidades con su voz amistosa.

—Bueno, ya llevas aquí unos días —dijo—. ¿Cómo te encuentras?

—Bien —repetí.

—Me alegro —dijo.

Y parecía alegrarse de verdad.

—Recuerdas que estuvimos hablando de la piscina, ¿no?

—Sí —dije, pero no era cierto.

—Le comenté a Patricia que sería buena idea que tuvieras aquí todo lo necesario para usarla.

No sabía si debía contestar algo; él no había formulado ninguna pregunta. Intenté continuar con la conversación, pero no lo hice. No porque no quisiera, sino porque no podía. Mi cabeza iba muy despacio. Cerré los ojos y me esforcé en pensar una frase, algo que viniera al hilo. Nada. Así que permanecimos un rato envueltos en un silencio enfermo, hasta que me decidí a levantar la vista de la mesa y mirarlo a los ojos. Verdes.

—¿Crees que, como estás, podrías nadar?

—No.

—No, yo tampoco. Vamos a ir bajándote la medicación de forma gradual. ¿Te parece? Así podrás empezar a hacer otras cosas aparte de dormir.

—¿Volveré a sentir?

—Sí, pero poco a poco. Nadar te sentará bien, ¿no crees? Antes lo hacías, ¿no es así? Cuéntame, ¿dónde nadabas?

—En el colegio.

—Colegio grande, si tiene piscina. ¿Qué me cuentas de tu colegio?

—No sé, un colegio.

—¿Qué es lo que más te gusta de él?

—No sé, la piscina. Y la gente, supongo.

—¿La gente?

—Sí, los amigos.

—¿Mantienes contacto con ellos?

—Ya no.

—¿Ya no?

—Deben de estar enfadados conmigo. No les cogí el teléfono cuando llamaron.

—No cogiste el teléfono.

—No quería dar explicaciones.

Por un momento temí que me preguntara qué explicaciones. Tampoco a él quería dárselas.

—Y, además de la piscina y los amigos, ¿qué más te gusta del colegio?

—Pues… No sé, no me acuerdo.

Aquella sensación de estar fuera de mí era agotadora. Llevaba demasiado tiempo tomando las malditas pastillas y ya no era yo. El mundo y yo misma nos movíamos a cámara lenta.

—Veo que te has quitado las vendas de las muñecas.

—Eso parece… —dije, acariciándome los brazos. Las cicatrices eran casi imperceptibles. Buena cirugía—. Debo haberlas olvidado en la habitación.

—Así que las has olvidado.

—Sí.

—¿Y qué tal con la gente de la clínica?

—Bien.

—¿A quiénes has conocido?

—A Luna.

—¿Solo a Luna?

—Y a los de la mesa del comedor.

—Ah, también has conocido a los de la mesa del comedor.

—Sí.

—¿Recuerdas sus nombres?

—Algunos.

—Como, por ejemplo…

—Están Gabriela, Ferran, otro que se llama Mario, Candela y Luna.

45

—Y tú.

—Sí, y yo.

—¿Hablas con ellos?

—No, habla Luna.

—¿Y qué dice?

—No sé, no la escucho.

—¿Y el niño?

—¿Qué niño?

—El que me contaste que habías visto varias veces, el que te dejó un mensaje escrito en la pared trasera del edificio de la piscina.

—Ah, sí, ese niño. Me dijo Luna que aquí no había niños.

—No, tan pequeños no los hay. ¿Lo has vuelto a ver?

—No.

—¿No has vuelto a verlo?

Cerré los ojos y apreté los labios para pensar mejor.

—No, no he vuelto a verlo.

46   El doctor Castro miró un enorme reloj colocado sobre el corcho de los dibujos. No sabía si era nuevo o estaba allí desde la primera vez. El caso es que ya habían pasado los cuarenta y cinco minutos de sesión.

—Por hoy hemos terminado —dijo el doctor Castro—. Nos vemos dentro de tres días.

Me puse en pie imitándolo y me acompañó hasta la puerta.

—¿Volveré a pensar con agilidad?

—¿Sin las pastillas?

—Sí, sin las pastillas.

—Sí.

—¿Y dolerá?

—Dependerá de ti el aprender a controlarlo.

Respiré hondo y salí apretando los puños, blanqueando los nudillos.

11

La cotidianeidad de la locura

Casi dos semanas estuvo Alma escondida en su habitación, ¿te acuerdas? Tampoco es que nosotros saliéramos mucho. Diego seguía en casa, pero ya ni siquiera bajaba por la escalera trasera para colarse en la despensa y robar algo de comida: casi todo el tiempo lo pasó con nosotros y con Mamá Luisa en la cuarta planta. Tú estabas encantado, todo el día colgado de su cuello, riéndole las gracias. Yo también estaba contento, no vayas a creer. Diego siempre fue mi mejor amigo, pero en los últimos años había aprendido que, cada vez que venía, solía traer problemas consigo. En especial, cuando se quedaba tanto tiempo.

Ambos éramos de la misma edad, aunque entonces no lo pareciera. Habían cambiado tantas cosas…

Aquella mañana, tras el desayuno, Alma volvió al despacho del doctor Castro y después de la sesión, regresó a su habitación. Pero esta vez no permaneció a oscuras, sino que alzó la persiana y se situó junto a la ventana, con aquella mirada perdida que la hacía parecer ciega a todo lo que tenía delante.

Durante los días anteriores me había escapado en algunas ocasiones para observarla en el comedor. No te dije nada porque no quería que te trajeras a Diego, siempre estabas pendiente de él. Aprovechaba esos momentos en los que Mamá Luisa, tú y él parecíais una familia para esfumarme sin que os dierais cuenta y contemplar a Alma. La veía en su mesa, rodeada por todos aquellos… locos, igual que ella, e imaginaba cómo habría sido su vida antes de acabar en la clínica y si alguna vez habría sido una chica normal.

Luna continuaba con esa manía suya de no callarse nunca, de decir siempre lo que pensaba a voz en grito sin detenerse a meditar a quién estaba destrozando, y yo temía que rompiese a Alma aún más. Le hubiese gritado: «¡Cierra la boca de una puta vez!». Pero habría dado igual. Cada vez que soltaba alguna de sus patochadas, miraba a su alrededor buscando a alguien que le diera la razón. Y lo encontraba, siempre lo encontraba. Aunque fuera con un mínimo gesto de cabeza, siempre había alguien en la mesa que la apoyaba. Al principio pensé que lo hacían por miedo, pero luego me di cuenta de que lo hacían para que se callara. En el fondo, les daba igual lo que pudiera decirles. Se encontraban en un momento de ceguera total, como cuando cada mañana te levantas frente a algo y da igual lo maravilloso o lo horrible que sea porque la cotidianeidad lo ha vuelto insignificante y eres incapaz de apreciarlo.

Es lo que tiene la intimidad diaria.

Y las pastillas.

Ese día, durante la comida, repartieron medicación a todos menos a Alma y, a partir de entonces, las cosas empezaron a cambiar.

48

12

Nadar

—¿*T*e apetece que vayamos hoy a nadar?

—¿Ahora?

—Sí, ahora.

La sonrisa de Patricia esperaba una respuesta. Pasé a mi habitación y la dejé en el pasillo; la puerta abierta mientras sacaba mi bolsa de piscina del armario.

—Allí hay vestuarios, ¿verdad? —le pregunté desde dentro.

—Claro.

Bajamos los tres pisos y salimos al jardín. Día soleado. Recorrimos el paseo de los olmos y accedimos al edificio de la piscina.

De nuevo el abrazo húmedo.

Una flecha indicaba con claridad dónde se encontraban los vestuarios: a la derecha el de chicas, a la izquierda el de chicos. ¿Cómo pude no haberlo visto en mi visita anterior? Cruzamos la puerta del femenino y entramos en una sala aséptica con baldosines claros y bancos de madera. Conté hasta cuatro puertas que daban acceso a vestidores individuales. Entré en el primero y me puse el bañador. Hacía mucho que no me lo ponía. ¿Cuánto? ¿Seis meses? ¿Más? Preferí no pensarlo. Me calcé las chanclas y cogí el gorro y las gafas. Patricia ya estaba lista.

—Ahora todos tus compañeros se encuentran en las aulas o descansando, la piscina es toda nuestra —dijo—. Elige calle.

Me recogí el pelo en un moño, me coloqué el gorro y las gafas y salté a la calle cuatro. La temperatura del agua, perfecta. Patricia saltó a la calle de al lado.

—Hace mucho que no nadas, tómatelo con calma. El doctor Castro me ha dicho que llevas varios días con la medicación al mínimo y que ya puedes probar, pero, aun así, no te excedas, ¿vale?

Me acerqué al bordillo, coloqué los pies contra la pared y me impulsé con suavidad. El brazo derecho bajo el agua, empujándola de arriba abajo, y luego por la superficie, enfrentando el aire, esta vez de abajo arriba. Después el otro brazo. Ambos siempre opuestos, uno hacia delante, el otro hacia atrás, hacia delante, hacia atrás. Sin parar. Despacio, pero con ritmo. Uno, dos, uno, dos, estirándolos. La cabeza girando al mismo compás, inhalando fuera, exhalando dentro. Burbujas por la cara. Las piernas batiendo sin cesar, uno, dos, uno, dos… Como si fuera un baile, cadencioso, tranquilo, sereno. Llegué a la pared del fondo, volteé, empujé con los pies y seguí con mi danza. Las líneas de las calles acompañándome, los baldosines del fondo siguiendo la rima de mis brazadas. Empecé a canturrear en mi cabeza una canción, bastante tonta, que había aprendido siendo niña. Solo para seguir el ritmo, para no perderlo. Solo para no confundir la estela que dejaban las brazadas de Patricia, en la calle contigua a la mía, con las de mi hermana Lucía.

Lucía.

No quería pensar en ella.

Brazo adelante, brazo atrás: Inspirar, exhalar. Batida de pies. Las líneas del fondo marcando el camino. Pared, volteo, patada. Brazos, cabeza, inhalación, exhalación, burbujas, patadas, líneas, baldosas, lágrimas, dolor… Lucía. Ojos de muerta.

Sentí las manos de Patricia rodeando mi cuerpo, llevándolo a la superficie. Mantuvo mi cabeza fuera del agua y me condujo hasta la escalerilla mientras yo me dejaba llevar, sin resistirme. Mis gafas inundadas, pero no de agua de la piscina, sino de lágrimas.

—¿Estás bien?

—Sí sí, lo siento. Me he atragantado.

—Está bien, tranquila. Respira y descansa, no pasa nada…, respira tranquila.

Patricia se sentó a mi lado en el bordillo y se quitó las gafas. Se le había quedado una marca alrededor de los ojos. Supuse que a mí también y di por hecho que eso le impediría ver que había estado llorando mientras nadaba.

Υ

Aquella tarde, de siete a ocho, volvieron las visitas. Yo todavía no había recibido ninguna, pero mi abuelo me telefoneaba cada martes y cada viernes a las siete y cuarto al teléfono de la clínica. Me hablaba durante un par de minutos; yo no le había dicho nada aún. Me quedaba callada, escuchando sus frases vacías de siempre, esas en las que me decía cuánto deseaba mi pronta recuperación.

No esperaba su llamada. Estábamos a jueves, así que aproveché el ajetreo de gente para salir al jardín, a pesar de que ya anochecía y las temperaturas eran bajas. Me coloqué entre dos olmos del paseo y miré a los visitantes que llegaban. Un niño, vestido de futbolista, permanecía en el interior de un coche acompañado por sus padres. Enseguida supe que era el hermano de Gabriela, el mismo rojo en el pelo y las mismas pecas en la cara. La madre se apeó y se acercó a la escalinata, donde la esperaba su hija. Le dio un beso sin demasiado entusiasmo y comenzó a hablar mientras Gabriela, sin escucharla, saludaba a su hermanito con la mano. ¿Dónde se habría metido aquel otro niño? No recordaba haberle hablado de él al doctor Castro, pero era obvio que lo había hecho. ¿Qué fue lo que escribió en el edificio de la piscina? Ah, sí, algo como que yo podía verlos, u oírlos. ¿A quiénes?

No pintaba nada cerca de la escalinata, nadie iba a venir a verme, así que me fui hacia la parte derecha del jardín delantero, esa que todavía no había visitado. Enseguida me encontré con la estrecha calzada por la que se entraba al recinto en coche. Luces de faros la recorrían; intenté evitarlos escondiéndome tras unos arbustos y me quedé agazapada un rato. Cuando la afluencia de luces se fue debilitando hasta desaparecer, salí de mi escondite. Bordeé el edificio por un sendero descendente, de manera que, mientras lo recorría, el semisótano se iba agrandando hasta transformarse en una planta baja a la que se accedía por la fachada posterior. Desde allí podía ver bien el enorme monstruo en el que llevaba viviendo casi un mes. Mi apreciación del primer día era cierta: por la parte trasera, el edificio era más ancho en su eje central y estaba lleno de ventanas simétricas. Retrocedí para verlo en toda su amplitud. Las ventanas de las dos últimas plantas tenían las persianas echadas.

51

En ese instante, la puerta de servicio se abrió y Bernardo salió con una bolsa llena de basura; fue hasta un contenedor y la depositó dentro antes de regresar al interior de la clínica.

Con la boca seca y los músculos agarrotados por la tensión de ser descubierta, continué rodeando aquel mamotreto hasta llegar a la piscina. Quería volver a leer la frase de aquel chaval. Alcancé el pequeño edificio deportivo y me deslicé hasta su parte trasera. La noche estaba ya tan oscura que era imposible ver nada. Aun así, me coloqué junto a la ventana baja que había intentado abrir días atrás y rebusqué por la fachada aquel mensaje escrito con letras rojas. Quizás el doctor Castro lo había borrado o, simplemente, la oscuridad lo ocultaba.

Un calorcillo me rodeó las piernas, un calorcillo húmedo. Sabía muy bien de dónde provenía: la ventana estaba abierta y el bochorno de la zona climatizada se escapaba por ella abrazándome las rodillas. Me agaché y metí la cabeza por su abertura, pero no vi más que oscuridad. Esperé a que mis ojos se acostumbraran y distinguí un reflejo al fondo, el reflejo del agua en movimiento. Un ruido conocido llegó a mis oídos: alguien nadaba en la piscina.

¿No había dicho Patricia que nadie podía entrar allí a solas?

13

Los olvidados

*D*iego se coló en la piscina. Según él, no podía esperar ni un solo segundo para volver a nadar en ella. Dijo que conocía cada uno de los baldosines del fondo y que nadar en cualquier otra no era lo mismo, que ya no pensaba serle infiel nunca más. Mamá Luisa se enfadó mucho: de madrugada era más difícil que alguien lo pillara, pero, a esas horas, había sido un milagro que nadie lo descubriera.

—No te pongas así, Mamá Luisa. Sabes bien que, durante las visitas, la piscina se cierra.

—Ya, pero hay más gente por todas partes y pueden verte.

—¡Nadie nos ve!

Ahí tuve que apretarte la mano para que no gritaras que Alma sí nos veía. La verdad es que aprendimos bien a volvernos invisibles. A nosotros dos nos costó muy poco, simplemente sucedió, ¿te acuerdas? Primero fuiste tú y, poco después, yo, pero los demás tuvieron que practicar hasta conseguirlo.

Fue cuando decidieron cerrar la residencia.

Nadie se acuerda de los olvidados.

Dicen que la primera piedra del complejo se colocó en 1960, pero que no se abrió al público hasta unos años después. Y enseguida se llenó de gente: niños y niñas de todo el país vinieron a estudiar aquí. Todos sordos, como nosotros. Algunos tenían familia, otros no. ¿Te acuerdas de Marcial? Su familia vivía en Andalucía y no faltaban ni un solo fin de semana. Todos los viernes, a las ocho en punto, recogían a su hijo y lo devolvían el domingo a última hora. Por ahí contaban que se habían comprado un piso en Madrid para pasar con Marcial los fines de semana. Algo así debía de ser, porque el viaje era demasiado largo. De todas formas, la familia de Marcial era rica, eso lo sabíamos todos. Cada semana regresaba a la residencia con alguna chuchería nueva: que si unas zapatillas deportivas de marca, que si una caja de pinturas, que si un balón… Otras familias, como la de Carmen o la de Tomás, venían únicamente un fin de semana al mes. Y otras, como la de Enrique o Pablo, solo pasaban a recogerlos en vacaciones.

«Llegar hasta aquí desde mi pueblo cuesta como comprar cuatro bicicletas», te decía Enrique cuando le preguntabas por qué sus padres no se acercaban a verlo más a menudo.

Solo a nosotros, los abandonados, los olvidados, no nos visitaba nadie. Nunca. ¿Quién iba a venir? No teníamos a nadie fuera de la residencia. Para nosotros estaba Mamá Luisa.

Al crecer y marcharse, muchos de los mayores formaron sus propias familias y, en ocasiones, las traían hasta aquí para enseñarles los jardines o los muros de hormigón que rodearon su infancia. Pero eso fue antes de que nos cerraran. Otros, como Bernardo, regresaron para prestar sus servicios a la residencia que los vio crecer.

Y luego estábamos tú y yo, los eternos habitantes de la casa a los que nadie veía; los que, para todos los demás, se habían marchado para siempre.

Primero te fuiste tú, aquel día que te pusiste tan pesado y te empeñaste en cruzar solo para comprarle un helado de chocolate a Paco en su furgoneta. A pesar de que Mamá Luisa te había repetido más de mil veces que fueras con cuidado y que miraras bien antes de cruzar, saliste corriendo como un loco justo cuando aquel taxista pasaba a más velocidad de la permitida. Y te llevó por delante. ¡Cómo lloró Mamá Luisa! Los demás nos quedamos sin habla. No podíamos creer que te hubieras ido. Tú eras nuestro hermanito pequeño, solo siete años, y ya no estabas.

Pero yo no tardé mucho en encontrarme contigo. Solo un par de meses después, Diego tuvo la maravillosa idea de… Bueno, sí, ya lo sabes. Tuvo la idea de que nos asomásemos al dormitorio de Cristina mientras se cambiaba de ropa. Yo no quería que él la viera, para él

Cristina era otra más. Tonteaba con todas. En cambio, para mí ella era importante, así que salí a la cornisa, en la cuarta planta, y caminé por ella con más miedo que vergüenza, sin mirar abajo, por el vértigo. Lo hice para protegerla de su mirada. Si no iba yo, sería él quien lo hiciera. Te juro que tenía pensado cerrar los ojos y conservar su pudor. Sabía que Diego no haría eso, sabía que él la miraría de arriba abajo mientras se desnudaba. Tenía que impedirlo, así que me armé de valor y caminé despacio por la maldita repisa. Diego sacó medio cuerpo por la ventana de su habitación y me miró con una sonrisa sucia en la boca mientras yo continuaba avanzando. La noche cerrada. Sudor de congoja.

Por fin alcancé la ventana de Cristina. Me quedé a un lado para que no me viera. Se estaba quitando la ropa para ponerse el pijama. La vi desprenderse de la camiseta y de los pantalones vaqueros. Echó las manos a la espalda para desabrochar el sujetador y entonces…, entonces me sentí un cerdo y, de forma instintiva, di un paso atrás.

Y tú y yo nos quedamos aquí, con todos los demás. ¿Dónde íbamos a ir? Me costó que entendieras lo que sucedía, no parabas de lloriquear.

Poco a poco, los demás residentes se fueron diluyendo, como gotas de agua que resbalan por los cristales de las ventanas los días lluviosos. El resto del país se llenó de colegios para niños y niñas como nosotros y la residencia se vació. Cuando solo quedaban los olvidados, el Gobierno decidió cerrar todo el complejo. ¡Cómo se asustaron todos! Pero Mamá Luisa dijo que ella se quedaba, que juntos saldrían adelante. ¡Y vaya si lo hizo! Durante más de dos años los cuidó a escondidas del mundo sin desfallecer, hasta que todo se fue al traste.

14

Luna

*N*o sé por qué, pero siempre hay un momento que es el principio de todo. Y ese momento había llegado: aquella noche hablé en voz alta durante la cena.

—¿Alguna vez os habéis colado en la piscina? —pregunté.

Durante unos instantes se respiró silencio, hasta que Luna dijo:

—¡Mira la mosquita muerta! Pensábamos que era una santa y ahora propone que asaltemos la zona deportiva.

—¡Yo no he dicho eso! Solo he preguntado si alguna vez habéis entrado en la piscina mientras está cerrada.

—La verdad es que no. En plan… mucho mucho, no nos gusta el deporte —dijo Luna, enseñando los dientes en una sonrisa burlona.

—Si quieres entrar, yo puedo ayudarte —dijo Ferran.

Luna soltó una carcajada.

—Sí, seguro que puedes abrir esa puerta con la mente —dijo, y volvió a reírse—. Apuesto a que ya lo has hecho antes y te has escondido en el vestuario femenino para mirar cómo nos cambiamos.

—¡Estás loca! —le dijo Ferran con la boca apretada por la rabia.

—¡Como todos! ¿O acaso crees que tú estás aquí rollo vacaciones? No, claro que no. Sabes perfectamente por qué te han encerrado entre estas cuatro paredes. Lo sabemos todos. A ver, tú, Gabriela.

—La pelirroja dejó de pasear el tenedor por su plato, pero no levantó la vista del par de albóndigas—. Tú estás aquí porque meneas tu comida de un lado para otro, pero jamás te la comes. No sé si es que te ves gorda o qué, pero el caso es que eres anoréxica. Tus razones tendrás, en eso no me meto.

—¡Cállate! —gritó Mario.

Candela comenzó a removerse en su silla y a tirarse del pelo.

—Y tú, Mario —continuó Luna—, tú crees que todo el mundo te persigue, que te buscan, que debes esconderte. Incluso oyes voces, todos te hemos visto respondiendo a seres invisibles.

Los ojos de Mario se llenaron de cólera.

—¡Te he dicho que te calles! —repitió antes de encogerse y controlar con la mirada todos los rincones del comedor.

Luna volvió a soltar una de sus risotadas.

—Mírate, pareces un conejillo. ¡Que no le importas a nadie! ¿Quién va a estar interesado en ti? ¡Nadie! ¡Eres patético! ¡Y tú! —dijo, girándose hacia mí—. Todavía no sé bien de qué pie cojeas, pero te has cortado las venas. Eso no lo hacen las personas cuerdas. De todas formas, ¿qué quieres que te diga? Para mí eres la más valiente de todos, eres la única de esta mesa que se ha atrevido a terminar con todo, aunque no lo hayas conseguido.

—¡Tú tampoco lo conseguiste con tus putas pastillas! —La voz de Ferran, tranquila.

—Yo no quiero terminar con todo, yo solo quiero que piensen que estoy loca, y sí, quizás lo esté. Pero me renta. ¿Sabes por qué? Porque la gente teme la locura. Los locos les damos miedo, somos una amenaza, casi como una agresión constante.

Todos en silencio.

—¡Y decidle a esa loca que deje de arrancarse el pelo! ¡Me da miedo! —añadió con burla.

Ninguno de los demás volvimos a hablar en lo que restaba de cena. Luna no dejó de intentar hacernos gracias, pero de las que escuecen; supongo que buscaba que la perdonásemos y no sabía cómo lograrlo, con lo fácil que hubiera sido decir «lo siento». Nadie le rio ni una. Yo me dediqué a examinar de forma disimulada las muñecas de cada uno de mis compañeros de mesa. Ninguno presentaba marcas como las mías.

Después de cenar subí a mi habitación y me senté junto a la ventana. Hacía casi una semana que el doctor Castro me había disminui-

57

do la medicación y me sentía mucho más ágil y despierta. Todavía no había vuelto a ser yo misma, pero ya me iba pareciendo a mi yo anterior a que toda mi vida se fuera a la mierda.

Y sí, picaba como un sarpullido.

De pronto vi salir a Luna envuelta en su abrigo y descender por la escalinata. En cuanto se alejó lo suficiente del edificio, sacó un cigarrillo y lo encendió con un mechero. Iba sola, nadie la acompañaba como otras noches. Se apoyó en el tronco de uno de los olmos del paseo. Daba unas caladas tan penetrantes que volvían de un naranja intenso la punta de su cigarrillo, hasta que lo terminó y lo arrojó al suelo. Pero no lo apagó. Se quedó mirando la brasa mientras se extinguía. Y fue como si ella misma se extinguiera. No la veía bien entre las sombras de las ramas y la oscuridad de la noche, pero juraría que estaba llorando. En ese instante entendí por qué Luna hablaba tanto y tan alto. Sí, ese era su secreto: gritar tan fuerte que ya no pudiera oírse. Gritaba con el tono y con lo que decía. Pensé que, si la verja que nos rodeaba detrás de aquellos jardines y huertas no fuera tan alta, Luna la saltaría cada noche para regresar en cuanto el sol comenzara a despertar.

Cuando iba volviendo hacia la escalinata y la luz del edificio le iluminó el rostro, supe que, mientras la observaba ahí abajo, había pensado sus pensamientos.

Minutos después oí su taconeo y su voz recorriendo el pasillo. Algunas otras voces se mezclaron con la suya. Distinguí la de Mari. Un momento más de confusión y, de pronto, el silencio. Me quedé escuchándolo hasta que, sin darme cuenta, me quedé dormida.

Me desperté de madrugada. Todavía estaba oscuro. Percibí ruidos extraños, ruidos que a otras horas no se oyen, movimientos de cosas que de día están quietas.

15

Rotulador rojo

Aquella noche, Mamá Luisa te pidió prestado tu rotulador. ¡Casi te da un infarto! Quería escribirle un mensaje a Diego. Habían discutido por lo de la piscina y Diego se marchó muy enfadado. Antes de dar el portazo, dijo a gritos que daba igual lo que hiciésemos, que tanto nos había enseñado Mamá Luisa a vivir como fantasmas que ya nadie nos veía. Ahí supe que no me mentías, que solo se te escapó una vez lo de Alma y que ni siquiera le habías contado lo de la nota escrita en la fachada de la piscina.

Mamá Luisa se movió nerviosa por la habitación. Hacía varias horas que Diego había salido y todavía no había vuelto. Debían ser las tres o las cuatro de la mañana y todo estaba en calma. Menos Mamá Luisa.

—Anda, cariño, déjame tu rotulador. Y una hoja de tu cuaderno, que voy a escribirle una nota a Diego para que, cuando vuelva, si estoy dormida, sepa que ya no estoy enfadada.

Porque no te estaba mirando a la cara, que si no… Se te notó enseguida que algo no iba bien, pero ella andaba tan preocupada por Diego que no se dio ni cuenta.

—Voy a buscarlo, Mamá Luisa. Lo tengo en otra habitación —le dijiste. Y saliste rápido.

Yo sabía bien en qué habitación tenías el dichoso rotulador: en la de Alma. Cuando lo encontró detrás la piscina, junto a tu mensaje, se lo llevó y lo dejó sobre su mesa. Allí lo vimos cuando nos colamos en su dormitorio para ver cómo se encontraba. Llevaba demasiado tiempo sin salir y nos preocupamos, ¿te acuerdas? Teníamos que haberlo cogido aquel día. Sí, ya sé que fui yo quien se empeñó en dejarlo donde estaba; tuve miedo de que se percatara de su falta.

Mientras yo me quedaba con Mamá Luisa intentando calmarla, tú bajaste a la tercera planta por las escaleras de servicio y te deslizaste por el pasillo de las habitaciones de las chicas. Todo en silencio. Te paraste frente a la puerta de la 324 y, muy despacio, la abriste. La respiración de Alma, suave, acompasada. Avanzaste con sigilo hasta la mesa y cogiste tu rotulador rojo, pero no pudiste evitar mirarla mientras dormía. Entonces ella intuyó ese desgarro en su intimidad y abrió los ojos.

16

Sobran las palabras

*T*anteé con la mano alrededor de mi mesilla de noche hasta que di con el interruptor y un rayo de luz se disparó por la habitación para llenarla de sombras. Ninguna era humana. Me levanté y me puse las zapatillas y, sobre el pijama, un jersey grueso para mitigar el frío que sentí de pronto al salir de debajo del edredón. Tenía la sensación de que alguien acababa de escapar de mi dormitorio. Abrí la puerta y me quedé quieta al pie del pasillo, escuchando. Es curioso la de sonidos que esconde el silencio. Agradecí que la madre de aquella chica de la que me había hablado Luna quisiera preservar su intimidad y que sus abogados apelaran a la protección de datos de menores chiflados para conseguir que las cámaras se mantuvieran apagadas porque, en cuanto mis ojos se acostumbraron a la penumbra, me aventuré por la larga galería, donde enseguida descubrí pequeñas luces de emergencia, de un tono verdoso, que indicaban el camino hacia la salida. Las seguí hasta alcanzar la puerta que daba al distribuidor junto a la escalera central. Estaba abierta. La crucé y vi la garita de recepción con la luz encendida pero vacía. Su luz se reflejaba en el metal blanco de la puerta que daba acceso al ala de los chicos. Quienquiera que tuviera el turno de noche había dejado su puesto. Tal vez alguna de las internas había pulsado el botón de alarma en su dormitorio y el personal de guardia había acudido en su ayuda. Sí, debía de ser eso. De ahí que la puerta de nuestro pasillo estuviera abierta.

Me coloqué sobre el primer escalón. Justo detrás de mí, a unos metros, estaba uno de los ascensores. Me acerqué y tanteé la pared

61

en busca del botón de llamada. Lo encontré entre las sombras y comprobé que era una bocallave, igual que las de su interior. ¿Llegaría el ascensor a las dos plantas superiores? Un ruido me erizó la piel. Era como si alguien, unos peldaños más abajo, hubiera pisado una baldosa y esta hubiera emitido una leve queja. Descendí unos cuantos escalones, pero todo estaba en calma. Me quedé quieta sin saber si subir o continuar bajando. El corazón me latía con fuerza y sentía la boca completamente seca. Mis pies decidieron reanudar la marcha, y lo hicieron hacia abajo, escalón a escalón. Con una mano acaricié el gotelé de la pared a modo de barandilla, para sentirme segura. Llegué a la segunda planta y continué bajando hasta que el azulejo sustituyó al gotelé. En la primera planta una luz blanquecina que salía de la recepción me detuvo. Me pegué a la pared y aguanté la respiración. Oí un carraspeo y supe que era un hombre quien se encontraba de guardia.

Blanqueando los nudillos.

Supuse que quien se había colado en mi habitación acababa de hacer el mismo recorrido que yo. Quizás por esa pisada en la escalera, por ese quejido del suelo que me había llevado hasta ahí.

Intenté pensar con claridad: si alguien hubiese cruzado el vestíbulo, el personal de guardia le hubiera preguntado qué estaba haciendo allí a aquellas horas, pero yo no había oído ninguna voz mientras bajaba las escaleras. La única salida era el comedor. Tan solo con bajar tres escalones y avanzar unos cuatro metros podría acceder a él y, desde allí, a la cocina. Si lo hacía con absoluto sigilo, no tendrían por qué descubrirme. La ventanilla de la recepción quedaba justo a mi espalda, al otro lado de la escalera; difícil verme desde allí.

Apreté los puños, tomé impulso y me lancé sin saber ni por qué lo hacía. ¿Por qué no regresaba a mi dormitorio, me metía en la cama y caía dormida hasta el alba? La idea de que alguien me había estado observando mientras dormía me obligó a seguir adelante. ¿Y si hubiera sido Luna quien había entrado en mi habitación? Podría haber regresado a la suya sin que nadie se enterara. O Ferran. Eso era aún peor. No me gustaba la manera que tenía de mirar a las mujeres, jadeaba mientras lo hacía, y sudaba aunque hiciera frío. Pero ya había visto que la puerta del ala de los chicos de la tercera planta estaba cerrada.

Recorrí los escasos metros que me separaban de la cocina y me detuve de nuevo para tomar el aire que los nervios me habían robado. La estancia se encontraba vacía y envuelta en sombras, pero las lucecitas verdes de emergencia dejaban entrever el espacio. Olía a limpio. Me moví entre las encimeras y fogones hasta llegar a una ventana cubierta, en su lado exterior, por una rejilla. Desde allí podía ver el jardín trasero, la puerta por la que salió Bernardo con la basura debía de estar justo debajo de mí. ¿Cómo se accedería desde el interior del edificio a aquella planta baja? Me desplacé hacia la derecha. Según mi orientación, debería de estar en la parte trasera de la escalera central, esa que, en las plantas superiores, aparecía cerrada al paso. Me moví tanteando con las manos el espacio en penumbra, intentando no golpearme con nada ni emitir ruidos que me delataran. A mi izquierda, una enorme despensa con las puertas abiertas. Imposible ver todo lo que contenía, pero los estantes parecían abarrotados de productos de todo tipo.

Cuando alcancé el final de la enorme cocina, me encontré con una puerta cerrada con un pestillo tradicional. El sonido de los latidos de mi corazón podría haber despertado a un ejército. Respiré hondo antes de descorrerlo. El rellano de una pequeña escalera de servicio, iluminado con su lucecita verde, me recibió inhóspito. Frente a mí, un montacargas, también con bocallave. La cabina se encontraba en aquella planta. Abrí la puerta, solo dos botones: S y 1. Cerré despacio y empecé a bajar la escalerita.

En ese momento eché de menos mi móvil. No me había acordado de él en mucho tiempo; me habría venido bien su linterna. La planta baja estaba débilmente iluminada por la luz de las farolas del jardín que se colaba a través de los cristales traslúcidos de las ventanas, allí sin enrejado. Me acerqué a la puerta situada en el centro, se notaba que era una zona de uso cotidiano. Supuse que se utilizaría para descargar alimentos y otros productos de mantenimiento de la clínica.

Casi había olvidado por qué me encontraba allí, por qué había salido de la cama en plena noche dispuesta a perseguir fantasmas, cuando se me paró el corazón: una sombra se acercaba a la puerta desde el exterior. En dos zancadas regresé a la escalera de servicio por la que acababa de bajar y subí con la tensión aferrada a mi gar-

63

ganta. Sobrepasé la primera planta y continué subiendo los escalones de dos en dos, ya casi a oscuras, solo con la tenue lucecita verde. Estaba llegando a la que debía de ser mi planta, la tercera, pero no pude continuar subiendo: una puerta metálica de color blanco, similar a las que aislaban los pasillos de la escalera central, pero mucho más estrecha, me cerraba el paso. Busqué la palanca de apertura, pero no la encontré. Me quedé quieta, escuchando: el ruido de un juego de llaves rasgando una cerradura ascendía por el estrecho hueco de la escalerilla y supe que debía escapar. Coloqué las manos sobre la puerta y la empujé con todas mis fuerzas. Cerrada. Me giré y allí donde en la planta baja descansaba el montacargas, una pintada me atacó de frente:

«Sobran las palabras cuando la ciudad duerme y nosotros vivimos».

Antes de que quienquiera que fuese comenzara a subir la escalerita, yo la bajé tan rápido que todavía hoy no sé cómo lo logré sin despeñarme. Alcancé la primera planta y me colé de nuevo en la cocina, cerré la puerta y eché el cerrojo justo cuando el sonido de unos pasos invadía el rellano del piso en el que me encontraba, lo sobrepasaba y continuaba subiendo.

17

Mamá Luisa

$\mathcal{D}$iego regresó de madrugada, poco después de que tú aparecieras con el dichoso rotulador rojo y Mamá Luisa escribiera su nota. Seguía enfadado, pero se le pasó pronto. Mamá Luisa no sabía escribir muy bien y él se sentía orgulloso cada vez que ella lo intentaba. Siempre decía que no había podido ir al colegio, que nunca había tenido la oportunidad de aprender cosas, así que, cuando emborronaba libretas dejándole notas escritas, Diego se emocionaba.

Mamá Luisa también fue una de las olvidadas.

Había nacido en una familia pobre, en un pequeño pueblo de algún sitio. Sus padres se dedicaban a trabajar el campo, un campo que no era suyo, y tampoco habían asistido nunca a la escuela. Cuando Mamá Luisa cumplió dieciséis años, su padre la envió a trabajar a la capital. Don Matías, el dueño de una de las fincas en la que él ofrecía sus servicios como jornalero, le habló de una residencia a las afueras de Madrid. Se trataba de un hogar y colegio para niños sordos. Si enviaba a su hija a trabajar en el servicio de limpieza o en la cocina, seguro que alguno de los profesores estaría encantado de enseñarle a escribir, incluso de practicar con ella las cuatro reglas básicas de las matemáticas. Y era un trabajo en la capital, algo difícil de rechazar. Don Matías le aseguró que tenía contactos y que la recomendaría para el puesto y, un mes después, Mamá Luisa partió en autobús hacia Madrid con una muda dentro de la pequeña maleta repleta de miedos que sujetaba entre sus brazos.

Don Matías la recogió en el paseo de la Florida, la llevó en su coche hasta la residencia y le dijo que aquel lugar, rodeado de jardines, se transformaría muy pronto en su nuevo hogar, y él mismo en su propia familia. Y fue cierto, Mamá Luisa se aclimató rápido a su nueva vida y a las visitas, cada vez más frecuentes, de don Matías.

De vez en cuando, Mamá Luisa regresaba a su pueblo. Don Matías la recogía en la residencia y la acercaba hasta la parada del autobús que la devolvía a su antiguo mundo. Nunca la llevó en su coche hasta la casa de sus padres, a pesar de que él visitaba la zona a menudo. Todo el mundo allí estaba al tanto de que el señorito la había colocado en un buen trabajo en la capital y él no quería fomentar las habladurías.

Poco a poco, los viajes de Mamá Luisa se fueron espaciando. Jamás sus padres vinieron a verla a Madrid. La última vez que estuvo en su casa fue cuando cayó enferma. Esa vez, don Matías la recogió muy serio, sin hablarle. Parecía enfadado. Mamá Luisa no dejó de llorar en todo el trayecto, ni siquiera ya sola en el autobús ni una vez en su casa. Cuando regresó, cinco meses después, lo hizo sola. Nadie fue a recogerla a la estación. Desde allí tomó el metro y luego la camioneta que pasaba, cada dos horas, frente a la verja de la residencia.

Dos semanas más tarde, don Matías se presentó a última hora. Traía a un niño, un bebé de poco más de un mes. Se lo entregó a Mamá Luisa en los brazos y se marchó sin despedirse.

Tiempo después, Mamá Luisa se enteró de que don Matías se había metido en política; se convirtió en un hombre importante.

Y no volvieron a encontrarse hasta pasados muchos años.

66

18

Culpa mía

—¿*C*ómo te ha sentado empezar a nadar?

—Bien, creo.

—¿Solo lo crees?

—Sí, bien, me ha sentado bien.

—Así que nadar te ha sentado bien.

—Sí… Bueno…, no.

—Explícate.

—Tragué agua y casi me ahogo.

—Tragaste agua.

—Sí, respiré mal y tragué agua, solo eso.

—Pero, por lo demás, fue bien nadar.

—Sí.

—Sí.

—Aunque…

—¿Qué más pasó?

—Confundí a Patricia con Lucía. Ella siempre nadaba por la calle pegada a mi izquierda.

—¿Con tu hermana Lucía?

—Sí, con mi hermana.

—¿Y qué tiene de raro?

—Sabes que está muerta, ¿no?

—Sí, lo sé. Sé lo que ocurrió. Tengo un dosier en el que consta toda la información de las cosas que te han sucedido antes de llegar aquí.

—¿Sabes lo de los ojos?

—Cuéntamelo.

—El coche se salió de la curva y cayó por un terraplén. ¿Sabías que cuando deja de dar vueltas ya no sabes si estás boca arriba o boca abajo?

—No, no lo sabía.

—Pues ahora ya lo sabes.

—Sí, ahora ya lo sé.

—Si estás boca abajo, no debes soltarte el cinturón porque te caes de cabeza y puedes partirte el cuello. Yo no me lo partí, caí sobre un hombro. Pero me rompí el resto del cuerpo.

—Lo sé.

—Ellos se rompieron más, mucho más. Se rompieron del todo.

—También lo sé.

—Sí, también lo sabes, está escrito en ese informe, ¿no?

—Sí, lo está.

68 —Ya. ¿Y también está escrito que, durante millones de horas, estuve allí con ellos, en el centro de sus miradas de ojos de muerto?

—No, eso no lo sabía.

—No lo pone ahí, ¿verdad?

—No, no lo pone.

—Claro… ¿Cómo lo va a poner? Es la primera vez que lo cuento.

—¿Quieres contármelo a mí?

—El coche dio vueltas, y vueltas, y vueltas… Todo giraba con él, todo mi mundo. Sentí golpes por el cuerpo, golpes fuertes, golpes asesinos. Las piernas de mi madre, el pelo de mi hermana, un brazo de mi padre, y un zapato… Todo a la vez, todo girando. ¿Sabías que nadie grita en ese momento?

—No.

—Pues nadie grita. Estás haciendo fuerza para no morirte, contrayendo los músculos, apretándolos. Así no se puede gritar, como mucho puedes soltar algún gemido, pero no puedes gritar.

—¿Y cómo acaba?

—De pronto, todo deja de moverse. Y no sabes si estás boca arriba o boca abajo. Ni siquiera sabes si estás vivo o muerto.

—¿Y luego?

—Luego te das cuenta de que los otros sí están muertos. Pero no lo sabes por la sangre, ni por las cabezas volteadas. Lo sabes por los ojos. Son ojos de muerto. Los ojos de muerto son como los de esos cuadros en los que, te pongas donde te pongas, siempre te miran de frente, ¿sabes cuáles digo?

—Sí.

—Pues son como esos. Los ojos de muerto… Me miraron tres pares de ojos de muerto durante cuatro horas seguidas. Para mí fueron millones de horas, no solo cuatro.

—Lo entiendo.

—Me gritaban que todo había sido culpa mía. Y tenían razón, yo fui la culpable de todo.

—¿Eso es lo que sientes, que fue culpa tuya?

—Si no pone eso en tus informes, es que son una mierda de informes.

Pasados los cuarenta y cinco minutos de sesión, me miré las manos, me dolían de tanto apretarlas. Incluso al estirar los dedos, los nudillos siguieron blancos durante unos segundos.

19

La carta

$\mathcal{A}$lma salió de la consulta del doctor Castro con la cara roja. En cuanto oímos el ruido de la puerta, nos escondimos en el despacho contiguo y esperamos a que pasara de largo camino a su habitación. «Ha estado llorando», me dijiste, y yo te di la razón porque era obvio.

Todavía no había advertido que le faltaba el rotulador, creo que ni siquiera recordaba que lo tenía. De todas formas, nadie podría sospechar de nosotros. Luna se había colado varias veces en su habitación para registrar entre sus cosas en busca de tabaco, pastillas, alcohol o cualquier tipo de droga. También se había dejado caer por allí Ferran para olisquear su ropa y tumbarse en su cama. Incluso Mario había hecho una visita a la habitación vacía de Alma. Cualquiera de ellos podría habérselo llevado; ellos eran visibles, nosotros no.

La seguimos hasta la 324 y, tras comprobar que se encontraba bien, regresamos con Diego y Mamá Luisa.

Era raro que Diego se quedara tanto tiempo con nosotros, muy raro.

Cuando cerraron la residencia y nadie se acordó de los olvidados, él fue quien más trabajó para todos los que permanecimos entre estas paredes. Diego se atrevía a salir, y Mamá Luisa ya no le prohibía hacerlo; es más, le rogaba que lo hiciera y le mandaba recados: que si baja sin que te vean y compra unas salchichas y unos macarrones en la tienda del otro lado del metro, donde nadie te conoce; que si vete a la farmacia de tres calles más allá y trae un poco de jarabe de la tos, que Felipe no deja de toser; que si… Sacaba el dinero para esas compras de un bote de galletas en el que había guardado «los ahorros de toda una vida», decía. Pero poco a poco los billetes y monedas que había ido enclaustrando allí dentro se fueron acabando. «¡Cuánto tiempo tardó en llenarse y que poco en vaciarse!», repetía.

Y para colmo, un día nos cortaron la luz y el agua. Ese día, Mamá Luisa le pidió a Diego que escribiera una nota para don Matías y se la llevara en persona. ¿Te acuerdas? ¡Qué nerviosa se puso! Se colocó delante de la ventana mordiéndose las uñas, controlando el camino por el que Diego debía regresar. Y cuando lo hizo, se encerraron en el dormitorio del fondo para que le leyera la respuesta sin que se enterase ninguno de los otros. Nosotros nos quedamos dentro, con ellos, escondidos detrás de la cama que antes ocupaba Marcial, el sevillano.

71

A la atención de Luisa Suárez Castañar

Desde hoy se cierra oficialmente la residencia, pero, una vez a la semana o cada quince días, se pasará por allí una cuadrilla de jardineros del Ayuntamiento para el cuidado y mantenimiento de los jardines. He dado la orden de que no se corte ni el agua ni la electricidad del edificio con el fin de que puedan realizar sus labores. Ellos cerrarán las llaves de paso y los cuadros de luces cada vez que se vayan, y deben encontrarlos de la misma manera cuando accedan a ellos. Por supuesto, no deben saber que continuáis viviendo allí. ¡Ni ellos ni nadie! Confío en que mantendrás extremo cuidado con las luces y no se verán jamás desde el exterior.

Le he dado a Diego un sobre con algo de dinero para ayudar a vuestra manutención durante unos meses, pero luego tendrás que buscarte la vida como sea. En un par de años, Diego y algunos otros habrán cumplido la edad necesaria para trabajar, que te ayuden ellos con los gastos.

También quiero que sepas que hice desaparecer los documentos referentes a los niños y niñas huérfanos que se quedaron contigo, nadie los buscará jamás. A efectos prácticos, no existen.

Como verás, yo he cumplido con mi parte. Espero que hagas tú lo mismo con la tuya y esta sea la última vez que mantengamos contacto.

M. D. P.

P. D.: Diego ha crecido mucho.

Cuando Diego terminó de leer la carta, Mamá Luisa estaba roja de rabia.

«¡Te prohíbo que vuelvas jamás a casa de ese hombre! ¿Me has oído?», le gritó como si Diego fuera el culpable de aquellas letras.

Mamá Luisa formalizó de manera enfermiza las órdenes de don Matías y, desde entonces, todos se volvieron aún más invisibles; casi como nosotros.

—¿Crees que Alma se habrá vuelto a dormir? —me preguntaste al rato.

—Seguro —te dije—. Siempre lo hace después de llorar.

—Ya, pero el doctor Castro le ha preguntado si se sentía preparada para comenzar a ir a clase con el resto de sus compañeros, eso lo hemos oído los dos, no lo niegues.

—Sí, pero ya sabes cómo es el doctor Castro. Lo suelta como si nada, justo al despedirse del paciente, para que lo vaya pensando… Será en la siguiente sesión cuando lo trabaje del todo. No te preocupes, hoy no empezará.

Apoyaste el codo en la mesa y la cara en la mano, y soltaste un resoplido de aburrimiento. Por lo menos, ya no era un lloriqueo.

—¿Jugamos a adivinar qué están cocinando hoy? —preguntaste.

Y, como tantas otras veces, corrimos a sentarnos en el último escalón de la tercera planta, ese que hay junto a la pintada que Diego escribió en la pared, para olisquear los aromas que subían, sigilosos, por las escaleras.

20

Encuentro en la escalera

$\mathcal{M}$e ardía la cara. La sesión con el doctor Castro había sido dolorosa, demasiado dolorosa. Pensé en entrar en mi habitación y meterme en la cama para volver a dormir, pero ya nada era lo mismo. Tenía miedo de soñar otra vez con mi familia, de revivir de nuevo los golpes y los giros, de sentir sus ojos fijos en mí, de saberme la causante de su muerte.

Desde que me redujeron la medicación, mis sueños habían regresado. Como el de anoche, ese sí que había parecido real. Juro que esa mañana, cuando me despertó Coldplay, creí que todo había ocurrido en realidad. Luego, en cuanto salí al pasillo para bajar al comedor, me di cuenta de que no podía ser cierto, que las puertas que daban acceso a las escaleras se abrían a primera hora de la mañana y se mantenían cerradas toda la noche, y que jamás nadie del servicio de guardia se las dejaría abiertas mientras abandonaba su puesto.

Permanecí allí, junto a la ventana, contemplando el otoño. Mañana fría. Pensé en volver al calor de la piscina. ¿Estaría abierta? Supuse que sí, seguro que Patricia me había facilitado los horarios, pero los había olvidado por completo. Salí de mi habitación y recorrí el largo pasillo hasta el distribuidor central.

—Hola —saludé mientras me acercaba a la ventanilla del puesto de guardia. Creo que era la primera vez que lo hacía.

Una mujer de pelo rubio, recogido en una coleta, levantó la vista de la pantalla de su ordenador. Cara de sorpresa. Sonrisa.

—Hola, Alma —respondió con una voz rasgada. En la placa identificativa que llevaba enganchada a su jersey, leí su nombre: «Andrea»—. ¿En qué puedo ayudarte?

—¿Cuál es el horario de piscina?

—Por las mañanas, de diez a dos. Por las tardes, de cuatro a siete menos cuarto. ¿Quieres ir ahora?

—Sí. ¿Es posible?

—Claro, aviso a Patricia y le digo que vas para allá.

Regresé a por mis cosas y, en menos de un minuto, bajaba las escaleras centrales con mi bolsa de piscina colgada al hombro. Nadar me relajaría, como había hecho siempre. Cuando llegué a los últimos escalones que me separaban de la primera planta, oí el taconeo y la voz de Luna martilleando las baldosas del vestíbulo.

—Hola, Mari. No me estoy saltando las clases —dijo, y soltó una de sus vulgares risotadas—. Tengo cita con el doctor Castro, seguro que está anotado en algún lugar de tu gigantesca agenda, esa con la que nos controlas a todos. ¡Mira que te gusta controlar!, ¿eh?

—Sí, aquí lo veo —respondió Mari sin hacer caso a su sarcasmo—. Pero no te toca hasta dentro de diez minutos.

—Ya, es que quiero subir primero a mi habitación a recoger una cosilla…

—¡Un momento! Ya que subes, ¿puedes llevarle a Andrea un jersey que se ha dejado aquí?

El taconeo de Luna se acercó a la recepción. No lo pensé dos veces y me deslicé rápido hasta el comedor. Encontré las mesas recogidas, sin restos de los desayunos que habían servido un par de horas antes. Sin saber bien por qué, continué avanzando hasta la cocina. A plena luz, el espacio me pareció mayor que el de mi sueño. Avancé hasta la ventana y un pellizco me sacudió por dentro: la imagen que veía era idéntica a la que había soñado la noche anterior. Seguí hasta la puerta que daba acceso a la escalera de servicio. El cerrojo, abierto. La empujé y salí al rellano. La luz del montacargas indicaba que estaba abierto en la planta baja y unos ruidos acompañados por voces apuntaban que estaban metiendo cosas.

Alguien comenzó a subir la pequeña escalera; quienquiera que fuese iba silbando una cancioncilla. Volví sobre mis pasos sin hacer ruido, casi sin respiración. No debían pillarme allí. Todo era igual que en mi sueño, o muy parecido. Ahora, con luz, me daba cuenta de que esa escalerita, en las plantas superiores a la cocina, no estaba en uso desde hacía mucho tiempo. Los radiadores que veía en algunos tramos estaban llenos de polvo oxidado. Toqué uno y comprobé que estaba frío. Me quedé quieta, escuchando. En cuanto los pasos se colaran en la cocina, bajaría a la planta baja, me escurriría por la puerta de servicio y caminaría hasta la piscina. Nadie tenía por qué enterarse de mi paseo. Pero, ya que estaba, ¿por qué no subir el piso que me quedaba y comprobar si la pintada que recordaba haber visto en mi sueño seguía allí?

Un peldaño arriba, dos, tres… Giré en el siguiente recodo de la escalerita, ese en el que me esperaba otro radiador helado, y levanté la vista.

Allí, sentados en el último escalón, justo delante de la pintada, los dos niños que me recibieron cuando llegué me miraron sin pestañear con sus enormes ojos abiertos.

Esos ojos…

—¿Qué hacéis aquí? ¿Quiénes sois?

El mayor colocó un brazo sobre los hombros del pequeño, protector, pero el niño no tenía miedo. Me miraba sonriendo, como si me hubiera estado esperando mucho tiempo.

Ninguno de los dos contestó.

Subí hasta ellos y me agaché para quedarme a su altura antes de repetir mi pregunta.

—Jugamos a adivinar qué están cocinando. Por el olor, ya sabes —respondió por fin el más pequeño.

Me hizo gracia su respuesta; consiguió que se me pasaran los nervios. Tomé asiento junto a ellos y aspiré con fuerza.

—Yo diría que… están preparando una sopa, ¿no creéis?

—Eso ha dicho él, pero yo creo que será un puré.

—Ya… Y ahora decidme: ¿de dónde habéis salido?

Otra vez silencio. El mayor, apretando con firmeza los hombros del pequeño.

—Nosotros ya nos hemos visto antes, ¿verdad? —insistí.

—Sí —respondió el pequeño, y el mayor le instó a callarse con un gesto.

—Ya... Estáis escondiéndoos de alguien, ¿a que sí?

—Un poco.

—Bueno..., mejor no pregunto. Todos tenemos secretos. Encantada de haberos conocido —dije, lanzándoles una mano para que la estrecharan—. Me llamo Alma.

Y en el preciso momento en el que el pequeño iba a chocar mi mano, la puerta que estaba justo a su derecha, esa que empujé con fuerza en mi sueño sin conseguir moverla ni un mísero milímetro, se abrió y el joven que había visto semanas antes desde mi habitación caminando por el jardín delantero junto al niño volvió a cruzar su mirada con la mía.

21

Doblemente invisibles

*C*reo que, en aquel momento, se paró el mundo.

Alma dejó de mirarnos para centrarse en Diego. Lo estudió de arriba abajo, como si lo radiografiara sin necesidad de utilizar ninguna máquina de rayos X.

—Hola, soy Alma —le dijo después de ponerse en pie. Y nos quitó la mano de delante para ofrecérsela a él.

Diego la miró, nos miró y volvió a mirarla.

—Diego —respondió, estrechándosela por encima de nuestras cabezas.

—¿Cómo has conseguido abrir esa puerta?

—Con las llaves —contestó, mostrándoselas.

—No te he visto nunca en el comedor, aunque sí te vi un día paseando con él —dijo Alma, señalándote.

—Ya…, bueno, es que yo no soy uno de vosotros…

—¿Quieres decir que no eres un loco?

Diego se ruborizó.

—Bueno…, todos estamos un poco locos, pero lo que quería decir es que no vivo aquí. Soy del equipo de mantenimiento y estaba comprobando el tendido eléctrico de las dos plantas superiores, para evitar posibles cortocircuitos, ya sabes.

Te vi sonreír. Diego siempre había inventado historias verosímiles para salir de los aprietos en los que se metía y a ti te encantaban. A Mamá Luisa le contaba auténticas trolas cada vez que lo pillaba en alguna de las suyas, como aquella vez que se escapó y regresó con un ojo morado, ¿te acuerdas? Le dijo que un pájaro le había golpeado con una de sus alas cuando intentaba subir su nido a la rama de la que una ráfaga de viento lo había derribado. ¡Y ella se lo creyó! Pero todos sabíamos que se había pegado con José Carlos, el hijo del panadero, ese niño que se burlaba de nosotros porque éramos sordos.

—¿Y estos dos son tus ayudantes?

—No, son mis hermanos. Me los he tenido que traer, no encontré a nadie con quien dejarlos. Por favor, no lo comentes. Ya les digo yo que, aquí, tienen que volverse invisibles o me meterán en un lío.

—No te preocupes, yo no debería estar aquí, así que tú tampoco digas nada.

Nos envolvió el silencio. Me hubiera gustado decirle mi nombre, y también el tuyo, y contarle que tenía mejor cara que aquel día lluvioso en el que un coche con las lunas tintadas la dejó al pie de la escalinata, pero fue imposible. Nos habíamos vuelto invisibles también para ella. Solo Diego estaba presente en esa escalera de servicio.

Alma se dio cuenta de que se había quedado ahí quieta. Se recolocó el pelo detrás de la oreja, bajó la mirada y juraría que se sonrojó un poco.

—Tengo que irme —dijo—. Me esperan en la piscina.

22

Busco una puerta

*P*atricia me esperaba en la puerta; no había nadie más en la piscina. Entré en el vestuario, me puse el bañador, el gorro y las gafas, y salté a la calle cuatro. Esta vez Patricia no nadó conmigo, sino que permaneció en el bordillo dispuesta a lanzarse al rescate si hacía falta.

Sentí el agua atravesándome, fundiéndose conmigo, permitiéndome volar sobre ella. Perseguí las baldosas blancas del fondo hasta alcanzar las verticales de las paredes y recorrí metros y metros de camino líquido, arriba y abajo, volteando al final de cada calle, antes de detenerme, agotada, en el bordillo. Me quité las gafas y volví a sumergirme sin ellas.

—Nadas muy bien —me dijo Patricia—. ¿Has participado en alguna competición?

—Solo a nivel escolar —respondí, y me apoyé en el bordillo para tomar impulso y salir del agua.

Estaba secándome con la toalla cuando se abrió la puerta y entró una chica de mi edad acompañada por un hombre alto y grande. La chica iba en bañador, el hombre vestía ropa de calle. Me costó reconocer a Luna sin el maquillaje y con el pelo encerrado en el gorro de baño.

—Aquí te la dejo —le gritó el hombre a Patricia antes de salir a la calle y liberarse de ese calor húmedo.

—¿Qué hace ella aquí? —preguntó Luna de mala gana al verme.

—Yo ya me iba —dije, y me dirigí al vestuario.

La ropa y los tacones de Luna, sobre uno de los bancos de madera.

En lugar de meterme en la ducha, me senté con la toalla sobre los hombros. ¿Sería Luna quien nadaba la otra noche? No podía imaginar a nadie mejor que ella saltándose las normas. Quizás se puso tan desagradable con todos durante la cena por mi culpa. Cuando pregunté si alguno de ellos se había colado alguna vez en la piscina, debió de sentirse descubierta. Supuse que se escabulliría del edificio por la puerta de servicio. La primera vez que hablamos dijo que era la paciente más antigua de la clínica; seguro que conocía todos los pasadizos. ¿Y si era ella quien entró por esa puerta la otra noche? Tal vez tuviera también en su poder una copia de la llave de la puerta de la escalera de servicio y llegó a su habitación por ahí. ¿Dónde estaría esa puerta en nuestro lado del edificio? No la había visto por ninguna parte, quizás se encontraba detrás del tabique aunque, por su situación, debería dar al pasillo de los chicos, a escasos metros de la escalera central.

Me duché y me vestí rápido, enrollé el bañador mojado en la toalla, metí todo en la bolsa deportiva y salí. Hacía frío, o eso me parecía, aunque tal vez era el contraste de temperatura. Corrí hasta la puerta principal y subí de dos en dos los escalones hasta la tercera planta; casi sin aliento, me detuve a descansar junto a uno de los ascensores. La ventanilla de la garita, vacía, aunque se oían ruidos dentro. Apoyé las manos en la pared, justo donde debían continuar los escalones, y golpeé con los nudillos. Sonaba a hueco. Rodeé la escalera hasta el acceso al pasillo de los chicos: estaba abierto. Según mis cálculos, la escalera de servicio debía encontrarse un poco más allá, pero no había ni rastro de ella. Tampoco encontré huellas de la puerta blanca que había empujado sin éxito desde el otro lado.

Un ruido proveniente del fondo del pasillo me asustó. Me pegué a la pared y contuve la respiración, blanqueando los nudillos, vigilando la figura nítida de un chico que avanzaba hacia mí hasta que se desvaneció en la oscuridad de la zona sombreada. Pisadas de goma cada vez más cerca.

—¿Qué haces aquí?

Identifiqué a Mario: vaqueros y jersey negros más grandes de lo necesario, zapatillas deportivas, pelo alborotado y la cara semioculta en la penumbra.

Podía haberle mentido, pero no lo hice.

—Busco una puerta.

—Tienes todas las puertas que quieras justo en la pared contraria.

—No —insistí—. Yo busco una en este lado, una que dé acceso a la zona de servicio.

Arrugó el gesto y se acercó un poco más.

—¿De qué estás hablando? —preguntó, bajando la voz.

—¿Nunca has observado el edificio desde la fachada trasera? —dije—. Si lo miras bien, verás que la parte central se ensancha. De hecho, en la primera planta la cocina está en esa zona doble, ¿no te habías dado cuenta?

—Oye, tú no estarás aquí por lo mismo que yo, ¿verdad? —dijo, y soltó una carcajada.

Me reí con él, me caía bien.

—No, yo estoy aquí por cortarme las venas, ¿recuerdas? —respondí antes de subirme las mangas del jersey para enseñarle las cicatrices de mis muñecas.

—Bueno, sea por lo que sea, aquí estamos —añadió con una sonrisa—. A ver, dime, ¿qué estás buscando?

—La parte doble del edificio. ¿Sabes a lo que me refiero?

—Por supuesto, lo sabemos todos. Ven conmigo —dijo, y enfiló el pasillo.

En cuanto pasamos las diez primeras puertas, el corredor torcía un poco hacia la izquierda y la pared contraria a las habitaciones se llenó de ventanas que nos daban algo de luz. Nos asomamos a la primera y pude ver el lateral de esa parte doble que no encontraba por ningún lado.

—Te refieres a eso de ahí, ¿no? —dijo, señalando el saliente del edificio—. Este mamotreto fue una residencia de niños sordos hasta que se cerró y todos regresaron a sus casas. Estuvo abandonado un tiempo y, poco después, lo reabrieron como lo que es hoy: un manicomio para niños ricos como nosotros. De momento, han rehabilitado únicamente las tres primeras plantas y, como puedes ver, no por completo. Supongo que si el negocio va bien, acabarán abriendo el edificio entero.

—¿Cómo sabes todo eso?

81

—Deberías pasarte alguna que otra vez por las salas comunes. Allí tenemos ordenadores con conexión a Internet, igual que en las aulas. Algunas páginas están capadas, pero si te sabes mover, puedes encontrar de todo.

—Lo haré —dije.

Volvimos hacia la escalera y, cuando estábamos a punto de alcanzarla, oímos el taconeo de Luna ascendiendo peldaño a peldaño. Pude notar cómo la espalda de Mario se tensaba.

—Ya —le dije, apoyando mi mano sobre su hombro—, a mí también me estresa. Si quieres, nos quedamos aquí hasta que pase.

Mario se pegó a la pared y yo lo imité hasta volvernos invisibles. Luna cruzó el distribuidor y se dirigió hacia su habitación sin vernos.

23

La mirada de Alma

—¡*A*sí que era verdad! —dijo Diego con una amplia sonrisa—. Cuando me aseguraste que la chica nueva podía veros, no te lo estabas inventando.

—¡Claro que no! —le respondiste un poco enfadado. Nunca has entendido por qué los mayores no toman en serio a los pequeños solo por ser pequeños.

—Por favor, te repito que no debes contárselo a Mamá Luisa, o no nos dejará abandonar la cuarta planta —le dije a Diego muy serio.

—No te preocupes, os guardaré el secreto.

Nos pusimos en pie y cruzamos la puerta que Diego había abierto minutos antes. Esperamos a que volviera a cerrarla con llave y avanzamos hasta la escalera principal. Para nosotros, el eje central del edificio, la enorme escalera, comenzaba en aquella planta, justo donde terminaba para los demás habitantes de la clínica.

No podía dejar de observar el gesto de Diego y me di cuenta de que tú tampoco. Sonreía, ¿verdad que lo hacía? Con la misma sonrisa que se nos dibujaba a nosotros en la cara cuando Alma estaba cerca, esa sonrisa llena de ilusión y de miedo.

Y de esperanza.

El resto del día lo pasamos junto a Mamá Luisa, sin movernos de su lado. Como si nos estuviésemos vigilando unos a otros para cerciorarnos de que ninguno iba al encuentro de Alma.

No quería que Diego volviera a cruzarse con ella. ¡Por nada del mundo! Y no es que le tuviera manía, tú ya sabes que no; era ese...,

ese desparpajo que lo hacía irresistible, único. Ya desde niño parecía más avispado que cualquiera de los otros chicos y chicas de la residencia. Se enteraba siempre de todo y parecía estar en todas partes. Cuando decidieron cerrar el edificio, si no hubiera sido por él, no sé qué habría pasado con los olvidados. Ya sabes que Mamá Luisa se lo confiaba todo, y Diego se deslizaba por las escaleras arriba y abajo, rápido como una lagartija, para solucionar cualquier problema.

Creo que lo que más rabia me dio fue que él siguiera creciendo y yo no. Siempre habíamos sido de la misma estatura y, de pronto, me sacaba más de una cabeza. ¡Y se afeitaba! No todos los días, pero ya tenía pelos en la cara que le endurecían el semblante. No como yo, que me había quedado con esta cara de crío. ¿Qué chica iba a fijarse en mí?

Sí, claro, también me di cuenta de la mirada que le lanzó Alma. ¡La habría percibido hasta un ciego!

24

Residencia de sordos

—*N*o sabía que nadaras —le dije a Luna en voz baja en cuanto nos sentamos en el comedor.

—No es por voluntad propia. Prescripción del doctor Castro. Pero voy con una condición: no coincidir allí con nadie.

—¿Los demás también van a la piscina?

—Por supuesto, vamos todos. El doctor Castro siempre recomienda hacer deporte.

—¿Y por qué no vas con el resto?

—Por dos razones: una, no sé nadar y me da vergüenza que lo sepan, y dos, nadie me ve sin maquillaje.

Sonreí. Si ella supiera que, bajo mi punto de vista, estaba mejor con la cara lavada…

—Tía, a ti se te da bastante bien —dijo—. Te estuve observando un rato y nadas incluso mejor que Patricia. ¿Dónde aprendiste?

—En el colegio.

El resto de comensales se sentó a la mesa, cada uno en su puesto habitual. Me pregunté qué pasaría si cualquier día ocupara otro asiento que no fuera el que me habían adjudicado.

—Pues ya somos tres los que te hemos visto sin maquillaje. Patricia, yo y el tipo que te acompañaba —añadí, bajando la voz.

—No sabía que tú ibas a estar allí y los educadores no cuentan —respondió también en un susurro, como si nos encontráramos en clase y tuviéramos que ocultarnos del profesor.

Mario me miró desde el otro extremo de la mesa.

—¿De qué habláis? —preguntó con curiosidad.

—¡De nada que tenga que ver contigo! —respondió Luna, volviendo a su voz estridente.

—Le contaba a Luna que esta mañana he estado nadando en la piscina con Patricia, y que mañana comenzaré a asistir a clase —dije en voz alta.

Mario asintió y se llevó a la boca una cucharada de la sopa que nos acababan de servir.

—¡No le des bola a ese! —dijo Luna lo suficientemente alto como para que Mario la escuchara—. ¡Es un pesado!

—A mí me cae bien —dije, y le sonreí.

Después de comer me pasé por la sala común. No estaban allí todos los internos, al menos no todos a los que veía cada día en el comedor, pero sí encontré a quien quería: Mario, sentado a la mesa del fondo, tenía la cabeza metida en la pantalla de un ordenador. Me dirigí hacia él despacio, observando a mi paso los diferentes rincones.

—Hola, Alma —dijo una voz detrás de mí—. Nos encanta que por fin te hayas decidido a compartir este espacio con nosotros.

Me giré y me encontré de frente con Silvia. No la había vuelto a ver desde el primer día. En una mesa, junto a los sofás, descubrí al hombre que había acompañado a Luna aquella misma mañana a la piscina. Se levantó y se acercó a mí con una sonrisa.

—Hola, soy Marcos. Nos hemos visto esta mañana. Seré tu profesor de Historia y, algunas veces, estoy de guardia aquí y en el comedor.

—Hola —dije, y le estreché la mano.

—Yo doy clase de Matemáticas —añadió Silvia con voz seductora, como si las matemáticas fuesen lo mejor del mundo.

Les devolví la sonrisa y repasé el resto de las caras. En los sofás que rodeaban la tele distinguí a Ferran, pero no vi a Luna por ningún sitio. Mejor.

—¿Qué es lo que te apetece hacer? ¿Leer? ¿Ver la televisión? ¿Algún juego? —preguntó Marcos mientras señalaba cada uno de los espacios donde podría realizar lo que me ofertaba.

—¿Puedo entrar en Internet? —pregunté, apuntando hacia la zona de ordenadores.

—Por supuesto, aunque tendrás acceso restringido a algunas páginas. No hay redes sociales ni correos electrónicos.

—No importa. Solo quiero leer el periódico y comprobar que el mundo sigue vivo ahí fuera.

Retomé mi acercamiento a Mario, que levantó la vista de la pantalla para descubrir quién se acercaba. Ojos llenos de miedo, como los míos. Los suavizó al comprobar que era yo. Me senté junto a él y encendí el ordenador contiguo al suyo. La pantalla se iluminó enseguida, como si me hubiera estado esperando.

—Te recomiendo que abras dos ventanas en el mismo navegador y que una de ellas sea de incógnito —dijo sin levantar la voz y sin mirarme siquiera—. Así no dejarás registro en el servidor y nadie sabrá que has tenido abierta esa ventana. ¡Y no me mires! Que no sepan que estamos hablando.

Dirigí la vista al resto de ocupantes de la sala. Ninguno mostraba interés por nosotros. Aun así, mantuve los ojos fijos en mi pantalla.

—Luego comprueban el historial, pero si encuentran varias páginas abiertas, no insisten. Yo, por si acaso, siempre abro alguna relacionada con temas conspiranoicos, para que no indaguen más, ya sabes. Así se quedan contentos.

Entré en Internet y abrí dos ventanas, la segunda de incógnito. En la primera escribí la URL de un periódico cualquiera. Nada más ojear su portada me percaté de que, desde mi ingreso en la clínica, las cosas habían cambiado muy poquito en el mundo.

En la otra tecleé el nombre de un buscador, y en este, el de la clínica. Nada, solo su página web.

Nuevo intento: escribí la dirección postal y me redirigió a páginas de mapas y a la web que acababa de abrir.

Añadí la palabra «historia» y descubrí que en ese mismo edificio se ubicó el Colegio Nacional de Pedagogía de Sordos. ¡Ya tenía algo por donde comenzar mi búsqueda!

Rebotando de página en página llegué a la hemeroteca de un periódico diferente al que había abierto en la otra ventana. En su página 41 de la edición del viernes, 22 de enero de 1970, anunciaba la próxima apertura de un colegio de sordos ubicado en la misma dirección donde se encontraba la actual clínica. Acogería a un total de 350 alumnos con edades entre cuatro y dieciocho años, de los cuales 275 serían internos, procedentes de provincias españolas que carecieran de centros con dicha especialidad. La noticia no se acompañaba con ninguna fotografía, pero sí con una breve descripción del recinto en la que detallaba que el gran edificio se encontraba inmerso en un amplio jardín y que en las distintas plantas de su cuerpo central albergaba una capilla, un salón de actos, los servicios médicos, psicológicos, de diagnóstico y de rehabilitación. Las aulas ocupaban la primera y segunda planta, dotadas todas ellas de moderno material electrónico, amplificadores para los alumnos y mesas de control para el profesor.

El artículo detallaba la situación de los sordomudos y el impulso que supondría ese nuevo centro a su educación, centrándola por primera vez en la inserción del no oyente en la vida laboral.

Levanté la vista de la pantalla y repasé la sala. La habían remodelado en parte, pero aún conservaba el suelo de baldosas jaspeadas que cubría todo el edificio. Por un momento imaginé la de suelas que lo habrían mancillado durante todos esos años en los que acogió a cientos de niños y niñas incapaces de oír sus propias pisadas.

Imaginé el silencio.

El auténtico silencio se produce cuando eres incapaz de percibir tu propio ruido. Como cuando nadas bajo el agua. La imagen de Lucía se dibujó en mi mente, las dos juntas, vestidas con idéntico bañador. Jugábamos a cogernos de las manos y sentarnos en el suelo de la piscina. Soltábamos burbujas hasta que no nos quedaba ninguna dentro y entonces nos manteníamos pegadas al fondo, vacías. Y allí abajo, cuando no había más que silencio, una de las dos decía algo, cualquier cosa, y la otra debía adivinarlo. La voz salía lenta, opaca, oscura. Entonces emergíamos las dos, muertas de risa, absorbiendo aire a bocanadas, regresando al mundo sonoro.

Lucía.

Volví a mi pantalla, los ojos fijos en la imagen del periódico publicado en 1970.

¿Cuándo tuvo lugar el accidente que acabó con toda mi familia? ¿El 1 de mayo? En el buscador de la hemeroteca escribí la fecha del día siguiente dispuesta a leer la noticia tal y como la vio el resto del mundo. Ellos no sabían la verdad.

25

Obreros en el edificio

$\mathcal{R}$ecuerdo el día en el que aparecieron los primeros obreros. ¿Te acuerdas tú? Claro, cómo ibas a olvidarlo. Estábamos los dos sentados en la escalinata. Mamá Luisa no permitía que ningún niño se sentara allí a plena luz del día, pero con nosotros era diferente. Nosotros ya oíamos y los oyentes sabemos guardar silencio.

Lo primero que oímos fue el sonido de un motor y, de pronto, la camioneta giró por el recodo del paseo de los olmos y se detuvo justo delante de nosotros. Me miraste con esos ojos que se te ponen cuando no entiendes algo y me preguntaste si era el día del jardinero.

—No —te dije—. Además, esta no es su furgoneta.

Dos hombres se apearon de ella hablando de la estructura del edificio. Tras subir la escalinata, golpearon los muros con sus nudillos. Uno de ellos, el más alto, sacó un juego de llaves y se acercó a la puerta central mientras el otro se giraba para contemplar el jardín.

—Al menos, el jardín está cuidado —dijo—. Ahora veremos lo que nos encontramos dentro.

Después de varios intentos, el alto consiguió abrir la puerta y pasaron al vestíbulo. Ambos tosieron y nos dimos cuenta del polvo que llenaba el ambiente, un polvo que nos había pasado desapercibido. El más bajito extendió un plano que llevaba en las manos y le indicó al otro dónde se encontraba la caja de luces.

—¡Están dadas! —dijo en cuanto abrió la caja.

—Se las deben de haber dejado puestas los jardineros —le respondió su compañero sin darle importancia.

El alto pulsó el interruptor y, en cuanto el vestíbulo se iluminó, comenzaron a recorrer la planta baja abriendo y cerrando puertas, comprobando el estado de las ventanas y las paredes, sentenciando lo que iban a cambiar y lo que podría mantenerse como estaba. El plano los iba guiando por las diferentes salas.

—Deberíamos subir y comprobar el estado de las plantas superiores —dijo el que llevaba el plano—. La idea es cerrar, de momento, el acceso a las dos últimas.

Ambos nos miramos sin entender muy bien lo que estábamos oyendo. Solo sabíamos que Mamá Luisa debía saber cuanto antes que esos dos hombres pululaban por el edificio.

Antes de que pusieran un pie en el primer escalón, tú y yo escapamos escaleras arriba como quien le ha visto los ojos al diablo. Encontramos a Mamá Luisa con los olvidados en la habitación del fondo, sentada en su butaca remendando unos calcetines. Tú te pusiste a llorar, como siempre, pero ni Mamá Luisa ni ninguno de los otros oía tus lamentos. Menos mal que Diego, que siempre andaba merodeando por ahí, entró y, en voz baja, avisó a Mamá Luisa de que unos intrusos rondaban por las plantas inferiores. Tú y yo ya nos habíamos dado cuenta de que Diego no era sordo, aunque sabía disimularlo muy bien. Es fácil confundir a los que no pueden oír, pero imposible hacerlo con los que escuchan.

Mamá Luisa se puso en pie y avanzó hasta el centro de la sala. Levantó los brazos y habló en el lenguaje que todos comprendían.

—Unos hombres han venido a comprobar el estado del edificio —dijo con sus manos—. No deben saber que estamos aquí. Antes de que suban, voy a cerrar todas nuestras puertas con llave, luego regresaré a esta habitación, bloquearé la entrada y mantendremos silencio hasta que se marchen.

Todos nos quedamos quietos, como estatuas, ¿recuerdas? Todos menos Diego, que salió de puntillas detrás de Mamá Luisa para ayudarla a ocultar bajo llave todo lo que nos pudiera incriminar.

El eco de las voces de los dos hombres comenzó a oírse con claridad cuando Mamá Luisa y Diego regresaron a la sala. Mamá Luisa giró la llave en la cerradura y se la guardó en uno de los bolsillos de su delantal. Extendió sus brazos como una gallina extiende sus alas y acogió a todos sus polluelos, incluidos nosotros. A mí me tocó justo al lado de Diego y sentí cómo apretaba los músculos con cada una de las pisadas que se acercaban por el pasillo.

—Parece que varias puertas de esta ala están cerradas —dijo una voz.

—No importa —respondió la otra—, nos han ordenado aislar esta planta y la de arriba del resto del edificio. Podemos comprobar desde el exterior si las persianas están bajadas; en ese caso, no hará falta que abramos estas habitaciones.

26

¡Nos persiguen!

—*N*avega un poco por la página oficial o se darán cuenta de que tienes otra abierta cuando realicen el seguimiento de tu historial —dijo Mario casi sin mover los labios, como si fuera un ventrílocuo.

Mi mano derecha se encontraba sobre el ratón, así que solo tuve que pulsar ligeramente su lado izquierdo para que la portada del periódico del día cubriera aquella otra de meses atrás en la que aparecían las fotos de mis padres y mi hermana junto al coche familiar destrozado.

—Es por eso por lo que te cortaste las venas, ¿no? —añadió sin levantar la vista de su pantalla—, por tu familia.

No pude evitar girarme hacia él con brusquedad.

—Disimula, o Marcos se acercará para descubrir qué está pasando.

Tarde. Marcos había advertido mi gesto y se acercaba con una especie de sonrisa.

—¿Qué hacéis, chicos?

—Le acabo de decir a Alma que soy del Atlético de Madrid, solo eso.

Supongo que mi cara dejaba ver mi perplejidad, jamás me interesó el fútbol.

Redirigí la vista a la pantalla y me di cuenta de que una de las noticias de la portada del periódico del día guardaba relación con la Liga de fútbol. Marcos también la vio. Entonces sonreí como si lo entendiera todo.

—Bueno, ganar alguna que otra vez debe sentaros bien, ¿no?

—respondió en tono burlón antes de regresar a su sitio, justo al otro extremo de la sala.

—Es buen tipo —me aclaró Mario—, pero madridista.

Me fijé entonces en el ordenador de Mario y vi cómo desplegaba en su pantalla una página relacionada con el control de personas a través de drones casi imperceptibles al ojo humano.

—Y tú, ¿por qué estás aquí? —le pregunté.

—Bueno, según el doctor Castro, soy un poco paranoico.

—¿Un poco paranoico?

—Vamos, que a veces percibo cosas que, en realidad, no existen —explicó, haciendo el gesto de unas comillas cuando pronunció «en realidad».

—¿Como cuáles?

—No lo sé, no las distingo de las reales —dijo, encogiendo los hombros.

Lo envidié. Ojalá aquellos ojos no hubieran sido reales.

—Mi familia y yo viajábamos en coche hacia la playa —dije como si, a cambio de la suya, le debiera una confidencia—. Conducía mi padre, mi madre iba en el asiento del copiloto. Mi hermana Lucía y yo, detrás. El coche se salió de la carretera en una curva y caímos por un terraplén dando vueltas y vueltas. Tardaron cuatro horas en rescatarnos.

—¿Os seguía alguien?

—¿Seguirnos? ¡No! ¿Por qué dices eso?

—Tu padre era un constructor rico y famoso; puede que tuviera enemigos.

—¿Cómo sabes quién era mi padre? —pregunté, alzando ligeramente la voz.

Mario me hizo un gesto para que la bajara y comprobó de forma disimulada si alguien se había percatado de mi alteración. Retomé mi postura, pero no aflojé mi mirada inquisitiva.

—Siempre me informo de cada uno de los que me rodean. Cualquiera puede ser uno de ellos.

—¿De quiénes?

—De los que nos vigilan, pero no te preocupes, tú has quedado libre de toda sospecha, no como Luna. De Luna no me fío un pelo.

93

—¿Por qué?

—Luna se vendería por una dosis de lo que fuera, hasta por un cigarrillo. Es capaz de darles información de cualquiera de nosotros.

—¿A quiénes? —repetí.

—¡A ellos!

Lo miré sin entender nada de lo que me estaba contando, pero cuando no pudo sostener mi mirada y bajó los ojos para ocultar su miedo, supe que se sentía igual que yo dentro de aquel coche.

—Sois los demás los que no os dais cuenta de que están por todas partes —añadió en voz baja.

De pronto, la imagen de aquel mensaje que encontré escrito en la pared trasera de la piscina se hizo un hueco en mi cabeza:

«¿Verdad que tú sí puedes vernos?».

No había vuelto a buscarlo a la luz del día, tal vez aún quedaran restos de la pintura roja con la que había sido escrito; aunque, quizá, nunca fue escrito y mi imaginación lo había colocado frente a mis narices. ¿Y si después de mi encierro con los ojos muertos de mi familia clavados en los míos, vivos, ya no podía separar lo real de lo ficticio?

Me toqué las muñecas. Sí, las cicatrices seguían ahí, como una señal inequívoca de la verdad dolorosa en la que se había transformado mi vida.

—¿El doctor Castro te ha dicho que eres paranoico? —le pregunté después de darme cuenta de que a mí jamás me había dado un diagnóstico preciso. Nosotros tan solo conversábamos.

—No, pero sé que eso es lo que piensa.

Me fijé en sus manos, apretadas, blanqueando los nudillos. No éramos tan diferentes.

—Me gusta observar —dijo en voz baja—. Así es como comencé a darme cuenta de ciertas cosas, de ciertas miradas. Alma, no debes confiar en determinadas personas, en más de las que crees. Estudian nuestros movimientos, analizan todo lo que hacemos. Quieren controlarnos.

La boca le temblaba, y no supe si era por miedo o por rabia.

—¿Le has hablado de esto a Castro?

—Al principio no le conté mucho; hablar de eso fue lo que me trajo hasta aquí. Además, no sabía si el doctor era uno de ellos.

Me costó imaginarlo como un ser malvado. La verdad es que, desde su posición, podría dominar nuestras mentes, pero la sola idea de que esa teoría pudiera ser cierta me hizo sonreír.

—Recuerdo nuestras primeras sesiones; no salíamos del silencio —dijo, y, de forma automática, recordé las mías—. Pero no tardé en darme cuenta de que Castro está libre de sospecha. No es uno de ellos, sino otro objetivo más de ese grupo de espías de mierda.

Mientras hablaba, Mario controlaba toda la sala con la mirada. Estaba al tanto de dónde se encontraban y qué estaba haciendo cada uno y, en cuanto alguien se movía, daba un pequeño respingo, como si todos sus sentidos se activaran de golpe. Entonces dejaba de hablar y volvía a la pantalla de su ordenador, disimulando, hasta que el equilibrio regresaba y nos rodeaba con su cotidianeidad.

—El doctor Castro no me cree. Cada vez que pretendo advertirle de la vigilancia a la que estamos sometidos, él intenta establecer una secuencia coherente en mis historias. Insiste sobre el antes y el después de esas situaciones en las que me siento invadido. Supongo que busca causas que las desencadenen sin darse cuenta de que son reales. Incluso, algunas veces, ha llegado a decírmelo. No que me lo invento, por supuesto, sino que no están ahí, que son sensaciones mías.

Tragó saliva y, por fin, me miró de frente.

—Nos buscan, Alma, nos buscan para controlar nuestras mentes, para decirnos qué y cómo debemos pensar.

No pude evitarlo y le cogí de la mano.

En ese mismo instante, los tacones de Luna comenzaron a sonar por el pasillo y todo el cuerpo de Mario se agitó, incluida su respiración.

95

27

El reencuentro

*L*as pisadas de esa chica, Luna, retumbaban por todo el edificio. No te lo creerás, pero a veces echo de menos el silencio de la sordera. Reconozco que vivir entre oyentes es más silencioso que hacerlo entre sordos, pero esa chica…, esa chica hacía más ruido que todos los huéspedes de la residencia juntos.

Diego dio un respingo con el primer taconazo. Habíamos descubierto hacía mucho tiempo, antes incluso de que cerraran la residencia, que podía oír a la perfección, ¿recuerdas? Creo que Mamá Luisa lo sabía desde el principio, por eso juntaba la boca a su oreja y le susurraba palabras secretas desde que era un niño. Al principio pensé que intentaba transmitirle su calor, su aliento, como hacía contigo, conmigo y con los demás olvidados, pero pronto me di cuenta de que movía los labios de forma diferente, como si hablara o cantara.

El eco de los pasos se oía lejano pero contundente. Diego se puso en pie y deambuló por la habitación moviéndose de un lado a otro, abriendo y cerrando las manos, apretando la mandíbula. Entonces te miré deseando que comprendieras lo que estaba pensando, y creo que lo hiciste: quería que Diego siguiera a Luna y dejara tranquila a Alma. Solo así impediríamos que viera la pintada en la piscina.

Y tú, chico listo, abriste la puerta y te fuiste por el pasillo en dirección a la escalera central, hacia los tacones de Luna.

—Venid, vamos a ver quién anda así, quizás sea Alma —dijiste.

—No es ella —respondió Diego.

Pero aun así, te siguió. Diego nunca había podido resistirse a una chica, ni siquiera a Luna.

Por la época en la que tú y yo desaparecimos a los ojos de los demás, los olvidados todavía éramos muchos, aunque no tantos como en los primeros años de funcionamiento de la residencia. La mayoría de esos niños y niñas, los que llegaron primero, se habían convertido ya en «hombres y mujeres de provecho», como decía Mamá Luisa, y muchos de ellos habían formado sus propias familias. O no. Para algunos, su familia continuaba siendo el silencio. Pero todos venían a visitarnos de vez en cuando.

Al principio nos costó acostumbrarnos a ser invisibles, aún recuerdo cómo llorabas el día que te encontré deambulando entre los olmos del paseo. Cuando oíste que te llamaba, corriste a abrazarme como no lo habías hecho nunca. ¡Por fin alguien te veía, por fin podías aferrarte a alguien!

Me sorprendió que me oyeras, pero, sobre todo, me conmovió percibir mi propia voz. Y el sonido del viento azotando las ramas de los árboles, y el de la lluvia, y el del silencio de los oyentes.

Durante un par de años, hasta que cerraron la residencia, vimos cómo los niños que sí tenían identidad, esos a los que sus familias recogían los viernes por la tarde y devolvían los domingos por la noche, se fueron diluyendo como la escarcha al sol del mediodía. Cuando por fin nos quedamos solos, ocultos en la cuarta planta de un edificio abandonado a su suerte, éramos solo nueve, contando a Mamá Luisa. Ninguno menor de ocho años. El mayor, Diego, estaba a punto de cumplir los catorce. Lo seguía Feliciano, de doce; Marcial y Laura, de once; Matilde, de nueve, y el pequeño Carlitos, de ocho. También estábamos tú y yo, pero no contábamos, y además, de un tiempo a esa parte, ya no teníamos edad.

Tampoco montábamos tanto jaleo como los demás, ¡cuánto ruido hacen los sordos! Casi tanto como los tacones de Luna.

97

28

Verificación

—¿*P*asa algo interesante por aquí o seguís siendo la misma peña aburrida de todos los días? —preguntó Luna en cuanto sus tacones pisaron la sala común.

Repasó la estancia milímetro a milímetro y se percató de mi mano sobre la de Mario. Sus ojos bailaron bajo el rímel como si hubiera descubierto de oferta uno de los pantalones ajustados de marca que solía vestir. Retiró su larga melena oscura de su hombro izquierdo, giró el cuerpo hacia la zona en la que Mario y yo nos encontrábamos y fue derecha a por nosotros con su contoneo habitual.

La observé mientras se acercaba. La había visto aquella misma mañana sin todo ese ornamento encima y pensé que no le hacía ninguna falta colocárselo para llamar la atención, aunque, si Mario estaba en lo cierto, quizás fuera precisamente eso lo que buscaba.

—Buenas tardes, Luna. —La voz de Marcos retrasando el ataque de la depredadora—. Ya sabes que aquí no nos aburrimos. ¿Qué te apetece hacer hoy?

—Si te lo dijera, te ibas a ruborizar —respondió con el volumen de voz justo para que solo la oyéramos los más cercanos a ella.

Miró a Marcos, esbozó una de sus falsas sonrisas y añadió que iba a cotillear un par de revistas *online*. Aproveché esa distracción para quitar mi mano de la de Mario y cerrar mi pantalla de incógnito, segura de que Luna la encontraría, pero Mario continuó navegando por la suya como si le diera igual que ella la viera.

—¿Ya estás con tu manía de que nos observan? ¡Mira que eres pesadito! ¿Y qué? ¿Vuelvo a ser sospechosa de complot?

Risa despectiva. Los dientes de Mario apretados, la mirada fija en su pantalla.

—Tía, te estaba buscando —me dijo—. Hoy es viernes, ¿te vas de finde?

—No —respondí sorprendida. No había salido de la clínica desde mi ingreso—. No lo he hecho ningún fin de semana, ¿por qué iba a hacerlo este?

—Porque se te ve menos ida y, quizás, el doctor Castro te había dejado libre. Yo qué sé. ¡Joder, necesito a alguien que salga y me traiga tabaco! —dijo hastiada—. Castro me deja fumar, en plan… solo si lo hago con discreción y nunca dentro del edificio. Pero no me deja salir a por tabaco. Tía, tú no tienes, ¿verdad? No, he registrado tu habitación y no he encontrado nada… —añadió como si tuviera derecho a hacerlo—. Bueno, pues no nos va a quedar más remedio que escaparnos esta noche.

—¿Cómo dices?

—Lo que has oído; no es la primera vez que lo intentamos, ¿verdad, Mario? ¿O es que tu amiguito no te ha hablado de nuestra hermosa relación? ¡Casi nos fugamos juntos! —dijo socarrona—. Y ahora dejadme en paz, que quiero culturizarme. Y tú, bonita, deberías dejarte de noticias serias y pasarte a la prensa rosa; es mucho más divertida —añadió antes de concentrarse en su revista virtual.

Miré a Mario con cabreo. No me importaba que hubiera estado liado con Luna, juro que no. Me molestaba que me hubiera mentido. Cerré la pantalla y apagué el ordenador.

—Voy a pasear por el jardín antes de que anochezca —dije, como si tuviera que dar una explicación por ausentarme. Me sentí tonta.

—¡Te acompaño! —exclamó Mario, y se levantó como impulsado por un resorte.

—Eso, no te quedes aquí solo conmigo, no sea que te coma —dijo Luna sin ni siquiera mirarnos—, pero apaga antes tu ordenador con toda esa mierda secreta que tienes abierta. Yo no pienso hacerlo.

Mario fue cerrando las ventanas de su pantalla mientras yo lo esperaba junto a la mesa.

99

—¿Te vas? —me preguntó Marcos.

—Sí, voy a dar una vuelta por el jardín.

—Muy bien. El aire fresco es bueno, te sentará bien.

Le sonreí y me dirigí a la puerta. Antes de salir oí la voz de Mario diciendo que él también necesitaba tomar el aire y, justo después, la de Luna: «Adiós, tortolitos».

Subimos la escalera en silencio. Yo un par de escalones por delante, pisando fuerte; Mario, cabizbajo. Sin decirnos una sola palabra, me desvié por el pasillo de las chicas, fui a mi habitación y me puse el abrigo. Hacía frío fuera.

—¿Vas a dar un paseo por el jardín? —me preguntó Andrea desde la garita cuando regresé al distribuidor de nuestra planta.

—Sí —contesté sin pararme—. Antes de que comience a oscurecer.

No quería que me entretuviera, necesitaba luz para comprobar si quedaban restos del mensaje escrito en rojo en el edificio de la piscina. Cruzaba los dedos para que continuara allí.

100 Desde que Mario me había contado su trastorno no podía dejar de pensar que quizás yo sufría alguno similar. Tal vez los golpes en la cabeza producidos por el accidente, el *shock* y la fuerte medicación me habían desbaratado por completo el cerebro. «No hay niños tan pequeños en la clínica», me aseguró Luna el día que llegué. Pero ahí estaban los dos, pululando por los rincones del recinto. De mi primer encuentro con ellos, a mi llegada, medio en sueños, no sabía si la imagen que recreaba mi cerebro era cierta. Bernardo no dijo nada al verlos en la escalinata. Creo que ni siquiera los miró, pero yo acababa de hablar con ellos en la escalera de servicio.

—¡Pues date prisa, chica! —exclamó Andrea—. ¡Que te has quedado embobada!

Escuché su risa mientras bajaba a toda velocidad pensando que me había librado de Mario, pero en cuanto alcancé el vestíbulo lo encontré frente a la puerta central enfundado en una cazadora oscura, con la capucha puesta.

—A lo mejor prefieres esperar a que llegue tu ex —le dije.

—No es mi ex, tan solo estudié para ella las posibles salidas del edificio. Y sí, yo también estaba dispuesto a fugarme.

—No me importa —dije, y era verdad.

Salí a la escalinata y el frío me acuchilló la piel. Finalizaba noviembre y las temperaturas se habían desplomado. Me subí el cuello del abrigo y me solté el pelo para que me cubriera las orejas. Una cámara de seguridad, esta en funcionamiento, nos grababa desde el dintel de la puerta central. Cruzamos en silencio el paseo de los olmos hasta llegar a los rosales pelados, con sus espinas apuntándonos con crueldad. Mario no preguntó adónde nos dirigíamos, ni siquiera cuando rodeé el edificio de la piscina y me detuve frente a una mancha rojiza que se escondía entre la suciedad de la fachada. Todavía podían leerse algunas letras. Quienquiera que la hubiera frotado no había logrado eliminarla del todo. La luz de la tarde me permitió descifrar lo que la noche me ocultó.

Respiré aliviada.

—«¿Verdad que tú si puedes vernos?» —leí en voz alta—. Pone eso, ¿verdad? ¡No lo estoy imaginando, ¿a que no?!

—Sí, eso pone —me contestó Mario mientras abría y cerraba los ojos con insistencia.

Intenté recordar dónde había puesto el rotulador rojo que encontré junto a aquel perturbador mensaje.

—¡Entonces es cierto! ¡Están aquí! —casi gritó Mario mientras miraba atemorizado en todas direcciones—. ¡Nos vigilan!

Le puse las manos sobre los hombros para obligarlo a fijar sus ojos en los míos, pero era imposible que los dejara quietos. Parecía un perro con las orejas erguidas, alerta a cualquier ruido o movimiento que pudiera producirse a nuestro alrededor. Bajo mis manos percibí cómo se endurecían sus músculos y advertí un ligero temblor en ellos. El temblor del miedo.

—¡Ese mensaje es para mí, nadie te persigue! —le dije en voz baja.

Tuve que repetírselo varias veces hasta que comprendió. Por fin dejó los ojos quietos y me miró.

—¿Para ti?

—Sí, para mí.

Bajó la cabeza y soltó un resoplido, como si tuviera los pulmones empachados de oxígeno. Le sonreí y me devolvió un gesto cómplice antes de separarse.

101

—¿Quién lo ha escrito? —preguntó más tranquilo.

—Un niño de unos ocho años que andaba el otro día por el jardín.

—Aquí no hay niños tan pequeños, no les dejan entrar.

Recordé al hermano pelirrojo de Gabriela dentro del coche y la prisa de sus padres por marcharse cuanto antes.

—Este vino acompañando a su hermano, uno de los de mantenimiento. Lo vi merodeando entre los olmos y lo seguí hasta aquí. Míralo bien, la letra es de niño. Además, encontré el rotulador con el que lo escribió, debió caérsele al salir corriendo. Lo tengo en mi habitación.

—El técnico de mantenimiento del edificio es Bernardo.

—¡Pues sería un electricista! ¿Qué sé yo? Lo he visto bajar esta mañana de las plantas superiores por la escalera de servicio. Él mismo me lo ha dicho.

—El acceso a esas plantas está cerrado.

Encogí los hombros y regresamos al edificio principal cuando el sol comenzaba a descender. Las tardes se transformaban en noches demasiado rápido.

Mario no dejó de mover los labios en todo el trayecto, como si estuviera recitando una letanía, y yo estaba furiosa con él por insinuar que todo eran invenciones mías.

—Ese tío del que hablas debe de ser el que le colaba tabaco a Luna —dijo cuando alcanzamos la tercera planta—. A ella le aseguró que era ayudante del jardinero, pero jamás ha traído a ningún hermano pequeño.

29

Plan de fuga

*T*ambién yo seguí a veces el taconeo de Luna. No tenían nada que ver con las pisadas suaves de Alma, ella no necesitaba adelantar su llegada a ningún sitio con ruidos estridentes a modo de anuncio, ni trazar un plan que la ayudara a convertirse en el centro de todas las miradas. En cambio, Luna…, Luna era el exceso hecho persona. Convivir con ella podía llegar a ser agotador.

Fue de las primeras pacientes en aparecer por aquí. La ingresaron por primera vez cuando acababa de cumplir los catorce y ya la habían sacado de dos comas etílicos. Por aquel entonces era tan alta como ahora, con las mismas curvas, aunque aún conservaba algo de inocencia infantil que intentaba esconder bajo un carmín demasiado rojo.

Diego andaba cerca de los diecisiete. Se encontró con Luna una tarde en la que se coló en el jardín para sentirse en casa.

Cuando Mamá Luisa enloqueció, Diego se marchó a vivir fuera de esta verja, pero regresaba de vez en cuando y contemplaba el recinto desde lejos con una mirada llena de congoja que nos extrañaba mucho en sus ojos, ¿recuerdas? «No parece Diego», decías, y yo te explicaba que las cosas habían cambiado mucho en muy poco tiempo, que ninguno de nosotros éramos igual que antes.

Tú y yo fuimos muy felices aquí, claro que lo sé, no hace falta que me lo repitas. Y no solo nosotros; todos los olvidados lo fuimos gracias a Mamá Luisa. Ni una sola lágrima se escapó de sus ojos cuando se marcharon los demás y se quedaron enterrados en vida en la cuarta planta.

Ni los ahorros de Mamá Luisa ni el dinero de don Matías duraron demasiado. Tampoco entonces ella esgrimió un mal gesto. Continuaba con su sonrisa fresca y su vitalidad, todo para que no se preocuparan los niños. Solo Diego parecía darse cuenta de lo que estaba ocurriendo. La acompañaba a la tienda para llenar la despensa y cada vez traían menos comida. El chocolate de la merienda se transformó en sucedáneos baratos, la leche en aguachirle y la carne en casquería. La ropa pasaba de unos a otros hasta que se deshacía en las manos y era imposible ponérsela sin que se resquebrajara sobre los cuerpos. Pero lo peor era el encierro, las persianas bajadas, las luces apagadas…, para evitar ser vistos.

Diego no lo aguantaba y entraba y salía cada vez que le daba la gana. A veces se escapaba por la mañana, a primera hora, con las calles todavía vacías, y regresaba ya de noche, cuando volvían a quedarse quietas. La ciudad nos rodeaba ya por todos lados. Mamá Luisa lo esperaba pegada a la ventana, con el ojo fijo en uno de los pocos huecos que dejaba la persiana que malcerraba para evitar la oscuridad plena. Y respiraba tranquila cuando lo veía aparecer por el jardín trasero sin un solo rasguño, o con alguno que otro, pero sin nada roto.

Diego siempre traía algo. A veces una docena de huevos, otras unas galletas, de vez en cuando unas frutas, o unos tomates. Mamá Luisa nunca le preguntaba nada. Simplemente lo guardaba en la despensa para servirlo en la mesa al día siguiente. Pero la noche en la que Diego trajo dinero en lugar de comida, Mamá Luisa se enfadó como no lo había hecho nunca. Le preguntó a gritos de dónde lo había sacado y, antes de que tuviera tiempo de responder, le soltó un bofetón que le abrasó la cara.

A la mañana siguiente, Mamá Luisa salió muy temprano y regresó poco antes de la hora de comer. Se acercó a Diego y le mostró un pequeño fajo de billetes.

—No hace falta que vuelvas a traer dinero —le dijo—. No quiero saber qué hiciste para conseguirlo porque no se va a repetir, ¿me oyes? Hoy he visitado a los otros niños, los que vivieron aquí antes que nosotros, ya los conoces. Ahora son mayores, tienen trabajo y me han asegurado que nos ayudarán en lo que puedan. De momento me han dado este dinero y dicen que, cuando se acabe, vuelva a buscarlos para pedirles más —añadió, y guardó los billetes en un bote de plástico amarillo antes de marcharse a preparar la comida.

Una vez a solas, Diego se acercó al bote, desenroscó la tapa, sacó los billetes que guardaba en el bolsillo y los metió junto a los de Mamá Luisa.

—¿Me estabas buscando? —le preguntó Luna con una sonrisa llena de picardía la primera vez que se encontraron en el jardín posterior—. Era una broma. No tendrás un cigarrillo por ahí, ¿verdad?

—No —respondió Diego.

Siempre había puesto mucho cuidado en que nadie lo viera merodeando por la clínica. Normalmente se quedaba al otro lado de la verja, atisbando entre las rejas, pero desde allí solo lograba alcanzar con la vista unos cuantos árboles y algunas ventanas de la última planta.

Ese día quiso entrar y pasear por el jardín, su jardín. No le costó colarse, lo había hecho cientos de veces. Conocía cada uno de los barrotes de la verja como un preso conoce los de su celda. Con lo que no contaba era con encontrarse con Luna. La vio salir desde detrás de unos arbustos, donde parecía haber estado escondida. Incluso llegó a sorprendernos a nosotros, que, como siempre, espiábamos a Diego.

—¿Quién eres? No te he visto antes por aquí. —Su voz todavía no chirriaba.

—Soy el ayudante del jardinero —respondió Diego.

—Ya…, y no fumas.

—No.

—Pero tienes permiso para entrar y salir del recinto, ¿verdad?

—Sí.

—Entonces, puedes conseguirme tabaco.

—No solo tabaco.

—¿Y a qué esperas?

Diego sonrió y bajó la mirada, como si se ruborizara, pero en

105

cuanto levantó de nuevo la cabeza y vimos su sonrisa, supimos que Luna estaba perdida.

—A que me digas cómo piensas pagarme el favor —respondió.

Los tacones de Luna nos llevaron hasta la primera planta. Allí la encontramos envuelta en su aroma a maquillaje y perfume. Recuerdo que Diego se ocultó en un recodo del pasillo, tras las hojas de una de las enormes monstreras, justo como hicimos tú y yo el día que llegó Alma. Me extrañó, Diego nunca se escondía de Luna, sabía que ella siempre callaba sus encuentros porque, si alguien se enteraba de ellos, los perdería para siempre. Y no estaba dispuesta; Diego la abastecía de todo lo que necesitaba.

La vimos entrar en la sala común. Tú te escapaste detrás de ella para colarte dentro mientras Diego y yo permanecimos en la oscuridad del pasillo. Deseaba que Luna y él se encontraran de nuevo, que dejara de pensar en Alma, que no la tocara ni siquiera con la imaginación.

Un rato después, la puerta de la sala común volvió a abrirse. Enseguida supe que no era Luna quien salía. Las pisadas suaves de Alma se oyeron justo antes de que apareciera seguida de Mario. Corrí a esconderme junto a Diego; Alma sí podía verme. Pasó por delante de la planta que nos ocultaba con la mirada fija en el suelo, deprisa, blanqueando los nudillos. Parecía enfadada. La cara de Mario lo señalaba como culpable de ese enfado, pero con ese chico nunca estabas seguro de nada.

Tú tardaste aún un par de minutos en salir al pasillo.

—Luna quiere escapar esta noche del recinto —dijiste en cuanto llegaste a nuestra altura—. Necesita tabaco.

Sentí cómo Diego se removía en su escondite.

—Ha dicho que irán todos, también Alma.

Percibí el miedo en tu voz. Los dos miramos a Diego implorándole que pusiera una solución a lo que se avecinaba: Alma no debía salir de la clínica, todavía no estaba lista. Y menos aún con aquella pandilla de lunáticos capitaneada por Luna.

—Vosotros no entendéis, las cosas han cambiado —dijo—. Yo ya no puedo hacer nada por Luna.

30

Los últimos habitantes

—¡*T*e juro que estaba por aquí! —aseguré, mientras revolvía los objetos que había ido dejando sobre la mesa de mi habitación.

Mario permanecía quieto en la puerta, sin atreverse a pasar.

—¡Ayúdame! Tiene que andar por algún lado. Era un rotulador rojo, de los de punta gruesa —dije, y seguí buscando dentro de mi armario.

No recordaba haber colocado mis cosas de esa forma, pero tampoco podía confirmar que no lo hubiera hecho. Las últimas semanas habían sido demasiado psicodélicas.

Necesitaba encontrar ese rotulador, algo que certificara que no sufría visiones como las de Mario; algo que constatara que lo que veía era cierto, que esos niños existían y que sus ojos eran reales. Aquellos ojos de muerto eran lo último que recordaba de mi familia, lo último que me quedaba de ellos. Esos ojos culpabilizadores. ¡No podía haberlos inventado también a ellos!

Un rumor de voces se deslizó desde la escalera, y las puertas de las habitaciones comenzaron a abrirse y cerrarse escupiendo gente cargada con mochilas de fin de semana dispuesta a fugarse durante unas horas.

—¿Ya se van? —pregunté.

—Dentro de un rato —dijo Mario—. Ya sabes, a partir de las siete.

Comprobé la hora en mi despertador. No había tenido que usarlo ni una sola vez desde mi llegada; Coldplay continuaba encargándose de despertarme cada mañana. Aun así, lo mantenía en hora. Sus números digitales me acompañaban durante el día y la noche. Hasta que el doctor Castro decidió bajar mi dosis de medicación, eran lo único que me devolvía a la realidad.

—Faltan doce minutos —dije, y seguí con mi búsqueda dentro del armario.

El ruido de los fugitivos apagó el de los tacones de Luna y no la oímos llegar.

—No te esfuerces, bonita. Ahí no hay nada que merezca la pena, ya he mirado yo antes —dijo, y soltó una de sus risotadas.

—Luna, ¿has cogido de encima de mi mesa un rotulador rojo?

—¿Yo? ¿Y de qué me sirve a mí un estúpido rotulador rojo? Estará por ahí, yo qué sé, igual debajo de la cama. Siempre rodaba hasta el suelo cuando buscaba algo interesante entre tus cosas. ¡Tía, qué sosa eres, de verdad! Nunca has tenido nada interesante.

No quería discutir con Luna. Sabía que tendría todas las de perder y, además, eso era lo que ella buscaba.

Me agaché junto a la cama y metí la cabeza debajo. No recordaba ser tan desordenada. Aparté un par de zapatillas y una camiseta. El rotulador no estaba por ninguna parte. Al menos sabía que, en algún momento, había rondado por allí. Luna también lo había visto, así que mis visiones eran reales.

—Bueno, me encierro en mi cuarto hasta que esto se libere de niñatos. Avisadme cuando quedemos los de siempre —dijo, y desapareció por el pasillo.

Todavía no sabía cuál era la habitación de Luna, nunca la había visto meterse en ella y, por supuesto, nunca la había visitado. Corrí hacia mi puerta y empujé a Mario para que me dejara sitio. Comprobé que Luna entraba dos habitaciones más allá, solo nos separaba una.

—¿Por qué no te marchas a casa? —le pregunté a Mario.

—¡Sí que lo hago! —respondió dolido, como si le hubiera llamado huérfano—. Voy un fin de semana al mes.

No tuve tiempo de replicar que no lo había visto abandonar la clínica desde mi llegada, Andrea apareció por el pasillo y me avisó de que mi abuelo estaba al teléfono. La seguí hasta la garita de vigilancia. Era la primera vez que entraba; las llamadas anteriores las había atendido desde la centralita, en la recepción del vestíbulo.

—¡Hola, abuelo! —dije nada más coger el auricular.

—¡Hola, Alma! —respondió—. Me alegra comprobar que estás mejor. Me lo dijo el doctor Castro y no sabía si creerle, pero noto en tu voz que es cierto.

—Sí, la verdad es que me siento bien. Tomo menos medicinas y he vuelto a nadar.

—¡Eso es estupendo! Alma, el doctor opina que ya estás bien para que pueda visitarte. Le he preguntado si podrías pasar conmigo las próximas Navidades y cree que, si continúas mejorando como en estos últimos días y te apetece, es muy posible que te den permiso.

Se me formó un nudo en la garganta.

—¿Vas a venir? —pregunté.

—Sí, me hace mucha ilusión.

—Pensé… Pensé que no querías verme.

—¿Por qué? No hay nada más lejos de la realidad.

—Los demás internos reciben visitas casi a diario, incluso los fines de semana regresan a casa con sus familias. Nadie…, nadie ha venido a verme a mí y todavía no he salido desde mi llegada.

109

Se me humedecieron los ojos y apreté los dientes para que no se me cuarteara la voz.

—Además… La última vez que nos vimos…, ya sabes, te conté lo que pasó justo antes del accidente.

—¡Eso no son más que tonterías! No he ido a verte porque el doctor Castro consideraba que era mejor así, pero lo estoy deseando.

—Entonces, ¿vas a venir?

—En cuanto pueda, cariño, en cuanto pueda.

Colgué el teléfono con el retintín de su frase en mis oídos. ¿Qué significaba «en cuanto pueda»? ¿Dependía de él o del doctor Castro? Mi abuelo era un hombre muy ocupado, un hombre importante. Nunca conocí a mi abuela y, según decía mi padre, el abuelo había llenado su ausencia con trabajo, un trabajo que le había dado mucho dinero y reconocimiento, pero que lo alejó de su único hijo y de sus nietas.

Bueno, quizás no estuviera tan mal escapar aquella noche con Luna y los demás, y volver de nuevo a un mundo que estuviera vivo.

Regresé a mi habitación, ni rastro de Mario. La puerta continuaba abierta, así que la cerré. Prefería obviar cómo los demás recorrían el pasillo mientras cargaban con sus mochilas o tiraban de sus maletas de ruedas. Los golpes que estas emitían al bajarlas por las escaleras eran mucho peores que los tacones de Luna. Al menos, ellos se quedarían conmigo.

Me acerqué a la ventana, pero enseguida me retiré para no ver la escena. Varios coches cargados de sonrisas esperaban al pie de la escalinata.

Sobre todo, no quería ver los abrazos.

Cuando me giré, me fijé en mi mesa: el rotulador rojo estaba allí, sobre una hoja cuadriculada que había sido arrancada de una libreta. Con la misma caligrafía que el mensaje escrito en el edificio de la piscina, aparecía otra frase:

«Busca en tu ordenador sobre los últimos habitantes de la residencia de sordos».

31

El palomar

Sabía que Mamá Luisa había empezado a ponerse nerviosa. De un tiempo a esta parte, casi nunca bajaba a las plantas inferiores y solía permanecer en la cuarta, donde ocupábamos los dormitorios y las salas de estar. Cada vez que faltábamos los tres a la vez de su lado, se le llenaba la cabeza de ideas extrañas: que si iban a darse cuenta de nuestra presencia en el edificio y nos iban a echar de manera definitiva; que si algún día se iba a bloquear la puerta de acceso y no podríamos regresar a su lado; que si Diego era ya un hombre y no era bueno que anduviera tanto rato con dos niños...

Así que, aquel día, nos repartimos el trabajo. Tú te encargaste de vigilar a Alma; Diego, de conseguir tabaco para Luna y evitar así que insistiera en abandonar la clínica por la noche, y yo, de distraer a Mamá Luisa.

—¿Dónde están tus hermanos? —me preguntó en cuanto me senté a su lado.

—En la sala de arriba. Se ha colado otra paloma por el hueco de la ventana; creo que tiene un ala rota.

—Ah, muy bien. A esos dos siempre les gustaron los animales —dijo, y continuó releyendo por enésima vez la última revista que le había traído Diego.

Desde que se cerró la residencia de manera oficial y hasta que el edificio se transformó en clínica psiquiátrica, Mamá Luisa nos permitía subir a jugar a la quinta planta, ¿recuerdas? A veces, echábamos carreras por los pasillos. Pero cuando tapiaron la escalera y clausuraron las dos plantas superiores, se acabaron los juegos. Aun así, tú y yo nos escapábamos y subíamos a la sala de proyecciones, ya sabes cuál. Sí, esa en la que los jueves por la noche nos ponían películas con subtítulos para sordos. Todavía estaban allí los focos, ya eran muy antiguos para darles uso y nadie había querido llevárselos.

El caso es que un día que tú y yo habíamos subido a jugar, sonó un estruendo en la persiana, como si algo hubiera impactado contra ella. Cuando nos acercamos, vimos la persiana cuarteada y el cristal agujereado.

—Habrá sido una piedra —me dijiste.

—Nadie es capaz de lanzar una piedra a tanta altura.

Entonces la vimos: en el alféizar, una paloma muerta, con el pico torcido y la cabeza llena de sangre.

Nos fuimos corriendo y se lo contamos a Mamá Luisa.

—Eso es por los focos —nos dijo—. Aunque no estén encendidos, su revestimiento es de un metal que brilla de manera especial cuando le da la luz. Ese brillo siempre atrajo a las palomas, que se estrellaban día sí y día también contra los cristales. Lo que me extraña es que, con la persiana echada, se hayan sentido atraídas por ese foco. Porque vosotros no habréis subido la persiana, ¿verdad?

No sé cómo no se dio cuenta de que nos quedamos tiesos como dos pasmarotes. Aunque era cierto, nosotros no habíamos subido ninguna persiana.

Lo había hecho Diego.

En su última visita, la primera en la que pudo vernos, nos acompañó a la sala de proyecciones. Para él solo estaba llena de oscuridad; para nosotros, de cientos de tesoros. Hacía mucho tiempo que nosotros éramos parte de esa oscuridad y no necesitábamos ningún tipo de iluminación para movernos con total naturalidad. Pero Diego no era como nosotros, así que se acercó a las ventanas y, una a una, fue subiendo las persianas lo justo para que se creasen pequeños hilillos de luz horizontal que le permitiesen reconocer el espacio.

Y así se quedó, con esas diminutas llamas atravesando las persianas e iluminando la sala.

¿Recuerdas el día en el que Diego nos vio de nuevo? Se puso a llorar. ¡Sí que lo hizo, claro que sí! Se le llenaron los ojos de lágrimas y se le fragmentaron nuestros nombres al decirlos en voz alta.

Hacía mucho que no los pronunciaba.

Nosotros también nos sobresaltamos. Estábamos acostumbrados a tenerlo al lado, a seguirlo como dos fantasmas invisibles y, cuando nos llamó por nuestros nombres con aquel sonido entrecortado, fue como si el tiempo se hubiera cerrado en un círculo y hubiéramos vuelto al principio. Nos quedamos paralizados; sus ojos nos rodeaban. Entonces las vimos; vimos las vendas blancas en sus muñecas e intuimos los cortes debajo.

Aquel día subimos a la sala de proyecciones con Diego porque él nos lo pidió.

Hacía ya un tiempo, desde la noche en la que Mamá Luisa enloqueció, que Diego ya no vivía con nosotros y quería verla. Nos preguntó si ella también continuaba allí y le dijimos que sí, pero que ya nunca abandonaba la cuarta planta. Ahora los otros pisos del edificio estaban llenos de extraños y a ella nunca le gustaron los extraños. También preguntó por los demás olvidados. Nos siguió escaleras arriba, por las de servicio, hasta la tercera planta. Allí descubrió la nueva puerta que le impedía el paso. Puso sus manos sobre ella y la empujó con fuerza sin conseguir moverla ni un solo milímetro.

—Bernardo debe de tener la llave —dijo, acariciando la cerradura—. Necesito que me la traigáis.

—Pero nosotros nunca hemos hecho algo así, jamás hemos cogido algo ajeno —le respondí.

Mamá Luisa se enfurecería si nos saltábamos la norma básica: no contactar con los nuevos residentes.

Diego me miró con los ojos llenos de burla, igualitos a aquellos con los que me propuso caminar por la cornisa hasta la ventana de Cristina para contemplarla mientras se desnudaba.

—Siempre fuiste un cobardica —dijo.

—Si lo hubiera sido, tampoco yo podría cruzar esa puerta —respondí.

Y entonces me di cuenta de que tú ya no estabas a nuestro lado. Te habías deslizado hasta la recepción y habías robado la llave solo para cumplir los deseos de Diego.

—¡Mira el enano! —dijo con orgullo en cuanto regresaste con ella—. ¡Ha salido a mí!

Y entonces sonreíste y casi juraría que se te hinchó el pecho como a un gallito.

—Sacaré un copia y devolveré la original, no te preocupes —me dijo.

Abrió la puerta y lo seguimos escaleras arriba, pero, a medida que avanzábamos por el pasillo hacia la habitación del fondo, donde se encontraba Mamá Luisa, Diego se fue quedando atrás.

¿Quién era el cobardica?

—¡Esperad! —dijo—. Creo que todavía no quiero verla. —Remoloneó un poco y retrocedió un par de metros—. ¿Cómo está?

—Triste —le dijiste.

Se quedó en medio del pasillo, sin atreverse a dar un solo paso más. En ese instante, Mamá Luisa se levantó de su sillón y Diego se pegó a la pared para difuminarse en las sombras.

—¡No, no quiero verla! —repitió—. ¿Y los demás? ¿Dónde están los demás?

—Durmiendo.

—¡Subamos! —ordenó en cuanto Mamá Luisa volvió al sillón—. Vamos a la sala de proyecciones.

En cuanto entramos, fue tanteando el espacio hasta llegar a las ventanas. Tiró un poquito de las cuerdas de las persianas y la luz se coló por las rendijas. Aguardó un momento hasta que sus ojos se habituaran a la penumbra y comenzó a moverse observándolo todo.

—¿Se arrepiente?

—Creo que sí. ¿Te arrepientes tú?

Desde ese día, las visitas de Diego se volvieron más asiduas. Al principio solo quiso vernos a nosotros. Solía presentarse por la noche, cuando los nuevos inquilinos de la residencia dormían y nadie, salvo el personal de guardia, podía verlo. Todavía guardaba aquel manojo de llaves que había robado años atrás del despacho de dirección y que le permitía deambular por todas partes. Había añadido la copia de la llave de acceso a nuestro mundo y con ese llavero en la mano se sentía el rey del castillo.

Un mes después de aquella primera visita, quiso ver a Mamá

Luisa. Entró desde la calle por el jardín posterior y, utilizando su llave, abrió la puerta de servicio. Se deslizó en silencio hasta la escalera y subió los tres pisos hasta darse con la puerta metálica. Antes de cruzarla, sacó un rotulador del bolsillo y, en la pared contraria, escribió:

«Sobran las palabras cuando la ciudad duerme y nosotros vivimos».

Tú y yo lo esperábamos sentados en el último escalón de acceso a la cuarta planta, ¿recuerdas?

—Hoy quiero verla —nos dijo.

Y caminó sereno hasta la sala del fondo, donde ella descansaba en su sillón.

No volvimos a subir a la sala de proyecciones hasta pasadas varias semanas. Por esa época, Mamá Luisa parecía gris; creo que sí se arrepentía de aquello tan horrible que había hecho y no queríamos separarnos de ella, no fuera a hacer algo peor. Se había acostumbrado a nosotros y nuestra compañía invisible se transformó en un acompañamiento real, con algo de colorido. Diego a veces se quedaba a pasar la noche. Mamá Luisa se alegraba de verlo; se le iluminaba la cara, pero enseguida se le oscurecía la mirada.

—¿Te ha visto alguien? —le preguntaba casi agresiva.

—Que no, Mamá Luisa, que no soy tonto. Ya sé que no deben verme. Llevo toda la vida escabulléndome de este sitio sin que ni siquiera tú te dieras cuenta.

Un día, tiempo después, subimos a jugar a la sala de proyecciones, ¿te acuerdas? Los otros niños de la cuarta planta dormían, siempre dormían. Ese día Mamá Luisa estaba enfadada, no recuerdo por qué. Supongo que porque hacía días que Diego no se dejaba caer por la residencia. Con un grito de sus manos nos ordenó que nos calláramos, quería que nos estuviésemos quietos y, al final, terminó por echarnos de allí. Tú dijiste que hacía mucho tiempo que no jugábamos arriba y que te apetecía ver las imágenes de películas colgadas en las paredes de la sala. Subimos sin hacer ruido, no se fuera a enfadar otra vez, y cuando llegamos a la sala y abrimos la puerta, nos quedamos petrificados. El agujero en la persiana era más grande, como el del cristal de la ventana. Decenas de palomas, quietas, nos

115

observaban desde todos los rincones. Las paredes y el suelo estaban forrados con sus cagadas, marrones, grises y blancas, como brochazos de pintura espesa y grumosa.

Cerramos la puerta aterrorizados ante aquellos ojos y bajamos con Mamá Luisa para quedarnos quietos a su lado, como dos niños buenos.

Esa vez no le dijimos nada, no se fuera a preocupar.

Y nunca jamás volvimos a entrar en aquella sala, aunque ella pensara que subíamos a jugar allí de vez en cuando. Era nuestra excusa perfecta cuando queríamos bajar al mundo de los vivos, ¿recuerdas?

Mientras me quedaba de guardia en la sala, acompañando a Mamá Luisa, no imaginé que cogerías de nuevo tu rotulador rojo y escribirías otra frase para Alma y, menos aún, que la animarías a saber de nosotros.

Chesterfield

Salí de mi habitación con la nota en la mano y el aire estancado en los pulmones.

¿Había entrado Luna otra vez en mi habitación durante mi ausencia? ¿O ese niño pequeño al que solo yo parecía ver?

Antes de salir, había cogido el rotulador rojo y lo había guardado en el cajón de la mesilla, junto a mi ropa interior y unas galletas que no sabía por qué ni cuándo había metido allí.

Encontré el pasillo desierto. Nadie, ni siquiera Andrea. La garita estaba vacía y la luz apagada. Había comenzado el fin de semana y la guardia se centralizaba en la recepción del vestíbulo aunque, de vez en cuando, harían rondas por las dos plantas superiores.

Me asomé al pasillo de los chicos, quería ver a Mario, enseñarle la nota y decirle que el rotulador había vuelto a aparecer y estaba a buen recaudo. Distinguí una sombra acercándose desde el fondo. Me resultó conocida y avancé hacia ella.

—¡Mario! —grité mientras me acercaba.

Pero no era él. No tardé en reconocer a Diego.

—Hola de nuevo —me saludó con una sonrisa.

—Hola —dije, parándome en seco—. ¿Has visto por aquí a un chico alto y muy delgado?

—No, lo siento.

Fijó sus ojos en el papel que yo llevaba en la mano y, de forma instintiva, lo arrugué y me lo metí en el bolsillo trasero de los pantalones vaqueros.

117

—¿Puedo ayudarte en algo? —le pregunté.

—Pues sí —dijo—. Busco a una chica que se llama Luna. Me han dado algo para ella.

No me gustó escuchar en su voz el nombre de Luna.

—Su habitación está en la otra ala del pasillo, la cuarta puerta.

Diego estiró el cuello y miró hacia donde le indicaba. Se rascó la cabeza y volvió a clavar sus ojos en los míos. Ojos profundos.

—No creo que esté bien visto que entre en el dormitorio de una interna, puedo meterme en un buen lío y quedarme sin trabajo. Además, debo marcharme ya. ¿Podrías dárselo tú?

—¡Claro! —dije, intentando ocultar mi alivio.

Diego sacó un paquete de Chester de un bolsillo de su abrigo y me lo tendió. Mientras recogía los cigarrillos me fijé en sus muñecas: cortes parecidos a los míos, los suyos en ambos sentidos: horizontales y verticales. Me puse nerviosa y dejé caer la cajetilla de tabaco al suelo. Me agaché a recogerla y Diego me ofreció una mano para incorporarme. En cuanto le di la mía, palpó mis cortes con sus dedos.

—Perdí a toda mi familia en un accidente de coche —dije de un tirón tras retirar el brazo y esconderlo en la espalda.

Ignoro por qué me excusé ante un extraño. Aunque quizás esos cortes en sus muñecas lo transformaron en todo lo contrario.

—Más o menos es la misma razón por la que lo hice yo —respondió.

No supe qué más decir y me giré para irme hacia el ala de las chicas. Cuando alcancé la escalera central, miré hacia atrás, pero Diego ya no estaba, aunque tal vez seguía allí y la penumbra del pasillo no me permitía verlo.

Llegué a la habitación de Luna y llamé a la puerta. Dentro sonaba «Back to black», de Amy Winehouse. Me extrañó que le gustara ese tipo de música, aunque pensé que tenía un punto gracioso que Luna escuchara a una mujer llena de adicciones.

—¡Pasa, quienquiera que seas! —gritó desde dentro.

La encontré tumbada en su cama, con las botas de tacón puestas. La habitación era igual que la mía, pero parecía diferente. Luna había colgado pósteres en las paredes, casi todos de grupos musicales. No sé por qué, pero no la imaginaba escuchando a aquellos grupos. Había dado por hecho que, más bien, era una fan incondicional de todo lo que sonara en Hit FM o en Los 40 principales; en cambio, sus gustos musicales no distaban demasiado de los míos. Sonreí ante la foto en la que Paul Arthurs mira cómo Noel Gallagher saca la lengua a su hermano Liam. Yo tenía una igual colgada en el dormitorio de mi casa. El mandala de Coldplay presidía la pared del fondo y el logo de Radiohead le hacía la competencia en la de enfrente.

Los Keane, The Verve, Blur... Estaban todos.

—¡Ah, eres tú! ¿Qué quieres?

—Me han dado esto para ti —dije, y le lancé el paquete de Chester.

Se incorporó en la cama.

—¿Quién?

—Un chico. Me dijo que alguien le había pedido que te lo entregara.

—¿Qué chico? ¿Y quién se lo ha pedido? —preguntó, poniéndose en pie. La voz le temblaba.

Me rodeó y cerró la puerta que yo había dejado abierta.

—¿Qué chico? —repitió más alto.

—Uno que se llama Diego. Creo que es de mantenimiento o algo parecido.

—¿Diego está aquí? —dijo, colocándose el pelo tras las orejas, como si lo tuviera delante en ese preciso instante y estuviera coqueteando con él.

—Bueno, no lo sé. Dijo que debía marcharse.

Luna abrió la puerta y salió al pasillo. Corrió hasta el distribuidor de la escalera central y se asomó al ala de los chicos. Toda la planta parecía desierta.

Cuando regresó, sonreía.

—Al menos, sé que no me ha olvidado —dijo.

119

Que despierten los olvidados

—¿ *C* ómo está vuestra paloma? —os preguntó Mamá Luisa en cuanto entrasteis en la sala de estar.

—Bien, parece que al final no tiene el ala rota.

Mamá Luisa sonrió y volvió a su eterna revista. Ya casi no se levantaba de su sillón. Ni siquiera se vestía con ropa de calle, andaba siempre en bata. «¿Para qué vestirme? —decía—, ya no salgo de aquí jamás, me da miedo que alguien pueda verme y descubra nuestro escondite. Además, vosotros traéis todo lo que necesitamos.» Y era cierto, nosotros nos ocupábamos de todo, ¿recuerdas? Éramos «los hombres de la casa», como le gustaba llamarnos.

Al cabo de un rato, empezaste a hacernos señas para que saliéramos al pasillo. Primero lo hice yo, en silencio, sin decir que me iba. Enseguida me seguiste tú y, por último, Diego. Mamá Luisa no se dio cuenta de nuestra ausencia. Algunas veces no se daba cuenta de nada. Yo creo que cuando le invadía la tristeza ni siquiera pasaba las hojas de la revista, se centraba en una esquina cualquiera de una fotografía y dejaba que su imaginación le permitiera ocultar aquello que había hecho, aquello que lo cambió todo.

—Alma se fue esta tarde con ese chico pálido, el que parece que nos ve pero no nos ve, ya sabes, el que mira a todo el mundo de una forma rara.

—Mario —te dije.

—Eso, Mario. Se fue con Mario a la parte de atrás de la piscina, quería enseñarle aquella frase que le escribí.

—¿Qué frase? —preguntó Diego tenso, como un perro que yergue las orejas al percibir un ruido extraño.

—Una que le escribí un día. Le pregunté si podía vernos.

Diego comenzó a deambular alrededor nuestro y tú bajaste la cabeza esperando la bronca.

—Es que… nos dimos cuenta de que era diferente a todos los demás en cuanto llegó. Estábamos sentados en la escalinata esperando a la nueva, como hacemos siempre que alguien ingresa en la clínica. La vimos bajarse del coche y, antes de seguir a Bernardo, nos miró. ¡Pero eso ya te lo dije!

—¡Sí, pero no me avisaste de que ibas a cometer esta locura! ¡Si se enteran de que estamos arriba, no podremos seguir aquí!

Entonces te pusiste a llorar. No a lloriquear, como en otras ocasiones, sino a llorar de verdad, pero sin levantar la cabeza, como si quisieras esconder tu vergüenza. Los lagrimones te resbalaban por la cara y empapaban el cuello de tu camisa.

—Y hace un rato… la he vuelto a cagar —dijiste entre hipos.

—¿Cómo que la has vuelto a cagar? ¿Qué has hecho? —te preguntó Diego agobiado mientras repetía sus palabras en la lengua de signos; sus manos y sus ojos gritaban enfadados.

—Le he dejado otra nota.

—¿Otra nota? ¿Y qué dice esta nueva nota?

—Que…, que buscara información sobre…, sobre los últimos habitantes de la residencia de sordos.

La última parte la dijiste de corrido, con el cuello y los hombros encogidos. Yo creo que esperabas una colleja o un capón, pero Diego se limitó a apretar los dientes y las manos y te preguntó por qué habías hecho eso. Por fin levantaste la cabeza y lo miraste a los ojos; supe que daba igual lo que contestaras, supe que lo habías hecho para que los olvidados pudieran, al fin, despertar.

—Por ayudar a Alma. No quiero que piensen que está loca.

La expresión de Diego se llenó de arrogancia.

—Pero lo está; si no, ¿qué hace aquí?

121

34

En busca de Diego

*A*quella noche de viernes solo éramos nueve en el comedor: cuatro pequeños y cinco mayores. Nos pusieron en dos mesas contiguas y una única camarera nos servía a todos; Amelia era una mujer de pequeña estatura y sonrisa perpetua que canturreaba con voz dulce cada vez que entraba y salía de la cocina empujando un carrito lleno de platos.

—¿De qué es la sopa? —le preguntó uno de los pequeños.

—De pollo y verduras, cariño. Cómetela toda, que está calentita y han dicho que esta noche van a bajar las temperaturas.

El niño, de brazos y piernas largas y delgadas, con pelusilla sobre el labio superior y granos en la frente, cogió su cuchara y comenzó a comer sin tregua, sin importarle quemarse la lengua.

Me pregunté cuánto tardarían en cambiarlo de planta y en obligarlo a sentarse entre nosotros, los mayores. No le sacaríamos más de dos o tres años, pero actuábamos como seres superiores a pesar de ser incluso más indecisos y temerosos que él o cualquiera de los de su mesa. La diferencia estribaba en que ellos aún creían que los adultos lo sabían todo y podían controlar cualquier situación, que a su lado estarían a salvo a pesar de que, en la mayoría de los casos, esos adultos responsables fueran los culpables de su ingreso en aquel manicomio al que llamábamos clínica. En cambio, los de la tercera planta ya habíamos descubierto que todo eso era una chorrada, que los adultos no controlan nada y que están igual de perdidos que nosotros.

—Diego ha vuelto y me ha traído tabaco —dijo Luna con un tono, por raro que parezca, casi dulce.

—¿Y qué has tenido que enseñarle esta vez? —le preguntó Ferran.

No logré distinguir en su gesto si aquella relación le escocía o si solo quería ser sarcástico. La sonrisa de Luna se heló y su voz volvió a ser tan ácida como siempre:

—¡Qué hablas, gilipollas! ¡No todo el mundo es igual de cerdo que tú!

—Ya ya, lo que tú digas.

Los ojos de Candela comenzaron a moverse a saltitos, como si no quisiesen detenerse en nada y poder escapar cuanto antes. Mario le acarició el hombro y Candela dejó sus ojos quietos, fijos en su plato de sopa.

—No ha tenido que enseñarle nada —dije.

No sabía si quería defender a Luna ante Ferran o si, al igual que Mario, buscaba apaciguar los nervios de Candela.

Todos dirigieron sus ojos hacia mí.

—Me lo crucé en el pasillo y me pidió que se lo entregara. Luna y él ni siquiera se han visto —añadí.

Ferran se echó para atrás en su silla y sonrió con los ojos llenos de lujuria.

—¡Mira la mosquita muerta! ¡Qué rápido se ha aflojado el sujetador para hacerle un favor a la bruja!

—¡Cállate, imbécil! —dijo Luna.

Candela repitió sus movimientos agónicos y Mario pidió paz.

Me pregunté qué es lo que habría unido a aquel grupo y enseguida me di cuenta: eran los perpetuos, nunca salían de allí y nunca recibían visitas. Solo se tenían los unos a los otros.

Como yo. No, como yo no, yo tenía a mi abuelo. Y pronto vendría a por mí.

Terminamos de cenar y fuimos a la sala común. Silvia volvía a estar de guardia allí. Vi cómo Luna se escabullía por la puerta principal esquivando la vigilancia de la recepción y bajaba los once escalones de piedra para perderse entre los troncos de los olmos. Me resultó extraño que no quisiese llevar a su séquito con ella y, sin pensarlo dos veces, salí para descubrir adónde iba.

123

Me sorprendió un viento helado; aun así, enfilé el paseo de los olmos buscando la luz incandescente del cigarrillo de Luna, pero no la encontré. Avancé hasta los rosales, dejé a un lado el desvío a la piscina y llegué al jardín trasero. Estaba tan oscuro que me dio miedo adentrarme en él, así que continué bordeando el edificio sin dejar de buscar el resplandor que delatara la posición de Luna. Hasta que oí su voz disfrazada de susurro:

—¡Diego! ¡Diego! ¿Estás ahí?

Sin despegarme de la pared, seguí la dirección del sonido hasta detenerme a escasos metros de la puerta de servicio. La luz interior se encendió y me escondí aún más en las sombras del edificio. Amelia y su canturreo trotaron hasta el contenedor de basuras cargando con una bolsa. La depositó allí y regresó tiritando por donde había salido. Justo antes de que la luz se apagara, distinguí la figura de Luna entre los árboles del jardín. Diego estaba de pie tras ella, tan cerca que solo con estirar el brazo hubiera podido tocarla. Luna continuó llamándolo sin saber que lo tenía tan cerca. Por fin dejó de moverse y encendió un cigarrillo; la luz de la brasa me permitió comprobar que regresaba hacia la escalinata en la fachada principal. Poco después, Diego entraba por la puerta de servicio y se perdía en el interior de aquel enorme monstruo.

Esperé, con el soniquete de mis dientes como única compañía, el tiempo suficiente para que Luna fumara su cigarrillo y entrara en la clínica. Después corrí hacia la rosaleda, atravesé el paseo de los olmos y subí la escalinata entre nubes de mi propio aliento. Sin atender si había alguien en recepción, crucé el vestíbulo de forma precipitada y me topé de frente con el doctor Castro.

—¿De dónde sales? —me preguntó con una mezcla de asombro y guasa.

Nunca lo había visto fuera de su despacho. Creo que había dado por hecho que no tenía vida más allá de la consulta. Llevaba un abrigo gris con el cuello subido y las llaves de un coche en la mano.

—Del jardín —respondí.

—No olvides abrigarte si vuelves a salir —dijo entre risas—. Que pases un buen fin de semana.

Me giré para verlo descender la escalinata y, cuando llegó al último escalón, salí corriendo tras él.

—¡Doctor!, ¿le dijo usted a mi abuelo que podría venir a recogerme algún fin de semana?

—Le dije que te encontraba lista para hacerlo siempre que tú estuvieras de acuerdo. Anda, métete dentro, que hace mucho frío. Lo hablaremos en la próxima sesión.

Hasta que no volví a entrar, él no se marchó para vivir, durante los siguientes dos días, esa vida que yo le había negado.

Saludé al conserje de guardia, sentado tras la ventanilla de recepción, y me dirigí a la sala común. Todos mis compañeros, incluida Luna, se encontraban allí. Ferran y Candela ocupaban los extremos opuestos del mismo sofá y miraban una película en la televisión junto a Silvia; Luna ojeaba una revista, y Mario, sentado frente a un ordenador al fondo de la sala, navegaba por Internet.

—Buenas noches —dije, dirigiéndome a Silvia, y, antes de que me preguntara, añadí—: voy a escuchar música en Internet.

—Perfecto, pero ponte unos auriculares. Los encontrarás sobre la mesa.

Me senté ante al ordenador contiguo al de Mario y encendí la CPU. En su pantalla se leía en inglés un artículo sobre algo llamado «mk ultra» y enseguida supe que esa era su página de incógnito. Saqué con disimulo el papel que había guardado en el bolsillo trasero de mi pantalón y lo coloqué sobre su teclado. Mario me miró con ojos inquisitivos mientras lo desdoblaba. Enseguida apareció el mensaje escrito en rojo con la misma letra infantil que en el edificio de la piscina.

En cuanto mi pantalla tomó vida, abrí Spotify, cree una *playlist* con canciones de Coldplay y me puse los cascos. Mario ya había escrito en el buscador de su segunda página de incógnito algo relacionado con el colegio de sordos. Lo primero que encontró fue el artículo que yo misma había descubierto. Dejé que lo leyera mientras yo buscaba algo más. Fui de una dirección a otra hasta que encontré una serie de fotografías acompañando un artículo sobre la educación de sordos. En una de ellas, un grupo compuesto por diez niños y niñas, junto a una mujer adulta, posaban delante de la fachada principal del edificio de la clínica.

La fotografía era muy pequeña y no conseguía distinguir bien los detalles, así que me la descargué en el escritorio e intenté agran-

125

darla, pero solo conseguí difuminar las caras. Volví a dejarla en su tamaño inicial y me acerqué todo lo que pude a la pantalla: solo a seis de los menores se les veía toda la cara; los otros cuatro aparecían tapados en parte por sus compañeros. Por su ropa, deduje que había sido tomada a finales de los años noventa, aunque no podía asegurarlo. Todos sonreían, parecían felices. Me fijé entonces en el edificio. Las persianas de las dos plantas superiores estaban levantadas.

En otra fotografía en blanco y negro, se apreciaba una sala audiovisual en la que habían montado un pequeño cine casero. Varios niños, de espaldas a la cámara, miraban una pantalla en blanco en espera de que diera comienzo la sesión. No reconocí la estancia, aunque tal vez, por su tamaño, se tratara de una de las salas comunes. Intentando identificar los objetos, me percaté de que en un extremo había una ventana abierta y que, a través de ella, solo se veía cielo. Esa sala se encontraba en alguna de las dos plantas superiores.

Toqué el brazo de Mario para que mirara mi pantalla y le señalé los puntos que me habían llamado la atención en esas dos fotografías. Él asintió y continuó leyendo su artículo. Regresé al buscador y comprobé que, además de las páginas que ya había visitado, me derivaba a una red social donde un grupo de antiguos ocupantes de la clínica mantenía contacto. Pulsé con el ratón encima de la dirección y un mensaje me avisó de que el acceso a esa página estaba bloqueado. Lo intenté varias veces, como si ese mensaje no fuera para mí o el ordenador se hubiera vuelto loco.

Mario me indicó que me quitara los auriculares.

—No pensarías que nos iban a dejar navegar por la red completa, ¿no? —me preguntó—. Tampoco podrás acceder al siguiente enlace, y ese sí que parece interesante. Yo diría que es un fotomontaje de la historia del colegio de sordos desde sus inicios hasta que se clausuró, pero olvídalo, YouTube es un imposible dentro de este edificio.

En ese preciso instante, Luna cerró su revista y, taconeando, dijo que necesitaba tomar el aire.

35

Volvimos a tener madre

Diego estuvo muy raro el resto de la noche. No paró de asomarse al pasillo, como si esperase a alguien, aunque era imposible que nadie subiera hasta nuestra planta. Al final, desapareció durante unos minutos y, al regresar, traía las manos y la cara heladas, como si hubiera salido del edificio. Mamá Luisa también estaba nerviosa. «Se avecina tormenta», repetía sin cesar. Siempre que estallaba tormenta comenzaba a pensar que el viento terminaría de romper la persiana del palomar, se abriría del todo la ventana y tendrían que subir a la parte cerrada del edificio para arreglar el desperfecto. Entonces se levantaba de su sillón y recorría la sala de extremo a extremo, apretando el paso cada vez que sonaba un trueno, encogiéndose con cada uno de los silbidos del viento. Y nosotros le asegurábamos que no era para tanto, que allí dentro se oía mucho más, que cuando el viento se cuela por los agujerillos que abría la vejez del edificio suena como si fuese un huracán, pero que no era más que una tormenta como todas las demás.

Durante mucho rato estuvo oliendo a lluvia, pero hasta después de medianoche no cayó ni una gota.

La noche en la que Diego volvió de nuevo a casa de don Matías, a pesar de que Mamá Luisa se lo había prohibido, también olía a lluvia.

Al regresar a la residencia, ya de madrugada, se encontró con la locura que había cometido Mamá Luisa. Nosotros no pudimos impedirlo, ¿recuerdas? Ni siquiera comprendíamos lo que estaba pasando. Nos dimos cuenta a la vez que Diego, cuando abrió la puerta de la habitación para colarse en esa cama silenciosa que disfrazaba cada noche antes de escapar a un mundo lleno de ruidos.

Lo vimos correr por el pasillo, tropezando a cada paso en busca de aire. Se desplomó varias veces, y vomitó en la escalera. Lo seguimos hasta el jardín, y lo vimos llorar. Creo que solo había visto llorar a Diego una vez antes, el día en que te empeñaste en cruzar tú solo hasta la camioneta de Paco el heladero.

Observamos cómo saltaba la verja y corría calle abajo sin mirar atrás. Nosotros regresamos al interior del edificio y subimos la escalera, despacio, peldaño a peldaño, sin pisar el vómito, hasta llegar a la cuarta planta. Todos dormían, incluso Mamá Luisa, que se había quedado en el sillón que colocaba junto a la cama de Carlitos.

A nosotros nos parecía que todo estaba normal. Hasta que Mamá Luisa abrió los ojos y nos miró como lo hacía antes de que tú cruzaras la calle y de que yo caminara por la cornisa.

Y, a partir de ese instante, volvimos a tener una madre.

36

Medicación

*E*n cuanto Luna dijo que necesitaba salir, los demás comenzamos a movernos en nuestros sitios, como si, de pronto, lo que estábamos haciendo ya no nos importara. Silvia se dio cuenta enseguida y nos dejó marchar. Yo creo que los adultos hacían la vista gorda con nosotros cinco, por algo éramos los mayores de la clínica, y dejaban que nos saltáramos algunas normas. Cuando cruzamos frente a la sala común de los pequeños, la encontramos vacía; seguro que ya estaban en la cama.

—No sé qué pensáis hacer vosotros, tíos, pero yo voy a fumarme un piti en el jardín —dijo Luna al llegar a la escalera central—. ¡Mierda, me he dejado el paquete en el abrigo!

Los demás la seguimos escaleras arriba. Las puertas de acceso a los pasillos de la segunda planta estaban ya cerradas, las nuestras todavía abiertas. Pasamos cada uno a su habitación y nos reunimos en el distribuidor con los abrigos puestos. Luna nos miró con una sonrisa de triunfo y la seguimos de nuevo, esta vez escaleras abajo. Juraría que llevaba la cabeza más alta de lo habitual.

—¿Vais a salir con el frío que hace esta noche? —nos preguntó Óscar desde su ventanilla de recepción en cuanto nos acercamos a la puerta.

—El tiempo de un cigarrillo, ya sabes —respondió Luna, mostrándole el paquete de Chester.

Óscar bajó la cabeza hacia sus cosas y añadió:

—Bueno, sea lo que sea, no tardéis mucho. Ya sabéis que tengo que cerrar la puerta.

Bajamos la escalinata sintiendo el frío en la cara y en las manos. La noche amenazaba lluvia. Nos cobijamos junto a la fachada principal del edificio, frente a los troncos de los olmos. No sabía quién de todos nosotros soltaba más humo, si Luna con su cigarrillo o cualquiera de los demás con el vaho que salía de nuestras bocas.

—Tía, ¿dónde te has encontrado a Diego? —me preguntó Luna.

—Arriba, en el distribuidor de nuestra planta —mentí; no quería que supiera que había entrado en el pasillo de los chicos buscando a Mario.

—¿Lo ha visto Andrea?

—No, ya se había ido.

Luna se mordió el labio de abajo.

—Bueno, por lo menos alguien más ha visto a tu proveedor —dijo Ferran—. Ya pensábamos que te lo estabas inventando, o que veías visiones, como aquí, mi amigo —añadió, señalando a Mario.

—¡Calla! —Luna intentaba identificar un ruido, pero enseguida se dio cuenta de que solo era la lluvia que empezaba a caer.

Nos pegamos un poco más a la fachada para que el agua no nos diera de lleno, pero no tardó en salpicarnos. Luna apuró las últimas caladas de su cigarrillo y lo tiró al suelo antes de irse hacia la escalinata. Los demás la seguimos casi corriendo para no mojarnos.

Faltaba Mario.

Me giré y lo vi recogiendo la colilla de Luna. La brasa ya se había apagado, al menos no brillaba en la oscuridad. Sacó un papel de un bolsillo, colocó la colilla sobre él y lo dobló con cuidado.

—Tía, déjalo —me dijo Luna, tomándome por el brazo para que entrara en el vestíbulo—, lo hace siempre. En plan… por si alguien nos vigila o algo parecido. No quiere dejar pistas.

Mario llegó justo cuando Óscar salía de la recepción para cerrar la puerta principal. Su sistema de apertura era idéntico al de las puertas de acceso a los pasillos de las dos plantas; se podían cerrar para los de fuera, pero siempre se mantenían abiertas para los de dentro.

Subimos la escalera en silencio, incluso los tacones de Luna sonaban menos que otras veces. Al llegar al distribuidor de la tercera planta nos quedamos parados, como si no quisiéramos despedirnos.

—Hace mucho que no salimos de esta mierda de sitio —dijo

Luna en voz baja—. Y si no lo hacemos pronto, se nos va a olvidar cómo es el mundo real.

Miré las caras de los otros, sus ojos vestidos con un brillo especial.

—Saldremos el finde que viene, ya sabéis lo que tenéis que hacer durante la semana, no es la primera vez que planeamos algo así.

Todos asintieron y yo me sentí tonta.

—¿Qué tenemos que hacer?

—Tía, ¿qué va a ser? ¡Dejar de tomar la medicación! Para poder ver y oír con claridad.

La puerta de la garita de recepción se abrió y Silvia salió de ella mirando la pantalla de su teléfono móvil. Al vernos dio un respingo, como si no nos esperara.

—¡Ay, chicos, estáis aquí! Iba a buscaros, es hora de irse a la cama. Debía haber cerrado las puertas de los pasillos hace rato.

Disolvimos el grupo. Los dos chicos se fueron por su pasillo hasta sus habitaciones. En cuanto cada uno entró en la suya, Silvia cerró esa puerta de acceso tal y como había hecho Óscar con la principal. Después se giró hacia nosotras para que los imitáramos.

Mientras recorría la distancia que me separaba de la 324, pensé en cómo atravesaríamos aquellas puertas durante nuestra escapada sin hacer sonar la alarma en la centralita.

131

A ventilar

$\mathcal{U}$n poco más tarde, las luces de un coche se colaron por el camino lateral y se detuvieron frente a la puerta de servicio, justo donde paraban los camiones que traían alimentos para llenar la despensa cuando esto era nuestro verdadero hogar. En cuanto oímos el runrún del motor, bajamos corriendo la escalera. Don Matías salió el primero, con la cara larga. Parecía mucho más viejo que la última vez que lo vimos. Diego se apeó después, todavía tenía el rostro desencajado.

—No quiero subir —dijo—. No puedo.

Don Matías estiró una mano y Diego depositó en ella su llavero.

—Cúbrase la boca y la nariz con un pañuelo, el olor es insoportable.

Fuimos junto al coche para quedarnos con nuestro hermano mientras don Matías entraba en el edificio. Lo conocía bien, no se perdería en su interior. Diego continuaba llorando, parecía derrotado. Se apoyó en el capó y se arrebujó en su abrigo. Tiritaba, aunque creo que no era por el frío. Te colocaste a su lado y le tocaste con la mano, pero él ni siquiera lo notó. La noche estaba en silencio, tan solo se oían su respiración y sus sollozos, cada vez más altos, cada vez más lastimosos. Estuvo así, encogido, durante mucho rato, hasta que se incorporó y corrió hacia el jardín tropezando con todo. Se detuvo frente a un árbol y comenzó a golpear el tronco con sus puños, los ojos inundados en lágrimas, la boca torcida y babeante, la cara desfigurada. Los puños comenzaron a sangrarle y tú le gritabas que parase, pero no te oía, como si el mundo hubiera dado la vuelta y tú fueras el oyente y él el sordo.

Don Matías llegó corriendo y lo agarró por detrás, inmovilizando sus brazos y sus manos destrozadas.

—Tranquilo —le dijo con voz pausada—. Ya está todo arreglado, nos vamos a casa.

—¿Qué casa? ¡Yo no tengo casa!

Don Matías lo llevó hasta el coche, lo ayudó a sentarse dentro y ocupó su puesto tras el volante antes de arrancar y perderse de vista por el caminito.

Había algo en ellos que… ¿Recuerdas que lo dijimos? Se parecían, tenían un aire. No sé en qué, pero lo tenían, ¿verdad que lo dijimos?

El sol ya amenazaba en el horizonte.

Mamá Luisa, con el rostro muy pálido, se encontraba de pie junto a la ventana del dormitorio, abierta de par en par. Todas las de la cuarta planta estaban igual: abiertas. Hacía mucho tiempo que no entraba en el interior del edificio tanta cantidad de aire limpio.

—Ha dicho que luego vendrá a cerrarlas todas, que era necesario ventilar. ¡No quiero volver a verlo! Cuando regrese, le decís que no estoy.

Los olvidados continuaban en sus camas durmiendo. Mamá Luisa cerró la puerta de su dormitorio y fue a la sala del fondo, se sentó en su sillón y tomó la última revista que le había traído Diego de una de sus escapadas. Era una revista antigua, de hacía meses. La encontró en un basurero, pero a Mamá Luisa le daba igual, ella solo quería ver las fotos.

Y tú y yo nos sentamos en el suelo, a su lado, y, por fin, nos acarició el pelo como había hecho siempre que nos acurrucábamos junto a ella.

Diego tardó varias semanas en regresar. La primera vez ni siquiera cruzó la verja, se quedó mirando desde el otro lado cómo los obreros que se encargaban de la reforma entraban y salían del edificio. También estaba allí el día en el que colgaron el cartel con el nombre de la nueva clínica sobre el de nuestra vieja residencia y dejaron a Mamá Luisa y sus olvidados viviendo de prestado. Siguió en su puesto cuando ingresaron los primeros huéspedes, y solo se atrevió a pasar al jardín cuando controló por completo las nuevas rutinas del recién inaugurado manicomio.

Nunca, jamás, durante ese periodo de tiempo, se arriesgó a entrar en el edificio.

133

38

Una cita con Diego

$\mathcal{N}$o paró de llover en toda la noche. Durante mucho rato la lluvia cayó con fuerza, arremetiendo contra la reja que cubría la ventana, emitiendo un ruido metálico.

Di una vuelta en la cama, y después otra, y otra más. Me sentía cansada, muy cansada, pero no podía dormir. Encendí la luz de la mesilla, la apagué, mullí la almohada, me concentré en los goterones golpeando los barrotes de mi ventana, escuchando las vibraciones, contando los segundos que tardaban en extinguirse, y pensé en cómo me sentiría si dejaba por completo la medicación. Al bajar la dosis, había comenzado a apretarme por dentro, pero ya no dolía tanto como antes. Ahora era un dolor constante al que parecía haberme acostumbrado, un dolor con el que podría convivir el resto de mi vida.

Cerré los ojos y creo que lloré hasta quedarme dormida; o, quizás, lloré incluso después de haberme dormido.

A la mañana siguiente, como todos los fines de semana, Coldplay nos despertó una hora y media más tarde de lo habitual. Me duché y me vestí con un jersey grueso y unos pantalones vaqueros; parecía que alguien hubiera pintado el día en tonos grises y blancos, y eso, sumado al viento que columpiaba las copas de los árboles, me provocó un escalofrío. Salí al pasillo y me encaminé hacia la escalera para bajar a desayunar. La puerta que daba acceso al distribuidor central ya estaba abierta. ¿A qué hora la abrirían cada mañana?

Llegué con calma al comedor. Vacío. Las mesas, solo dos, casi listas para albergar a los comensales. La puerta de la cocina se abrió y

Amelia apareció acompañada por su eterno canturreo mientras empujaba un carrito lleno de tazas, platillos y cucharillas.

—¡Buenos días, niña! —dijo al verme—. ¡Qué madrugadora! Todavía faltan quince minutos para la hora del desayuno. Anda, vete a dar una vuelta por ahí y déjame terminar, que si no, no me va a dar tiempo a tenerlo todo preparado cuando lleguen tus compañeros.

Enfilé el corredor amarillo en dirección a la sala común. No pude distinguir quién se encontraba en la recepción, pero oí voces y algunas risas dentro de la garita.

La sala común estaba cerrada con llave, así que continué hacia el despacho del doctor Castro. No por nada en especial, supongo que era mi recorrido habitual por aquel corredor amarillo. No recordaba haber avanzado más allá de ese punto; creo que nunca había llegado hasta el final de ninguno de los pasillos. Aquel sábado por la mañana seguí adelante. Todo eran puertas cerradas hasta que, casi al final, me topé con una abierta. Asomé la cabeza y descubrí que allí había otra escalera, algo más amplia que la de servicio. Con los latidos del corazón golpeándome la garganta, la subí para comprobar si me llevaría hasta esa parte escondida del edificio que, no sé por qué, me resultaba tan atrayente, pero en cuanto recorrí el primer tramo, me di de bruces con un nuevo tabique blanco, sin ningún mensaje escrito en él, y con una puerta metálica idéntica a la de la escalera de servicio. Volví sobre mis pasos y vi que la escalera continuaba hacia la planta baja. Descendí controlando que mis pisadas no emitieran ruidos que delatasen mi incursión y me encontré en un espacio poco iluminado que conducía a una sala grande. La identifiqué como un gimnasio en desuso, a juzgar por las espalderas de madera y la cancha de baloncesto con dos canastas peladas a cada extremo. Por lo demás, parecía un desván lleno de cosas inútiles que nadie se atreve a tirar. Estaba a punto de salir de allí cuando percibí un movimiento al fondo y una voz me detuvo:

—Hola, parece que nos volvemos a encontrar. ¿Cómo has llegado hasta aquí? —dijo Diego después de ponerse en pie entre un montón de cajas.

—He bajado demasiado pronto a desayunar —respondí, avanzando hacia él, contemplando los objetos arrumbados.

135

—Esta sala no se abre nunca, creo que soy el único que ha estado aquí dentro desde que se cerró —dijo—. Bueno, ahora tú también.

—¿Qué es todo esto?

—Los restos de cuando el edificio era una residencia y escuela de niñas y niños sordos.

—¿Y qué haces aquí?

—Busco algo que me sirva para arreglar un agujero en una persiana. Puedes echar un ojo por ahí, si te apetece —dijo—, hay trastos verdaderamente interesantes.

Durante un par de minutos intenté adivinar la utilidad de un montón de artilugios que no había visto en mi vida. Parecían antiguos, como los que se describían en el artículo del periódico fechado en 1970 que leí días atrás.

—Eso de ahí es un amplificador, y aquello una mesa de sonido —explicó al darse cuenta de cómo los miraba.

Nunca había visto amplificadores de aquel tamaño.

—¿Cómo sabes lo que es cada cosa?

—Soy de mantenimiento, ¿recuerdas?

Me puse roja y sonreí mientras bajaba la mirada.

—Bueno, es mejor que salgamos de aquí. Y, ya sabes, si nadie se entera de que te he dejado entrar, mucho mejor —dijo tras terminar de desajustar una placa grande de plástico.

Avancé hacia la puerta con Diego y su placa detrás de mí.

—¿Hoy no has traído a tus hermanos?

—No, hoy no.

Me quedé a su lado mientras cerraba la puerta con llave.

—Luna me preguntó por ti, creo que quiere verte.

Me pareció que Diego torcía el gesto, como si no le hubiese gustado lo que le acababa de decir.

—Si ella tampoco sabe que me has visto, mucho mejor.

—Entiendo…

Me di la vuelta para volver a la escalera y me sentí estúpida, no entendía por qué me ponía tan nerviosa en presencia de ese chico.

—Hay un antes y un después, ¿verdad? —dijo cuando yo estaba a punto de subir el primer escalón.

—¿De qué?

—De querer morir.

Me detuve blanqueando los nudillos.

—Creo que ya no quiero morir, pero tampoco me importa vivir —dije.

—Te entiendo —respondió, y vi en sus ojos, ojos de muerto. Quizás los míos fueran igual, quizás los de todos los que desean morir se sumergen en esa oscuridad mortecina—. Debes encontrar un lugar donde te sientas viva y quedarte allí.

—El único espacio en el que me encuentro así es el agua de la piscina.

—¿Y a qué esperas?

—No sé si los fines de semana estará abierta para los que nos quedamos aquí, para los olvidados.

Diego sonrió con añoranza.

—Solo permanece abierta por las mañanas, por las tardes libra la socorrista, pero si quieres, puedo abrirla para ti.

Una pregunta se formó en mi boca:

—¿Eras tú quien nadaba la otra tarde, durante la hora de visitas?

—Probablemente. Espero que también me guardes ese secreto.

—Me voy, mis compañeros deben estar ya acabando el desayuno.

—Te buscaré esta tarde.

Subí la escalera a toda prisa y atravesé el corredor amarillo casi corriendo. Crucé el vestíbulo y entré en el comedor. Todos en sus puestos.

—Pues sí te has ido lejos, niña —me dijo Amelia cuando pasé a su lado.

Me senté en mi sitio y cogí una tostada de la fuente central; solo quedaban dos. Y estaban frías.

Nadie hablaba, ni siquiera Luna; parecían un poco nerviosos. Preferí no preguntar, supuse que Ferran y Luna habían tenido una de sus disputas y que había afectado a Candela. Silvia se acercó con mi medicación y me di cuenta de que todos bajaban la vista.

—Toma, Alma, aquí tienes tu pastilla.

Recordé que habíamos establecido no tomarla durante esa semana, así que cogí el cubilete de plástico en el que me la entregaba y lo dejé sobre la mesa, junto a mi tazón de leche. Mis compañeros continuaban con la cabeza baja y Silvia no se iba. La miré directamente a los ojos.

—¿A qué esperas? Tómatela ya.

—¿Por qué tanta prisa? —pregunté extrañada.

—Ya sabes, tengo que cerciorarme de que os la tomáis.

Miré a mis compañeros; continuaban muy raros.

—¡A ver, bonita! —dijo al fin Luna—. ¿No te habías dado cuenta de que hasta que no nos la metemos en la boca y nos la tragamos, estos pesados no se van de aquí? —Se giró hacia Silvia y añadió—: Perdona, Silvia. Lo de pesados lo digo por los otros. Tú eres un amor.

Cogí la pastilla, me la metí en la boca, bebí un sorbo de leche e hice como si me la tragara.

—¿Ves? —dijo Silvia—. No era tan difícil. —Y se marchó del comedor.

En cuanto la perdimos de vista, Luna abrió la mano y me mostró una servilleta de papel arrugada. Me indicó que envolviera la pastilla en la mía, tal y como habían hecho los demás.

Nuestra huida acababa de comenzar.

39

La ventana del palomar

*A*quella noche, Mamá Luisa estuvo muy preocupada por la tormenta, tanto que en cuanto amaneció el sábado, le rogó a Diego que subiese al palomar y comprobase en qué estado se encontraba la ventana.

—El agujero de la persiana se ha hecho un poco más grande, pero dudo mucho que se vea desde fuera.

—Deberías reforzarla para que no siga resquebrajándose —le dijo con una voz llena de angustia—. Si aumenta el boquete y lo ve alguien, estamos perdidos.

Los ojos de Mamá Luisa estaban más oscuros que de costumbre, como si presagiaran algo terrible. Diego se dio cuenta y, sin detenerse, se marchó a buscar algo con lo que arreglar la persiana. Ese día no lo seguimos, preferimos quedarnos con Mamá Luisa, la veíamos demasiado alterada; los demás olvidados todavía dormían. Pero nos dio un poquito de rabia, ¿verdad que sí? Nos encantaba acompañar a Diego en esas excursiones llenas de recuerdos.

Cuando la residencia se quedó vacía, los olvidados se entretuvieron en rescatar algunos tesoros que habían quedado tan abandonados como ellos en el interior de las antiguas aulas adaptadas para sordos. En cuanto seleccionaban el botín, lo trasladaban al antiguo gimnasio, el que dejó de usarse cuando construyeron la piscina. Se había convertido en un desván de objetos catalogados de alta tecnología casi cincuenta años atrás. A nosotros nos gustaba deambular entre ellos, ¿recuerdas? Y a Diego también, siempre encontraba algo con lo que fabricar juguetes para los olvidados o utensilios para los quehaceres de Mamá Luisa.

Cuando transformaron nuestra residencia en clínica psiquiátrica, pensamos que se desharían de los trastos, que los tirarían, pero se limitaron a cerrar la puerta con llave. Lo mismo que hicieron con las plantas superiores. «Es una cesión de la Junta de distrito —dijo el capataz de las pocas obras que se realizaron—, me han dado órdenes de no tocar nada de todo esto, así que vamos a dejarlo como está, no vayamos a meternos en guerras políticas.» En cuanto lo escuchamos, subimos corriendo a contárselo a Mamá Luisa.

«Eso ha sido decisión de Matías, seguro —dijo ella—. Sabe que continuamos aquí y no ha querido quitárnoslo todo.»

«Mamá Luisa, han cerrado la puerta con llave.»

«No pasa nada, Diego las tiene todas.»

«Diego se fue con don Matías hace semanas.»

«Pero volverá. Diego pertenece a este sitio más que cualquiera de nosotros.»

Ese sábado por la mañana, Diego buscaba una placa de plástico duro tan ancha como la persiana del palomar para pegarla sobre la parte dañada, pero sin cerrar del todo el agujero que habían hecho las palomas. «Para que puedan entrar y salir —decía—. Si se quedan aquí dentro, sin ver más mundo que este, acabarán por morirse.» Pero yo creo que las palomas no salían nunca de su palomar. Una vez entraban por el agujero de la persiana, se quedaban allí y se volvían tan locas que se olvidaban de salir.

«¡Ciérralo del todo! —le había exigido Mamá Luisa—. Así evitaremos que entren más y nos invadan.»

Diego no tardó en regresar con una placa ancha de plástico marrón.

—¿Eso es de la radio que fabricaron los mayores el año en el que nos visitó el alcalde? —le preguntaste.

—¡Justo! Es la parte de atrás —dijo—. ¡Qué listo eres, enano! —añadió, y a ti se te puso una sonrisa de oreja a oreja.

Subimos con él hasta el palomar, pero no entramos; nos daba miedo. Las palomas se quedaban quietas, mirándonos, gorjeando. Sus ojos se parecían a los nuestros: demasiado oscuros, sombríos, apagados.

—Intentaré no hacer ruido —nos dijo Diego—. Vigilad los dormitorios de las chicas mayores. Aunque hay una planta entre medias, la persiana que voy a arreglar está sobre sus habitaciones y pueden oír algo. Si se quedan en ellas, avisadme.

Bajamos contentos a avisar a Mamá Luisa de que Diego nos había encomendado una misión que ayudaría a solucionar el problema. Nos acarició el pelo, nos sonrió y nos dio permiso para bajar a espiar a las chicas.

—Con vosotros estoy mucho más tranquila. Sé que no pueden veros y que no haréis nada que pueda delatar vuestra presencia.

Me miraste de reojo, pero yo no dije nada de tus travesuras con el rotulador rojo, ni de tu conversación con Alma en la escalera.

141

El guardián entre el centeno

—*T*ía, quiero que esta mañana hagas algo por mí —me dijo Luna en un momento en que nos quedamos solas.

Así es como pedía los favores.

—Vamos a ir tú y yo solitas a la piscina y me vas a enseñar a nadar —añadió.

Pensé que tampoco era algo tan malo; me encantaba nadar y, de hecho, había pensado pasar la mañana en la piscina. Diego me había asegurado que estaría abierta.

—Esther, la socorrista del fin de semana, llega a las diez y media. Lo mejor es que vayamos con los demás a la sala común. Luego, sobre las once, dices que te encuentras mal y que te vas a acostar un rato.

—¿Por qué no decimos sin más que vamos a nadar?

—¡No quiero que se apunte nadie! Y menos aún Ferran. Ese no va a nadar, ese va a ver a quién se le sale una teta.

Mario regresó a la mesa después de dejar su taza y su plato en el carrito móvil de Amelia, y Luna cerró la boca.

—¿Te falta mucho? —me preguntó sin ni siquiera mirar a Luna.

—¿No ves que aún no hemos terminado? —contestó ella—. ¡No seas pesado! ¡Anda, espéranos en la sala común, que ahora vamos!

Crucé con Mario una mirada tranquilizadora y apuré mi tazón de leche lo más rápido que pude. Di un último bocado a mi tostada y me incorporé para colocar mi servicio en el carrito.

—Ya he terminado; voy contigo.

Luna gruñó algo ininteligible, pero hizo lo mismo que yo. Los tres atravesamos el vestíbulo vacío; los fines de semana se sentía más vacío que nunca. El estruendo de la lluvia nos obligó a acercarnos hasta el cristal de las puertas para ver cómo el agua rebotaba contra los escalones y encharcaba el jardín.

—Me parece que hoy no fumas —dijo Mario.

Luna no contestó.

En la sala común esperaban Ferran y Candela junto a una educadora a la que todavía no había visto: alta, muy delgada, pelo largo y liso color caoba, ojos verdosos.

—Hola, buenos días —dijo en cuanto entramos. Noté que me buscaba con la mirada—. Soy Álex. Tú eres Alma, ¿verdad?

—Sí.

—Encantada; me han dicho que esta semana nos veremos en clase.

Parecía maja, como todos los adultos de la clínica. Propuso unas cuantas actividades, pero nos dio libertad para ocupar nuestro tiempo en lo que quisiésemos. Quedaba casi media hora para las once; no me apetecía comenzar ningún juego que tuviera que abandonar, así que me acerqué a la librería del fondo contrario a la zona de ordenadores y repasé algunos estantes. Estaban llenos de novelas, muchas de ellas destinadas al público adolescente. Encontré los éxitos de Blue Jeans, de John Green, de Laura Gallego y de otros muchos a los que había leído los últimos años. La trilogía de *Los juegos del hambre* y la saga de *Divergente* también se encontraban allí, ¿cómo no? Un cosquilleo me recorrió por dentro, ¿cómo era posible que hubiera olvidado que me encantaba leer?

Mi mente se iluminó con el fogonazo de la imagen de un libro: *El guardián entre el centeno,* de Salinger. Lo llevaba conmigo en el momento del accidente. Recordaba su cubierta con la figura de aquel chico y su gorra de cazador roja; Holden sujetaba un cigarrillo entre los labios, un cigarrillo del que salían bocanadas de humo que se transformaban en pájaros negros. ¿Qué habría sido del libro? Lo imaginé con sus páginas bamboleándose al viento, abandonado en el terraplén por el que se despeñó el coche, escondido entre arbustos y piedras.

Me puse a buscar un ejemplar. Sí, ahí estaba. Lo saqué y enseguida advertí que había sido manoseado por decenas de lectores. Edición

143

antigua. Lo abrí, pasé sus páginas y me encontré a bocajarro con un texto subrayado a lápiz:

> Me imagino a muchos niños pequeños jugando en un gran campo de centeno y todo. Miles de niños y nadie allí para cuidarlos, nadie grande, eso es, excepto yo. Y yo estoy al borde de un profundo precipicio. Mi misión es agarrar a todo niño que vaya a caer en el precipicio. Quiero decir, si algún niño echa a correr y no mira por dónde va, tengo que hacerme presente y agarrarlo. Eso es lo que haría todo el día. Sería el encargado de agarrar a los niños en el centeno. Sé que es una locura; pero es lo único que verdaderamente me gustaría ser. Reconozco que es una locura.

Junto al texto, un nombre escrito con el mismo lápiz con el que había sido distinguido de los demás párrafos: «Diego».

No pude evitar una sonrisa. Miré a Luna y comprendí por qué se alteraba tanto cuando lo sentía cerca. A mí me pasaba exactamente lo mismo.

Y sí, esa tarde nadaría junto a él en la piscina. Solo debía decir que continuaba indispuesta y que regresaba a mi habitación. Luna me había dado la excusa.

41

Luna y la piscina

Seguimos a Alma y a Luna hasta la piscina. Corrían bajo la lluvia, con sus mochilas al hombro, las zapatillas llenas de barro. Hacía mucho tiempo que no entrábamos, ni siquiera conocíamos a Esther, la socorrista del fin de semana. No recuerdo que nadie utilizara nunca esas instalaciones los fines de semana, pero el doctor Castro había decidido que permanecieran abiertas por si alguno de sus pacientes le hacía caso y ocupaba parte de su tiempo libre en el deporte.

Nos quedamos fuera el tiempo suficiente para que se cambiaran de ropa. A nosotros no nos importaba la lluvia. Cuando decidimos entrar, ya estaban enfundadas en sus bañadores de licra, con sus gorros sujetándoles el pelo y las gafas escondiendo su rostro. Aun así, era fácil distinguirlas.

Nos colocamos detrás de las gradas, casi ocultos por ellas. ¿Recuerdas cómo se llenaban de brazos en alto y manos agitadas los días de competición? ¡La de veces que habíamos animado a Diego desde ahí! Me alegré de que en ese momento no estuviera con nosotros, de poder disfrutar de Alma yo solo. Sí, ya sé que tú también estabas allí, pero era diferente. Tú no te convertías en alguien exclusivo para nadie.

Contemplamos cómo Alma enseñaba a nadar a Luna bajo la atenta mirada de Esther. Primero consiguió que se tumbara en el suelo, junto al bordillo, y que moviera los brazos de la forma correcta. Después, ya dentro de la piscina, le mostró cómo respirar en el agua. La obligó a sacar burbujas y a tomar aire, y a nosotros nos hacía gracia escuchar sus quejas constantes. Después nadaron un poco hasta que, por fin, Luna consiguió hacer un largo entero sin agarrarse a la corchera que marcaba su calle.

—¡Enhorabuena! —le dijo Alma.

Luna sonrió satisfecha, pero no le dio las gracias. Recuerdo que te pusiste hecho una furia, como si hubieras sido tú el que estuviese aguantando sus protestas mientras te esforzabas en intentar enseñarle a cambio de nada.

—Para ser el primer día no lo has hecho mal —dijo Esther desde su silla.

—¡Nadie ha pedido tu opinión! —contestó Luna.

—¡Cuidadito! —respondió la socorrista.

Sonreíste al escucharla. Parecía una mujer con carácter, y Luna no se atrevió a rechistar, aunque creo que también debió de influir el cansancio tras la sesión de natación; se le notaba en la cara y en los brazos, ni siquiera los movió al contestar a Esther.

En cuanto pasaron al vestuario, tú y yo corrimos hacia el edificio principal para avisar a Diego de que Alma y Luna regresaban a sus habitaciones. Lo encontramos ya en la sala con Mamá Luisa, discutían por el hueco de escape para las palomas que Diego se había negado a bloquear.

—Bueno —claudicó Diego—, esta tarde subiré de nuevo y veré qué puedo hacer. ¿Vendréis conmigo? Voy a necesitar que alguien vigile las palomas mientras trabajo, esta mañana han querido atacarme.

Los dos nos miramos aterrados y Diego soltó una carcajada.

—No hace falta que me acompañéis, cobardicas. Ya voy yo solo —dijo, y respiramos profundamente sin saber que acababa de fabricarse una coartada para pasar la tarde con Alma sin que ninguno de nosotros lo molestara.

42

Nadar con Diego

—Vuelvo a sentirme mal —le dije a Álex lo suficientemente alto como para que Luna me escuchase.

Me miró perspicaz, pero me llevé la mano a los riñones e hice un gesto de dolor.

—¿Quieres que llame a un médico?

—No, no hace falta. Estoy con el periodo, solo eso. ¿Te importa que suba a mi habitación?

—No, por supuesto que no.

—¿Y puedo llevarme este libro? —pregunté, mostrándole *El guardián entre el centeno*.

—¡Claro!

Luna hizo un gesto de burla, dando por hecho que le parecía una aburrida por subirme un libro a mi habitación, y a mí me pareció perfecto que lo pensara.

—Me alegro de que esta mañana hayas echado una mano a Luna en la piscina —me dijo Álex en voz baja.

—¿Sabes que hemos estado allí?

—Esther me lo ha contado, dice que se te da bien enseñar.

Salí de la sala común preguntándome si se enterarían también de mi próxima visita a la piscina.

Supuse que no; por lo que había entendido, a Diego no lo habían pillado nunca y, si por la tarde no había ya ningún socorrista, nadie podría informar de nuestra presencia. No había visto cámaras allí, ni dentro ni fuera.

Respiré hondo, necesitaba tranquilizarme. ¿Qué había dicho Diego? Que me buscaría, pero ¿dónde?

Entré en mi habitación y palpé el bañador que había dejado sobre el radiador. Seco. La toalla continuaba un poco húmeda. Guardé ambas cosas en mi mochila y añadí el gorro, las gafas y las chanclas. Me sentía nerviosa; deambulé por el dormitorio sin saber qué más hacer. Asomé la cabeza al pasillo; vacío. Entré de nuevo y me coloqué junto a la ventana para contemplar la lluvia. Caía sin descanso; incluso con la ventana cerrada, el ruido era atroz. Por un momento imaginé ser otra persona, una persona sorda que contemplaba el mismo paisaje desde ese mismo punto. Coloqué las palmas de las manos sobre mis orejas y apreté. El ruido de fuera desapareció y mi cabeza se llenó con un sonido interno, parecido al que se escucha dentro de una caracola, similar al que me envuelve cuando estoy bajo el agua. ¿Sería eso lo que oyen los sordos?

Recordé el mensaje en el que alguien solicitaba que buscara información sobre los últimos habitantes de la residencia. ¿Qué habría sido de ellos? En cuanto escapáramos de nuestro encierro el siguiente fin de semana, buscaría un cibercafé y entraría en esas dos páginas capadas que habíamos encontrado Mario y yo en el ordenador.

Me giré hacia el interior de mi habitación y me topé con el libro que acababa de subir de la sala común. Era un ejemplar usado, como muchos otros de la estantería que había estado escudriñando. Parecía que hubieran adquirido ejemplares de una antigua biblioteca o, tal vez, habían aprovechado los de la biblioteca que había aquí cuando esto era la famosa residencia de sordos.

Me recosté en la cama y comencé a leerlo; ya no recordaba por dónde lo había dejado antes del accidente. Habían pasado demasiados meses y demasiadas cosas, pero, a medida que lo releía, las imágenes que por aquel entonces había creado de los personajes volvieron a mi cabeza y, la verdad, me parecieron ridículas. ¡Qué diferente son las cosas según el momento en el que se miran!

Saqué el rotulador rojo de la mesilla de noche y subrayé una frase:

No sé por qué hay que dejar de querer a una persona solo porque se ha muerto. Sobre todo, si era cien veces mejor que los que siguen viviendo.

Escribí mi nombre junto a ella como había hecho el tal Diego con su frase.

¿Cuándo vendría a buscarme?

Me incorporé y regresé a la ventana, los cristales empapados por la lluvia, el ruido metálico de las gotas golpeando los barrotes de las rejas inundando mis oídos.

Y entonces lo vi.

Diego caminaba por el jardín delantero en dirección a la piscina. Justo entonces elevó la cabeza hacia mi ventana. Parecía que la lluvia no le importase. Con un gesto de la mano, me señaló hacia dónde se dirigía y comprendí que me esperaría en la entrada. Me puse el abrigo, tomé mi mochila, salí de mi habitación y bajé los escalones de dos en dos, pero cuando iba a alcanzar la primera planta frené en seco. No quería que quien estuviera de guardia me viera salir ni que la cámara de entrada me grabara. Con un tiempo como aquel, no colaría que necesitaba dar un paseo para tomar el aire. Sin pensarlo, me lancé al comedor, de allí a la cocina, abrí el cerrojo de la puerta y descendí por la escalera de servicio después de dejar la puerta entornada. Debería regresar de la piscina antes de que el equipo de cocina volviera para preparar la cena, o se darían cuenta de que alguien había salido por allí. Salí al jardín, corrí entre los charcos y llegué con el corazón martilleando en mi pecho a la puerta donde Diego me esperaba. Sin decirnos nada, él sacó un llavero repleto de llaves, seleccionó una y entramos.

Estuvimos nadando una hora entera, yo por la calle cuatro, él por la cinco. Manteníamos un ritmo similar, sin competir, sin forzar.

—Eres bueno —le dije al terminar, los dos sentados en el bordillo.

—Gracias, tú también.

Estuvimos así un rato, uno junto al otro, moviendo los pies dentro del agua sin decirnos nada más hasta que Diego se levantó.

—Tenemos que irnos —dijo.

Volví a entrar en el edificio principal por la misma puerta, subí el primer tramo de la estrecha escalera y empujé la puertecilla de la cocina. Abierta. Entré y me giré para cerrar el pestillo.

—¡En todos los años que llevo trabajando en este sitio, jamás había visto que alguien se escapara un día como este para intentar entrar en la piscina! ¿Qué te pasa, chiquilla? ¿Acaso no sabes que está cerrada? ¿Por dónde pensabas entrar, por las ventanitas? ¡Mira cómo te has puesto, si vienes empapada!

Amelia me regañaba mirándome de arriba abajo, pero sonreía.

—Ya me han dicho que esta mañana has estado enseñando a Luna a nadar. ¡Seguro que no te ha dejado dar ni una sola brazada! Pero no debes intentar colarte en la piscina si no hay socorrista.

—Por favor, no digas nada.

—¡Imagina que te pasara algo!

—No ha pasado nada porque no he podido entrar; por favor, ya no lo haré más.

—Bueno bueno, niña, lo mejor es que subas a secarte. Te guardaré el secreto, pero si te vuelvo a pillar, se lo contaré al doctor Castro, ¿entendido?

—Sí sí, muchas gracias.

—Ay, si yo te contara la de secretos que llevo guardados entre estas paredes desde que las crucé por primera vez.

Estaba empapada y necesitaba secarme. Amelia continuó con sus quehaceres y su canturreo mientras yo me preguntaba a qué secretos se referiría y de cuánto tiempo me hablaba. La clínica psiquiátrica no llevaba abierta demasiado tiempo. ¿Habría trabajado para los sordos? ¿Sabría qué fue de los últimos que ocuparon la residencia?

43

¿Dónde está mi hijo?

*D*iego tardó más de una hora en regresar. Me extrañó que no nos pidiese esa vez que estuviéramos atentos a si las chicas ocupaban sus habitaciones, pero supuse que no pensaba utilizar martillos y clavos, que simplemente pegaría con cola la plancha de plástico sobre el agujero. Para eso no se necesita una hora, ¿no crees? Pensé más de una vez en bajar a ver qué estaba haciendo Alma, por si acaso a Diego se le había ocurrido importunarla, pero Mamá Luisa no paraba de hablarnos de sus recuerdos de infancia y juventud, y me fue imposible escabullirme.

A ti te encantaban las historias de Mamá Luisa. Las escuchabas embelesado, como si pudieras ver los sitios de los que nos hablaba o conocer a las personas que protagonizaban sus anécdotas. Parecía que hubieras estado en su pueblo cientos de veces, incluso le corregías cuando explicaba cómo iba de su casa a la iglesia pasando por la plaza.

—Que no, Mamá Luisa, que para llegar a la iglesia no es necesario pasar por la plaza.

Y ella te sonreía y te acariciaba la cabeza.

Aquella tarde, Mamá Luisa estaba especialmente nostálgica. No paraba de repetir que lamentaba que sus padres no hubieran querido estar con su nieto, su único nieto. Según ellos, no era un niño del que poder presumir, era un niño sin padre.

—¡Claro que tiene padre! ¡Les grité que sí tenía padre! —bramó entre sollozos—. ¡Se lo dije, y les aseguré que ambos sabían quién era!

Cuando Mamá Luisa se ponía así, lo mejor era dejarla sola. Me levanté, pero tú preferiste seguir preguntando:

—¿Por qué los abuelos decían que no tenía padre?

—Porque él ya había formado una familia. Aseguraban que mi hijo era un niño sin padre porque su padre ya tenía niños legítimos y nunca se preocuparía por él.

—¿Y por eso los abuelos no me querían?

Cuando escuché tu pregunta me quedé helado. ¿Es que todavía no te habías dado cuenta?

Mamá Luisa te abrazó, te sentó en su regazo y comenzó a mecerte y a cantarte una nana. Tú te acurrucaste y te dejaste llevar.

—Claro que te querían, cariño. A ti todo el mundo te quería —te dijo al acabar su canción.

Me quedé un rato mirándoos, tan juntos, tan unidos. Siempre creíste que Mamá Luisa era tu verdadera madre, ¿verdad? Te trajeron tan pequeño que todavía no habías tenido tiempo de forjar ningún recuerdo. Tu primer vínculo lo creaste con ella, no como los demás. Nosotros establecimos nuestro primer vínculo con brazos ajenos que solo nos sujetaban, sin darnos calor; mucho menos, amor.

Yo creo que por eso se me hizo tan larga la hora que Diego estuvo fuera, por la imagen que me ofrecíais. En cuanto entró y os vio, se le enroscó el semblante. Tú continuabas aferrado al cuerpo de Mamá Luisa, como si quisieras fundirlo con el tuyo. Me diste miedo, casi tanto como la noche en la que Diego fue en busca de don Matías, la noche maldita.

Mamá Luisa tenía razón, don Matías regresó horas después y cerró las ventanas que había dejado abiertas para que se esfumara el olor de la última noche, un olor que llevaba tanto tiempo bañando las vidas de los últimos inquilinos de la casa que ya nos pasaba desapercibido. Mamá Luisa lo siguió en su recorrido por la cuarta planta sin parar de excusarse por lo que había hecho. Lloraba y moqueaba mientras hablaba, y tú la agarrabas de la falda para intentar que se quedara a tu lado, pero ella no hacía más que preguntar por Diego.

Y don Matías no contestaba.

Nosotros sabíamos que se lo había llevado en su coche, los habíamos visto juntos la noche anterior y habíamos escuchado cómo le decía que, a partir de ese momento, viviría con él en su casa.

—¿Dónde está Diego? ¿Dónde está mi hijo? —repetía Mamá Luisa—. ¡Ahora que lo he criado es cuando lo quieres!, ¿no? ¡Pero recuerda lo que te digo: tú nunca serás su padre! ¡Aunque lleve tu sangre, nunca serás su padre! ¡Volverá a su casa y volverá a mí! ¡Ya lo verás!

44

Pastillas en la servilleta

*N*o pude hablar con Amelia durante la cena, había pensado preguntarle cuánto tiempo llevaba trabajando en el edificio y si lo había conocido como residencia de sordos, pero no tuve oportunidad. Pasó canturreando a mi lado en un par de ocasiones sin detenerse; parecía tener prisa en que termináramos nuestros platos y los dejáramos vacíos sobre el carrito de metal que empujaba dentro y fuera de la cocina.

—¡Venga, chicos, que se os enfría la sopa y hay que comérsela calentita!

La sopa ardía, aquello no era algo calentito, aquello era un infierno. Aun así, nos achuchó tanto que acabamos quemándonos la lengua y tuvimos que pedir más agua.

—Aquí la tenéis —dijo, mientras dejaba una jarra llena sobre nuestra mesa—. Además, la vais a necesitar para tomar vuestra medicación. ¿Dónde estará Álex? Quizás haya cambiado ya el turno. ¡Venga, chicos, terminad, que hoy viene a buscarme mi hijo! —repitió con una sonrisa más ancha que otras veces.

Luna fue la primera en llenar su vaso y apagar la llama de su lengua. Se lanzó como una pantera a por la jarra, arrebatándosela a cualquier mano que pudiera interponerse en su camino. Incluso se aferró a ella mientras apuraba la última gota y solo la soltó cuando rellenó de nuevo su vaso hasta los topes.

Fue entonces cuando bebimos los demás.

Miré a Candela, tan quieta, tan asustadiza, tan insignificante.

¿Qué pensaría de alguien como Luna? Creo que jamás las había visto hablar entre ellas. En realidad, Candela y yo tampoco habíamos cruzado nunca una sola palabra, no sabía qué decirle a una chica como ella, tan quebradiza, tan doliente. Quizás debiera intentarlo, tal vez me sorprendiese.

El siguiente en coger la jarra fue Ferran; al menos, él la soltó en cuanto llenó su vaso. Mario nos sirvió a Candela y a mí antes de llenar el suyo.

Me fijé en la mesa de los pequeños, ellos también habían tomado la sopa diabólica. Amelia les llevó otra jarra, pero se quedó allí para servir el agua fresca en los vasos. No sé si lo hizo para evitar peleas o porque Álex acababa de entrar con la medicación. La traía, como siempre, en pequeños cubiletes de plástico blanco con el nombre de cada uno escrito en tinta indeleble de color negro. Todos esos cubiletes viajaban sobre una bandeja que sostenía en sus manos mientras avanzaba con cuidado entre las mesas. Un solo tropiezo y adiós a todas esas pastillas de colores distintos.

155

—Ya sabéis lo que tenéis que hacer —dijo Luna.

Y me sonó a una orden. Otra más.

Álex se detuvo primero junto a la otra mesa. En cuanto los cuatro pequeños engulleron sus píldoras, se dirigió hacia nosotros. Me dio por pensar que esta vez se daría cuenta del engaño, que me atragantaría con la dichosa píldora o que se me desharía en la boca y acabaría por tragarla.

Miré la cara de mis compañeros mientras intentaba controlar un principio de taquicardia. A pesar de haber bebido un vaso entero de agua, sentía la boca seca. Los ojos de Mario se abrían y cerraban en un parpadeo intermitente, y los de Candela no podían elevarse del mantel.

—Qué contenta parece esta noche Amelia, ¿no? —dijo Luna, dirigiéndose a Álex—. Cómo se nota que se va de aquí.

—Mañana es el cumpleaños de su nieto.

Primer cubilete para Ferran. La pastilla en la boca, un sorbo de agua.

—¿Y cuántos cumple?

—Cinco.

—Seguro que es un coñazo de crío; odio a los niños pequeños, son todos repugnantes.

Álex no pudo evitar mirarla con un ligero desprecio.

—Aquí tienes tu medicación —le dijo mientras le extendía el cubilete con su nombre sin esperar a que Ferran le devolviese el suyo.

En ese momento, Ferran extrajo la pastilla y la ocultó en su servilleta.

Muy despacio, Luna se introdujo la medicación en la boca. Parecía sonreír, los ojos fijos en los de Álex. Cogió su vaso, en el que aún quedaba algo de agua, y bebió un trago.

—Toma —dijo Ferran, extendiendo su cubeta de plástico hacia la bandeja de Álex—. ¿Puedo salir ya? —añadió, y se puso en pie.

—¿Has terminado de cenar? Por lo que veo, os falta el postre. —La mirada apartada de Luna, su gragea en la servilleta—. Toma, Candela.

Pastilla en la boca, trago de agua. Los ojos de Álex fijos en ella.

156   —Hoy no quiero postre.

—¿Puedo tomarme yo el suyo? He visto que hay natillas.

—¡Ah! Pues si hay natillas, sí las quiero.

—¡Habías dicho que no, gilipollas!

—¡Gilipollas lo serás tú!

—¡Chicos, ya está bien!

Otra servilleta medicada.

—¡Uy, si no son natillas! Pues ya no quiero tu postre.

Suspiro de Álex.

—Tu medicación, Alma.

Pastilla en la boca, sorbo de agua, taquicardia.

—Bueno, yo me voy, no sé qué hago aquí de pie si no voy a tomar postre.

—¡Siéntate!

—¡Yo también me piro! Si Ferran puede pasar de tomar esta mierda de postre, yo también.

—¡Que os sentéis!

La pastilla en mi servilleta, bajo mi mano agarrotada por los nervios.

—¡Pásame tu cubilete, Alma! Toma, Mario, el tuyo. A ver si terminamos de una vez. ¡Y estaos quietos!

Los ojos de Mario pestañeando. Medicación en boca, vaso, agua.

Luna dejándose caer con fuerza sobre su silla, brazos en cruz, cara de cabreo.

—¡Pues vaya mierda!

—¡Una puta mierda! —Ferran zarandeando la mesa.

—¡Los dos, fuera! ¡Vamos a hablar un rato!

La pastilla de Mario en su mano.

Álex recogió el cubilete de Mario y lo colocó sobre la bandeja, la depositó en una mesa vacía y salió del comedor con paso firme. Luna y Ferran, delante de ella. Durante un par de minutos pude ver cómo hablaba con ellos en el pasillo. No alzó la voz, pero la tensión de su cuerpo mostraba enfado. Me sorprendió comprobar que ninguno de los dos se enfrentaba a ella, sino que parecían disculparse por su comportamiento.

—¿Va a ser así toda la semana? —pregunté.

—Más o menos —respondió Mario.

Salimos del comedor junto a los pequeños y dejamos que Amelia recogiera las últimas piezas de vajilla que habíamos olvidado sobre los manteles. Las colocó en su carrito y lo empujó hacia la cocina. Me quedé mirándola hasta que desapareció tras la puerta. Me hubiera gustado preguntarle muchas cosas, pero tenía prisa por encontrarse con su hijo.

Fui con los demás a la sala común. Llevábamos un día entero sin la medicación y no notaba nada distinto, nada en absoluto. Tampoco lo noté cuando el doctor Castro decidió reducir mi dosis a la mitad; pasaron varios días hasta que me sentí diferente. Tal vez era una estupidez montar todo ese rollo para dejar de tomar las pastillas durante una única semana. No creía que eso cambiara nada, seguiríamos siendo los mismos zombis que recorrían los pasillos de la clínica y que, con suerte, alguna noche se ocultaban en el jardín para fumar un cigarrillo. ¿Qué haríamos ahí fuera? Ni siquiera recordaba por qué quería salir yo, no tenía adónde ir ni nadie que me esperase en ningún lugar.

—Alma, ¿me escuchas?

La voz de Álex me devolvió a la sala común, en la que había entrado sin darme cuenta.

—Vamos a jugar a las cartas, ¿te apetece unirte a nosotros?

A su lado se encontraban todos menos Mario, que ya se había sentado frente a un ordenador.

—No, prefiero leer un rato —dije—, pero me he dejado el libro en mi habitación.

—Sube a por él, aunque si quieres, puedes coger cualquier otro de la librería, ya sabes.

Me di la vuelta sin contestar; uno no cambia de libro como de revista. Mientras recorría deprisa el corredor amarillo, me froté los brazos, no por frío sino por esa sensación de exilio que me provocan los días lluviosos. Ya en el vestíbulo, me quedé mirando embobada los faros de un coche que relumbraban al pie de la escalinata. Las gotas de lluvia cruzaban rápidas ante ellos.

—¿A quién esperan? —pregunté a un hombre que, asomado a la ventanilla de la recepción, no dejaba de mirarme. Me sonaba haberlo visto por allí, pero no recordaba su nombre.

—Es el hijo de Amelia, ha venido a recogerla.

Me giré al oír unos pasos que provenían del comedor. Amelia salía colocándose el abrigo con prisa, el bolso en una mano, un paraguas en la otra.

—Bueno, niña, que me voy —dijo al verme—. No volveré hasta el miércoles. Sed buenos.

La vi abrir la puerta y su paraguas antes de poner un pie del todo fuera. Entonces corrí tras ella.

—¡Amelia! ¿Qué pasó con los últimos habitantes de este lugar?

—¿Qué dices, niña? —La lluvia caía de lado y el viento amenazaba con dar la vuelta a su paraguas.

—¡Con los sordos! ¿Qué pasó con los sordos?

—¡Que se fueron!

—¿Adónde?

—Yo eso no lo sé. Pregúntale a Bernardo, él es uno de ellos, aunque no de los últimos. ¡Pero entra, niña, que te vas a empapar!

45

Bernardo

¿*R*ecuerdas cuándo regresó Bernardo? Sí, fue al día siguiente de la huida de Diego.

Mamá Luisa no nos dejaba acercarnos a él, decía que era peligroso porque conocía el edificio a la perfección y, si entraba y subía hasta las plantas superiores, no tardaría en encontrarnos. Decía eso porque Bernardo fue uno de los primeros en llegar a la residencia, mucho antes que ella, cuando solo era un niño de cinco años. Sus padres, un matrimonio mayor afincado en un pequeño pueblo cántabro, acudían a visitarlo los últimos fines de semana de cada mes. No podían hacerlo más a menudo, ni su economía ni el estado de las carreteras se lo permitía. Ni la vergüenza. Jamás aprendieron a hablar la lengua de signos para comunicarse con su hijo, así que Bernardo se esforzó más que ningún otro en leer, de labios ajenos, las palabras que, poco a poco, comenzaban a salir de los suyos. Durante las vacaciones de verano, le dejaban irse a su tierra, y allí sus padres esquivaban a la gente para que no sospechasen que su hijo, ese que estudiaba en un internado de la capital, era sordo.

Todo aquello lo volvió taciturno. No sé si fue por eso o por la diferencia de edad que nos separaba, pero nunca tuvimos demasiado contacto con él cuando empezó a venir de visita, ¿verdad que no? Dudo mucho que supiera quién eras cuando te llevó por delante aquel taxi. Eso sí, después, como todos, bien que te lloró y acompañó tu ataúd durante toda la noche. Supongo que haría lo mismo cuando caí desde la cuarta planta, pero, si te digo la verdad, no me acuerdo.

El caso es que la mañana en que don Matías volvió para cerrar las ventanas lo hizo con Bernardo, y lo dejó allí para que se encargara del cuidado de los jardines. A partir de entonces venía a diario. Regaba, podaba y cuidaba los árboles y plantas mientras dirigía una cuadrilla que acataba sus órdenes sin rechistar. También plantó su huerta en el lateral escondido del jardín, pero esa era solo suya; no dejaba que nadie más la tocara.

Yo creo que don Matías lo contrató para que vigilara que Diego no se acercara por la clínica, no fuera a ser que Mamá Luisa tuviera razón y volviera junto a ella. Por alguna razón tuvo que ser, ¿no crees? Lo normal hubiera sido que se quedara trabajando la cuadrilla de siempre. Nunca me fijé en ninguno de ellos, pero me parece que eran muy eficientes.

Cada vez que llegaban, Mamá Luisa se encerraba con los olvidados en la habitación del fondo y los obligaba a guardar silencio, el silencio de los sordos. Nosotros dos solíamos quedarnos con ellos, ¿te acuerdas? Como si fingiendo ese miedo que los corroía por dentro nos sintiésemos más vivos. ¡Aunque en realidad sí estábamos asustados! Temíamos que esos hombres encontraran a Mamá Luisa y a los niños y se los llevaran de allí, porque nos hubiéramos quedado solos, y la soledad nos aterrorizaba.

Nunca imaginaron que continuábamos escondiéndonos en las últimas plantas del edificio. Supongo que nunca lo imaginó nadie, ni siquiera Bernardo cuando descubrió a Diego aferrado a la verja desde la calle, con la mirada perdida en las persianas cerradas.

—¿Qué haces tú aquí? ¿A qué has venido? —le preguntó con su voz entrecortada, situándose frente a él para poder ver su respuesta.

—Tenía unos asuntos por cerrar en el barrio y ya que pasaba por aquí...

—¿Y qué quieres?

—Ver en qué se ha convertido la que ha sido mi casa durante toda mi vida.

—Pues ya ves, no ha cambiado mucho.

—No, no lo ha hecho. Desde aquí parece la misma de siempre, aunque le falta la vida que tenía antes, ¿no crees?

Bernardo se giró para contemplar la fachada trasera del edificio.

Desde allí solo se alcanzaban a ver unas cuantas ventanas del último piso, todas cerradas.

—Todavía hay pocos residentes —respondió, volviéndose hacia Diego—, pero tengo entendido que pronto llegarán más.

Diego continuó mirando el edificio. Los ojos de Bernardo fijos en sus labios.

—Me dijo tu padre que vendrías; no has tardado mucho.

Creí que Diego le contestaría, que le gritaría que don Matías nunca sería su padre, pero sonrió de medio lado, se encogió de hombros y, sin mirar a la cara a Bernardo, comenzó a caminar calle abajo.

46

Candela

*S*ubí hasta la tercera planta, cogí el libro y bajé a grandes zancadas. Cuando entré en la sala común me faltaba la respiración.

—¿Estás bien? —me preguntó Álex.

—Sí, es que he subido y bajado corriendo —dije, y me detuve a tomar aire.

Todo permanecía igual: Luna, Ferran y Candela jugaban a las cartas con Álex mientras Mario navegaba por sus páginas secretas y capadas de Internet. Me senté en un sillón algo alejado de la partida y abrí mi libro por la señal. Comencé a leer y, sin darme cuenta, me quedé dormida.

—¡Despierta, Alma!

Álex me acariciaba un hombro. Las cabezas de todos los demás, detrás del suyo, mirándome con fijeza.

—Nos vamos ya todos a la cama, levántate, anda.

Cuando salí al pasillo, me dio la sensación de que alguien se escondía en las sombras, alguien pequeño. Los demás continuaron hacia las escaleras y los seguí convenciéndome de que habían sido imaginaciones mías.

—Mañana volvemos a la piscina —dijo Luna antes de entrar en su habitación, sin darme la más mínima oportunidad de negarme.

Me quedé sola en el pasillo, mirando como una tonta su puerta. La siguiente era la de Candela; se acababa de cerrar unos instantes antes. Casi sin pensarlo, me dirigí hacia allí. Un cartel, «GET LOST!», ahuyentaba a cualquiera que osara acercarse. Sonreí, jamás pensé que Candela, la silenciosa Candela, fuese capaz de colocar en su puerta semejante mensaje. Dudé entre si seguir sus instrucciones y perderme hacia mi habitación o entrar en la suya y preguntarle lo que quería saber. Imaginé que Luna no hubiera vacilado ni un segundo, así que, imitándola, giré el picaporte sin llamar. La sorprendí mirando por la ventana, casi en la misma postura que solía adoptar yo frente a la mía.

—Hola —saludé.

Se dio la vuelta.

—Hola —respondió. Adiviné alivio en su gesto—. Pensaba que eras ella.

—¿Luna?

—Sí, Luna.

—¿Te visita mucho?

—Más de lo que me gustaría. Se esconde en mi baño y fuma. Para que no huela el suyo y no la pillen otra vez, dice.

Estuve a punto de exigirle que se rebelase, pero preferí callarme. Yo tampoco lo hacía, no podía dar lecciones a nadie.

—Entiendo —dije, y Candela sonrió.

Su habitación se parecía a la mía: tampoco la había adornado con pósteres ni fotografías. Supongo que, al igual que yo, pensaba que solo estaba allí de paso, aunque no supiera adónde ir fuera de esa verja.

—Esta no es la primera vez que preparáis una escapada, ¿no es así? —le pregunté.

—No —dijo.

—Pero no salisteis…

—No, no lo hicimos.

—¿Por qué?

—El amigo de Luna, ese tal Diego, le prometió que dejaría abierta la puerta de las basuras, pero no lo hizo.

—¿Y esta vez sí lo hará? —pregunté.

—No, esta vez saldremos por la verja. Luna asegura que ha encontrado un barrote flojo, dice que entre todos podremos sacarlo.

—¿Tú la crees?

—Me da igual, no creo que yo salga con vosotros —dijo, y se

sentó sobre la cama con las manos entre las rodillas, los hombros encogidos y la mirada llena de angustia.

Me dieron ganas de abrazarla, de decirle que la entendía, que no se preocupara, que era libre de hacer lo que quisiese y que no debía tener miedo a que la juzgaran, pero entonces recordé a Luna. Recordé su voz estridente, su eterno taconeo y su constante desprecio hacia todo y hacia todos. Y me vi a mí misma permitiéndole sus maneras, consintiéndoselas sin hacer nada para evitarlas.

—Mi madre siempre me decía que los que necesitan gritar y ofender son los que más miedo tienen —le dije.

Me sonrió con tristeza.

—A Luna le da igual si yo salgo o no. Sabe que si no me incluye en el grupo, Mario no la ayudará a mover el barrote, y necesita la fuerza de los dos: de Ferran y de Mario. Además, si todos salimos, se asegura que nadie la delate.

—Entonces no vas a salir, ¿no?

Candela negó con la cabeza.

—Pero dejas de tomar la medicación.

Bajó la cabeza y fijó sus ojos en una baldosas.

—No dejas de tomarla —dije—, solo lo finges.

No quería juzgarla, de verdad que no, pero mi voz sonó como si la acabara de sentenciar.

—No me gusta discutir —dijo.

—A mí tampoco —contesté, y me di cuenta de que, de un tiempo a esta parte, me daba miedo hacerlo.

Una discusión fue la causa de todo.

Sin saber qué más decir, me dispuse a marcharme pero, justo antes de salir, recordé algo.

—¿Sabes quién es Bernardo?

—Sí, uno de los conserjes que también trabaja como jardinero; creo que hoy estaba de guardia.

Le agradecí la información y salí al pasillo. La puerta de acceso a la escalera central ya estaba cerrada. Entré en mi cuarto y me acerqué a la ventana. ¿Cuándo pararía de llover?

Ya sabía por qué me sonaba el conserje que había visto esa misma noche al despedir a Amelia: era el mismo hombre que me recibió cuando ingresé. Me había cruzado con él por los jardines alguna que otra vez, o lo había visto desde mi ventana, con las botas embarradas y el mono de trabajo sucio, pero no habíamos vuelto a dirigirnos la palabra. Recordé su voz entrecortada y su mirada fija en mi boca cuando le pregunté a quién esperaba el coche con los faros encendidos aparcado en la entrada. Amelia había asegurado que él era uno de aquellos sordos. Tal vez pudiera decirme qué pasó con los últimos, aquellos por los que alguien se había tomado la molestia de preguntar a través de una nota escrita en rojo con letra de niño.

Me metí en la cama y me dormí pensando en la pequeña sombra escondida en el recodo del pasillo de la primera planta que solo yo parecía haber visto.

47

Los negocios de Diego

$\mathcal{A}$quella noche Diego estaba raro, como ido. No paraba de sonreír y se quedaba embobado mirando las musarañas sin contestar a Mamá Luisa.

—¡Que si has arreglado la persiana! —le preguntó tres veces—. ¡Ay, hijo! ¡Estás como atontado! ¿Te pasa algo? Si no fuera porque no puede ser, diría que andas enamorado.

En cuanto escuché eso, se me encogió el corazón, como el día en que le propuse que fuera yo quien recorriera la repisa de la fachada hasta la habitación de Cristina, no por verla desnuda, sino para que no la contemplara él.

¡Ay, perdóname, esta vez no me di cuenta de que a ti te pasaba lo mismo! Estaba tan pendiente de Diego que me olvidé de ti. Ni siquiera me di cuenta de que te esfumaste, escaleras abajo, para ver salir a Alma de la sala común con su grupo de olvidados. Sí, ya sé que querías comprobar si llevaba la misma cara que Diego, esa cara que Mamá Luisa llamaba «de enamoradisco», pero te la jugaste, podía haberte visto, y ¿qué hubieras ganado si la llevaba?

El resto del fin de semana no nos despegamos de Diego en ningún momento, ni él de nosotros. Fue como si hubiésemos establecido una vigilancia silenciosa.

La mañana del domingo dejó de llover y, aunque el sol no se atrevió a salir del todo de su escondite, Mamá Luisa parecía mucho más tranquila.

—¡Qué gusto que estéis aquí los tres! —nos decía—. ¡Qué gusto!

Parecía encantada con que Diego se hubiera quedado definitivamente con nosotros. Además, hacía ya tiempo que su hijo favorito no se escapaba de los límites del recinto. ¿Te acuerdas de cómo se alteraba Mamá Luisa al verlo salir y atravesar la verja cuando el edificio quedó abandonado? Me hubiera encantado seguirlo algún día para saber adónde iba y con quién se juntaba, pero nunca me atreví a poner un pie fuera de la cancela. Yo creo que no hacía nada bueno. Sí, no pongas esa cara, que tú pensabas lo mismo que yo, ¿o ahora vas a decir lo contrario? No era este un buen barrio y lo sabes.

Cuando la ciudad se comió los aledaños de la residencia, hasta aquí llegó lo peorcito de cada casa. Es raro que nunca entraran en el recinto. Creo que, como veían los jardines tan bien cuidados, pensaban que todavía vivía alguien y que estaba vigilado, que probablemente tenía alarma y saltaría en cuanto tocaran la verja. Eso nos mantuvo a salvo.

Pero no a Diego.

Los olvidados mayores, esos que habían formado sus propias vidas fuera de la residencia y ayudaban con lo poco que podían a Mamá Luisa, le insistieron en que controlara a Diego. Aseguraban haberlo visto realizando negocios en las esquinas, vendiendo marihuana y drogas peores, llevando paquetes de un sitio para otro y cobrando por los servicios. Supongo que por todo eso, Mamá Luisa se angustiaba cuando Diego se escapaba de la casa de don Matías para venir a vernos, por si no solo se acercaba al barrio por nosotros.

Las primeras veces que lo vimos cruzar cerca de la verja, desde la acera de enfrente, mirando de refilón hacia la residencia, iba con prisa. Caminaba apresurado calle arriba, calle abajo. Se perdía por las callejuelas de los alrededores; entraba por una y salía por otra. Se detenía en esquinas e intercambiaba algo con personas tan oscuras como él. Y se metía billetes en los bolsillos. El día en que Bernardo lo descubrió pegado a la verja no era el primero que volvía al barrio ni mucho menos. Pero sí fue el primero en acercarse tanto a la clínica. Bernardo debió de chivarse a don Matías, porque pasaron semanas hasta que Diego volvió.

Y esa vez se coló en el jardín posterior.

Nadie conocía como él los secretos de esa verja: sus zonas infranqueables y sus puntos débiles, incluso hasta sus arañazos y los nombres grabados en el metal y repintados cien veces. Aquel día se arrimó al rincón que quedaba oculto detrás de las arizónicas, cerca del lugar donde colocaban los contenedores de basura para que el camión municipal los vaciara. Allí, uno de los barrotes de la verja se desenganchaba por la parte inferior y permitía desplazarlo lo suficiente como para que un cuerpo delgado se colase por el hueco. Diego cruzó a su jardín. Caminó entre sus plantas y sus piedras. Las suelas de sus zapatos reconocieron enseguida el terreno que pisaban y lo condujeron por las partes seguras, donde pensaba que nadie lo descubriría.

Pero Luna fumaba a escondidas tras los arbustos del empedrado. Acababa de apagar su último cigarrillo cuando se encontraron de frente por primera vez.

Deambulando por las calles, Diego había aprendido demasiadas cosas. Luna también llegó con historias que contar, las vomitaba en la consulta del doctor Castro y se arropaba con ellas fingiendo una fortaleza que empezaba a resquebrajarse. Diego la ayudó a cimentar su coraza, esa de la que hubiera debido desprenderse para avanzar. Comenzó por conseguirle tabaco, paquetes de Chesterfield que ella consumía escondida en el jardín trasero, el menos frecuentado, o en el baño de su dormitorio. *¿Te acuerdas del lío que se montó cuando Mari entró y olió el humo?* Desde ese momento, aumentó el control. Les faltaba cachearla para saber si llevaba encima algún cigarrillo. Poco después, Diego le facilitó alcohol.

Una noche se coló en el edificio durante la cena. Entró por la puerta de servicio, pasó la zona de la lavandería y recorrió el pasillo hasta la escalera del fondo, la que da al antiguo gimnasio. Desde allí subió hasta la tercera planta, utilizó una de sus llaves y avanzó por el ala de los chicos hasta la escalera central. La puerta abierta. Se ocultó tras ella para controlar los movimientos de Andrea, que estaba de guardia, y en cuanto tuvo vía libre, se deslizó hasta el ala opuesta, buscó la habitación de Luna y se coló dentro. *Recuerdo perfectamente tu cara, querías que saliera de allí a toda costa.* Pero cuando ella llegó y los vimos juntos, los que salimos fuimos nosotros.

Esa noche comprendimos que Diego había crecido mientras nosotros seguíamos siendo los mismos niños olvidados de los que ya nadie se acordaba.

48

Aulas

*L*a noche del sábado cambió el personal de guardia, así que el domingo por la mañana Luna y Ferran volvieron a representar su número de adolescentes enfurecidos y nuestras servilletas se transformaron de nuevo en contenedores de pastillas chupadas.

Acompañé a Luna a la piscina y, con mucha paciencia, atendí todas sus demandas bajo la vigilante mirada de Esther, la única que seguía en su puesto. El resto del día lo pasé entre la sala común y mi dormitorio esperando cualquier señal de Diego. Me dio la sensación de que Luna también anhelaba tener noticias suyas: salió al jardín un par de veces y no insistió en que la acompañáramos nadie. Desde la noche del viernes, cuando la vi recorrer bajo la lluvia el jardín posterior susurrando el nombre de Diego entre las sombras de los árboles, sabía con certeza que él también significaba algo importante para ella. Lo llamó de una manera diferente a la que utilizaba para dirigirse a cualquier otro. Sin exigencias, más bien parecía suplicarle que apareciera.

La oscuridad cubrió la clínica y, tras la cena, pequeñas luces fueron apareciendo de forma intermitente por la calzada interior del recinto. Rodearon el edificio principal y se detuvieron al pie de la escalinata; los internos recordados regresaban de su fin de semana.

Ni rastro de Diego.

El lunes acudí, por primera vez desde mi ingreso, a las aulas en las que mis compañeros de cautiverio recibían clases diarias para no perder por completo el ritmo de sus estudios.

—Me alegra verte por aquí —dijo Silvia en cuanto me distinguió entre el grupo—. En tu informe escolar hemos comprobado que se te dan bien los estudios y tienes un buen nivel. No creo que te cueste demasiado adaptarte a esto.

—Bueno, es cierto que no sacaba malas notas, pero hace muchos meses que no voy a clase ni toco un libro. Ni siquiera pude presentarme a los exámenes finales; supongo que repito curso, ¿no?

—Cursabas ya primero de bachillerato, así que retomaremos desde ahí y veremos lo que puedes ir avanzando. ¿Te parece bien?

Dije que sí y tomé asiento cerca de la ventana. Me sentía como si fuera mi primer día de colegio. En realidad, así era, pero no tardé en darme cuenta de que no se trataba de clases convencionales.

Los alumnos teníamos edades y necesidades distintas, así que los profesores nos dividían en pequeños grupos y nos atendían de manera individualizada. No parecía complicado, aunque reconozco que aquel lunes me costó concentrarme en las explicaciones y, cuando me llegó el turno de trabajar por mi cuenta, me entretuve mirando por la ventana, esperando algún movimiento que me recordara que había más vida que la que se vivía allí dentro.

Luna también prefería los alicientes del jardín exterior a los de su libro. ¿Qué diría si supiera que estuve nadando a solas con Diego la tarde del sábado? Intenté recordar las palabras de Ferran. ¿Qué fue lo que dijo cuando le entregué a Luna el paquete de tabaco? Ah, sí, hizo un comentario despectivo sobre la forma en la que ella le pagaba los favores.

Cada vez estaba más convencida de que entre los dos hubo una relación; o no había terminado bien o, simplemente, no había terminado. Tal vez Luna buscara salir de la clínica para encontrarse con Diego en algún lugar que ambos frecuentaron durante las temporadas que ella había pasado fuera en los últimos años. Por lo que tenía entendido, Luna fue de las primeras en ingresar, pero su ingreso había sido intermitente. Supongo que mejoraba con los tratamientos y empeoraba con su familia, por eso volvía.

Había dejado de llover, pero el viento movía las ramas pelonas de los árboles como si fueran brazos de muñecos rotos que buscaban estrecharme en un escalofrío.

No me tocaba sesión con el doctor Castro hasta el viernes. ¿Se daría cuenta de que había dejado la medicación? Estaba segura de que no, ni siquiera yo notaba cambio alguno. Aunque todavía estábamos a lunes; quizás el viernes ya no fuera la misma. Algo similar ocurrió cuando me disminuyó la dosis: lo único raro fue que confundí a Patricia con Lucía en la piscina y regresaron los ojos de muerto. A partir de entonces, comencé a recordar de nuevo, pero no dolió tanto como cuando no lo pude soportar y me corté las venas. Continuaba sintiéndome culpable, pero de una manera diferente. Creo que no me afectaba tanto porque había vuelto a ilusionarme con algo; mejor dicho, con alguien. Los dos niños que deambulaban por la clínica, en especial el pequeño, me atraían de una manera casi violenta. Había algo en ellos que…, no sé, tenían algo diferente. Igual que su hermano mayor, Diego. No me extrañó que Luna lo buscara la otra noche. Yo misma no podía dejar de pensar en él ni de intentar descubrirlo en cada una de las sombras que se escondían por todo el recinto.

—¿A quién buscas? —La pregunta de Luna me sobresaltó y sentí cómo mis mejillas se tintaban de fuego.

—¡A nadie! —respondí, y mi voz sonó tan falsa como la inocencia de su curiosidad.

Luna sonrió y acercó su silla a la mía, en plan confidente.

—Mario está en otra clase. Es algo así como un cerebrito, ¿lo sabías? Supongo que por eso un día le explotó la cabeza y comenzó a oír voces dentro de ella.

La miré con los ojos llenos de extrañeza; ¿por qué me hablaba de Mario?

—Es mono, pero no es mi tipo —continuó—. Puedes quedártelo. Además, juraría que ahora le gustas tú. Igual las voces le dicen que eres buena para él, tan modosita… —Soltó una de sus risotadas—. Tía, me alegro por vosotros, de verdad que sí. Estaba cansada de tenerlo siempre detrás. Te juro que he intentado varias veces que se liase con Candela, ella está loca por él, pero no hubo forma. Ya ves, no sirvo de Cupido.

Preferí callarme. No se puede discutir con alguien que solo ve su propio ombligo.

Silvia se acercó para preguntar:

—¿Necesitáis que os explique alguna cosa sobre vuestros ejercicios?

—No, no, lo tenemos todo controlado, ¿verdad, Alma?

Me sentí pillada; no había resuelto ni siquiera el primer problema de todos los que Silvia me había puesto.

—Muy bien, los corregiremos al final de la clase. Y, por favor, menos carcajadas, que distraes al resto de compañeros, ¿vale, Luna?

Luna soltó un resoplido, separó su silla de la mía y se concentró en su libro de matemáticas. Yo intenté resolver al menos un problema, pero mis ojos volvieron a escaparse hacia el jardín. El doctor Castro lo cruzaba en dirección a la cancela. En nuestra próxima sesión hablaríamos sobre la posibilidad de pasar la Navidad con mi abuelo. Nunca había pasado unas Navidades con mi abuelo; nunca que yo recordase, al menos. Mi padre decía todas las Nochebuenas que la última vez que celebró esa noche con el suyo, Sting lanzó su primer disco en solitario. Para mí, Sting siempre fue un solista, lo de The Police ocurrió en la prehistoria, así que seguro que ni yo ni mi familia habíamos pasado una Navidad con mi abuelo paterno. ¿Cuántas veces lo había visto en toda mi vida? ¿Quince? ¿Veinte? Y ahora pasaríamos juntos la Navidad; los dos solos.

172

49

Gatos

¿*T*e acuerdas de cuando esto se llenó de gatos? Paseaban a sus anchas por todos los rincones del jardín, como si fuese suyo. Solo se escondían durante las visitas de los jardineros, pero en cuanto estos metían sus trastos en la furgoneta, volvían a proclamarse los amos del lugar.

Mamá Luisa no quería que entraran en el edificio.

—¡Si pasan, estaremos perdidos! —repetía, aunque Diego insistía en que los gatos se habrían colado en el recinto por alguna razón—. ¡No estarás insinuando que tenemos ratones! —decía entonces Mamá Luisa con la cara desencajada.

Eran gatos callejeros, preferían la calle antes que encerrarse entre cuatro paredes. Entraban y salían por la verja con total impunidad, casi como Diego. Recorrían las calles aledañas para asaltar los contenedores de basura. A veces traían restos del festín pegado en los bigotes y un sinfín de pulgas adheridas a su piel.

Mamá Luisa no dejaba que los olvidados jugaran con ellos las pocas veces que les permitía bajar al jardín. Por aquella época todavía les daba la luz del sol muy de vez en cuando, pero era tan escasa que no conseguía atenuar la palidez de sus caras.

—¡No los toquéis! ¡Están llenos de parásitos!

Tampoco los gatos buscaban acercarse a los niños; más bien los miraban retadores, marcando el territorio, como si les estuvieran preguntando de dónde salían y les advirtiesen que tuvieran cuidado, que todo aquello era suyo.

Y, cada vez, volvían más sucios. Como Diego.

En solo dos años pasó de ser un chaval despierto a convertirse en uno de los jefecillos del barrio. Lo que comenzó como un simple trapicheo acabó siendo un negocio de venta de droga a mayor escala. Las parcelas vacías que rodeaban la residencia se llenaron de viviendas en construcción y de chabolas donde se traficaba con todo. Uno de los patriarcas de ese nuevo poblado se fijó en Diego. Lo vio ir y venir, hablar y desenvolverse, y pensó que era la pieza que necesitaba para reforzar su negocio. Le dio un teléfono móvil y lo llamaba a cualquier hora con cualquier tipo de encargo.

—¡Déjalo sin sonido! —le imploraba Mamá Luisa—. ¡Al final, lo van a oír desde la calle y nos van a pillar aquí dentro!

Lo decía con la boca pequeña. Se había acostumbrado a que Diego se ocupara de todo, a que trajera comida y ropa para los olvidados. ¿Te acuerdas del día que apareció con las estufas? Desde que cerraron la residencia ya no había calefacción en el edificio y los meses de otoño e invierno eran especialmente duros. Mamá Luisa y los olvidados se refugiaban en las habitaciones de la cuarta planta donde el sol más calentaba, pero no bastaba. A veces, hasta brotaba vaho de sus bocas cuando recorrían las partes más oscuras del pasillo. El agua no salía caliente de los grifos y Mamá Luisa tenía que calentarla en el fuego del pequeño hornillo eléctrico que habían instalado junto al dormitorio en el que descansaban todos juntos para darse calor.

Una tarde de otoño, a última hora, Diego apareció junto a la verja empujando un carrito robado de algún supermercado. Dentro traía una estufa y una bombona de butano. ¿Recuerdas el chirrido de las ruedas a medida que se acercaba? No sé cómo no se enteró todo el mundo, aunque tal vez no hubiera nadie más que nosotros pendiente de los ruidos de Diego. Nos hubiera gustado ayudarlo, ¿verdad que sí? Pero Diego todavía no era capaz de vernos y solo pudimos sujetar el barrote que se desplazaba de la verja para que, con todas sus fuerzas, pudiera colar su botín. Escondió la estufa y la bombona naranja detrás de unos arbustos y salió de nuevo a la calle para ocultar, no sé dónde, su carrito.

Tardó un buen rato en llevarlos hasta la puerta de servicio; una vez dentro, encendió la corriente eléctrica y los subió en el ascensor. Aquel llavero que guardaba en el bolsillo le daba un enorme poder.

Mamá Luisa y los olvidados pudieron por fin desprenderse de sus eternas mantas. Nadie le preguntó a Diego cómo había conseguido aquello, ni tampoco cómo reponía las bombonas naranjas cada vez que se acababa su contenido.

175

50

Cigarrillos en el lavabo

—$\mathcal{H}$ola, Alma.

—Hola, abuelo.

—¿Cómo estás hoy?

—Mejor.

—Has comenzado a asistir a clase, ¿no es cierto?

—Sí, he ido dos días: ayer y hoy.

—¿Y sigues nadando?

—Sí.

—Eso está bien. Voy a estar en Madrid toda esta semana, hasta el lunes que viene.

Blanqueando los nudillos.

—¿Te gustaría que te visitara alguna tarde?

La boca seca.

—No lo sé… Creo que sí.

—Muy bien; hablaré con el doctor Castro y haremos lo que tú decidas, ¿te parece bien?

—Sí.

—Perfecto, pues eso haremos. Adiós, Alma. Nos veremos pronto.

Colgué el teléfono con la congoja agazapada en la garganta. Aunque nunca había tenido cerca a aquel hombre, él era lo único que me ataba a mi vida anterior, el único eslabón de mi familia que quedaba. Desde que me corté las venas, mi nueva familia era aquella pandilla de chiflados, los locos con los que compartía mis días. Con ellos no pensaba en mis padres ni en mi hermana Lucía, nunca hablaba de cosas externas ni anteriores a la clínica. Tampoco mis compañeros hablaban de su vida fuera de la verja.

Salí de la recepción, donde había atendido la llamada de mi abuelo, y me dirigí a mi habitación con Mari a mi lado.

—Ya es casi la hora de cenar —me dijo en cuanto alcanzamos la 24—. No tardes mucho en bajar.

—No te preocupes —respondí—. Solo quiero lavarme la cara.

Abrí mi puerta y la vi detenerse frente a la de Candela y llamar con los nudillos. Tenía ganas de llorar y no quería que nadie me viera. Me lavé la cara con agua fría. Eso detuvo las lágrimas, pero no la ansiedad. Me miré en el espejo, no me parecía demasiado a la Alma de antes del accidente, la que tenía tranquila su conciencia. Hay que ver la de ojeras que marca la angustia.

Unas voces en el pasillo me obligaron a salir. Mari le pedía a Luna que apagara el cigarrillo y que abandonara la habitación de Candela. Y Luna, en su habitual tono, se negaba a cumplir órdenes.

Las puertas de las pocas habitaciones ocupadas en esa ala de la tercera planta se fueron abriendo paulatinamente. Gabriela apareció en la del fondo, con su pelo rojo y sus ojos llenos de reproche. Candela lloraba.

—Ya te dijimos que está prohibido fumar dentro del edificio. —El tono de Mari era severo—. El doctor Castro te dio permiso para fumar en el jardín. ¿Tanto te cuesta cumplir las normas?

—¡Que te calles! ¡Yo fumo donde me da la gana! —gritó Luna.

—Ya lo veo, pero no deberías hacerlo. ¿Y quién te ha dado esa cajetilla de tabaco?

—¡No te importa!

—Por favor, Luna, apaga ese cigarro y sal de la habitación.

—¿Y si no lo hago?

—Si no lo apagas, saltará la alarma de incendios, ya lo sabes.

—Sí, pero será culpa tuya, por obligarme a salir del baño. Hicisteis bien en no poner detectores de humo en ellos. Lo peor eres tú, que todos los días vienes a olisquear el mío, con esa narizota que tienes.

Se oyó el ruido de una cisterna y, por fin, Luna hizo su aparición en el pasillo. Los hombros hacia atrás, la barbilla retadora, sonrisa de lado, el pelo suelto, sus ojos fijos en los de Mari.

—Tendré que informar de esto al doctor Castro —dijo la vigilante.

—¡Puedes informar a quien te dé la puta gana, bruja!

Me fijé en Candela, tiritaba de miedo y emitía tenues sollozos. El resto de las chicas miraban la escena como si estuvieran viendo una película. Todas menos Gabriela, situada justo al otro lado de las dos contrincantes, los puños apretados. Pero su gesto no representaba miedo, más bien desdén. Sus ojos no se separaban de Candela.

Luna abrió su cajetilla de Chester y sacó otro cigarrillo, el último que le quedaba. Se lo llevó a la boca y lo prendió con un mechero rojo que guardaba en un bolsillo.

—¡Apaga eso ahora mismo! —ordenó Mari.

Una calada intensa, el humo saliendo cadencioso de su boca.

—¡He dicho que lo apagues!

Otra nueva calada, y otra más.

—¡Apágalo! ¡Apágalo! —gritaba Candela encorvada y tapándose las orejas, como si no quisiera escuchar nada más de aquella discusión.

Gabriela entró en su habitación y cerró la puerta dando un portazo justo un segundo antes de que la alarma de incendios comenzara a chillar más alto que Candela.

Luna sonrió mostrando toda la dentadura, dio una última calada al cigarrillo, lo arrojó al suelo y lo apagó con su pie derecho.

Los ojos de Mari ardían detrás de sus gafas.

El resto de las chicas fueron cobijándose en sus habitaciones, era peligroso permanecer fuera. Me acerqué a Candela, la tomé por el brazo y la arrastré al interior de la mía. El sonido de la alarma no tardó en apagarse, pero las voces continuaron retándose durante un par de minutos, hasta que el silencio invadió de nuevo el largo pasillo.

—Parece que ya se han calmado —dije para tranquilizar a Candela; continuaba temblando—. Vamos, es la hora de cenar.

Sin esperar su respuesta, tiré suavemente de su brazo y nos dirigimos al comedor sin decirnos ni una sola palabra.

Solo los chicos ocupaban sus puestos en las mesas, ninguna de las chicas de la tercera planta había bajado todavía.

—¿Qué ha pasado? —nos preguntó Ferran.

Candela en silencio, con la cabeza gacha. Los ojos de Mario abriéndose y cerrándose demasiado a menudo.

—Luna —dije.

—¿Ha vuelto a fumar en su habitación? ¿Por eso ha saltado la alarma de incendios? —Los dientes de Ferran asomando por su sonrisa de malote, como si el que se hubiera saltado las normas fuera él.

—En la de Candela.

Ferran soltó una carcajada demasiado falsa; menos mal que, antes de que pudiera añadir alguna grosería, Mari, seguida de las chicas mayores, entró en el comedor. Todas menos Luna.

El silencio se volvió espeso.

—Esta vez se ha pasado más de lo normal. La mantendrán en vigilancia —susurró Ferran—. Bueno, pues parece que vamos a salir sin ella este viernes —añadió irguiéndose, adoptando el papel de líder sin que nadie se lo hubiera dado.

Gabriela, la sexta comensal habitual de nuestra mesa, se sentó sin mirarnos. Candela recogió las manos en su regazo y las apretó con fuerza. Parecía muy afectada. Esperé a que Mario le pusiera una mano en el hombro o en el brazo, que realizara ese gesto tan habitual que la calmaba en situaciones similares, pero se quedó encogido y comenzó a mover los labios. Ferran se levantó, se acercó a mí, colocó su boca sobre mi oreja y susurró:

—Sí, estás sentada a una mesa llena de locos.

Después se dirigió a Mari y le dijo en voz alta, para que todos pudiéramos oírlo, que tenía que ir al lavabo. Mari le dio permiso y Ferran salió a pasos cortos, sonriendo y sin dejar de mirarme.

Un escalofrío me atravesó el cuerpo.

Me sorprendió que Mario no me preguntara de inmediato qué me había dicho Ferran al oído. O no se había dado cuenta o habían dejado de importarle ese tipo de cosas.

Ninguno emitimos ni un solo sonido hasta que nos repartieron la medicación. No hizo falta montar ningún numerito para que mis compañeros la ocultaran en sus servilletas; solo tuvieron que esperar a que Mari se alejara de nuestra mesa para sacarse la pastilla con disimulo de la boca y deshacerse de ella. Yo preferí tragármela, aun-

179

que, tal y como hacía Candela, falseé el gesto de estrujarla en el interior de mi servilleta.

Al terminar la cena, no quise ir a la sala común; entre semana estaba demasiado llena. Subí la escalera junto a otros internos que también preferían la soledad de sus habitaciones y entré en la mía tras advertir que habían retirado del pasillo la colilla pisoteada de Luna.

¿Qué habrían hecho con ella? ¿Estaría en su habitación? Decidí que no era de mi incumbencia lo que le pasara a esa loca y busqué mi pijama bajo la almohada.

Sobre él, una nota:

Recuerda: sobran las palabras cuando la ciudad duerme.

DIEGO

Alarma de incendios

$\mathcal{L}$a alarma de incendios también se oyó en las dos plantas superiores. No tan alto como en las de abajo, pero nos llegó el eco de su chirrido.

—¿Qué ha sido eso? —preguntó Mamá Luisa, dejando a un lado su revista.

Se lo expliqué y volvió de nuevo a su lectura.

No era la primera vez que sonaba. Estábamos allí cuando los técnicos realizaron las pruebas tras su instalación, ¿te acuerdas? Solo la oímos Mamá Luisa, tú y yo. Los olvidados continuaron sumergidos en sus juegos, siempre al margen de cualquier ruido, pero nosotros tres recibimos el aviso. Ese día Mamá Luisa se puso en pie y recorrió el pasillo de la cuarta planta a toda prisa sin importarle que los obreros que preparaban el edificio para darle una nueva vida pudieran percibir sus pasos. Nosotros corrimos junto a ella y nos detuvimos a su lado al borde de la escalera. Todavía no habían cerrado su acceso. Creí que iba a bajar, pero se quedó allí, atenta a cualquier pista que pudiera aclararle qué era aquel ruido.

Y de pronto, todo quedó en silencio. Como siempre.

Unos minutos después, unos pasos y unas voces.

—Bueno, pues parece que la alarma de incendios funciona. Cuando ya estén instalados los trabajadores, realizaremos un simulacro para que sepan actuar en caso de que ocurra alguna incidencia.

Mamá Luisa respiró hondo y relajó el gesto. Esperó a que las voces se alejaran y regresó con los olvidados.

La segunda vez que sonó la dichosa alarma, ya habían cerrado el paso a la escalera y su estrépito fue mucho más tenue en las plantas superiores, donde no habían instalado altavoces. Mamá Luisa ya nos veía y pudimos avisarle de lo que iba a ocurrir.

—Solo espero que no suene muy fuerte ni demasiado temprano. Vuestros hermanos duermen y no quiero que se despierten antes de tiempo.

Y no se despertaron.

La tercera vez fue Luna quien la hizo sonar. Encendió un cigarrillo en su habitación y, cuando le dio la tercera calada, el canto metálico de la sirena invadió las tres primeras plantas. A nosotros solo nos llegó un rumor, y tú y yo bajamos rápidamente para ver qué pasaba.

—Falsa alarma, no hay fuego —le dijiste a Mamá Luisa en cuanto volvimos a la cuarta—. Ha sido esa chica, esa tan gritona. Estaba fumando.

—Bueno, pues ya está, solo ha sido un susto.

Cuando aquella noche sonó por cuarta vez, fue Diego quien más se asustó. Él no la había oído nunca y no sabía de qué se trataba. Mamá Luisa leía su revista y nosotros perseguíamos a un escarabajo.

—¿Alarma de incendios? —repitió Diego—. ¿Y os quedáis así, tan tranquilos?

—No será nada, como siempre —dijo Mamá Luisa.

Pero Diego se deslizó hasta la tercera planta.

No fue la única vez que la visitó aquella noche; unas horas después, ya de madrugada, regresó a la habitación de Alma.

Visitas en la noche

El viento golpeaba en el cristal. Nunca bajaba la persiana; aborrecía despertar envuelta en oscuridad, era una sensación agobiante, como la de estar encerrada en una caja, en un espacio pequeño y opresivo del que no se puede escapar.

Como el interior de un coche boca abajo, tendido en una cuneta.

Por enésima vez, miré las luces verdes de los números de mi despertador: demasiado tarde para seguir despierta y demasiado pronto para despertarme.

El silbido del aire colándose por el enrejado de mi ventana parecía querer cantarme una nana, y entonces recordé la melodía que sonaba en el coche volteado: *Creep,* de Radiohead, se repitió una y otra vez en el CD que mi hermana se había empeñado en escuchar durante el viaje. Supongo que el golpe o las vueltas de campana hicieron que se enganchara y no parara de sonar.

Encendí la luz de la mesilla y salté de la cama dispuesta a acabar con aquel cántico macabro. Al mover la cortina, adiviné una silueta en el jardín, de espaldas a la escalinata. El viento le revolvía el pelo y provocaba que su ropa ondeara.

Como si hubiera adivinado que alguien lo observaba, se dio la vuelta y sus ojos se encontraron con los míos igual que aquella primera vez.

Di un paso atrás y contuve la respiración, blanqueando los nudillos. Me acerqué de nuevo al cristal, quizás todo habían sido imaginaciones mías, pero allí estaba Diego, con la mirada clavada en mi ventana.

No en la de Luna.

Cuando avanzó hacia la escalinata, lo perdí de vista. El corazón me latía tan fuerte que me dolían las arterias. Bajé la persiana y me senté en la cama; necesitaba tranquilizarme. Un frío intenso me devoraba por dentro, un frío imposible de combatir. Volví a taparme con el edredón y apagué la lámpara de mi mesilla; el dormitorio se sumergió en una oscuridad iluminada tan solo por los números digitales de mi despertador y el verde emergencia que alumbraba el pasillo y se colaba débil por debajo de mi puerta. Me concentré en él para no sentirme tan sola, tan bicho raro, tan fuera de lugar como me repitió aquella canción, una y otra vez, mientras los ojos de muerto me devoraban.

De pronto, la luz del pasillo desapareció de la rendija inferior de mi puerta; alguien se había parado delante de mi dormitorio.

Otra vez ese frío.

No sé cómo, salí de la cama y apoyé una mano sobre la puerta, como si con ese gesto pudiera saber quién se encontraba detrás, mientras con la otra me limpiaba el sudor helado de la frente. Por fin, deslicé la mano hasta el picaporte y lo giré.

En la penumbra del pasillo, los ojos de Diego.

Lo dejé pasar, y acariciarme la cara. Su piel era diferente, y su tacto. Sentí no ser lo suficientemente buena para él y no pude continuar mirándolo a los ojos, así que los cerré justo antes de percibir sus labios sobre los míos.

> … yo no pude mirarte a los ojos.
> Eres como un ángel, tu piel me hace llorar.
> Flotas como una pluma en un mundo hermoso,
> desearía ser especial, tú eres tan especial.

Otra vez esa canción en mi cabeza. Las lágrimas peleaban por escapar de los ojos cerrados hasta que una, la más fuerte de todas, lo consiguió.

—No llores —dijo Diego al sentirla rodar por mi cara—. Estoy aquí, contigo.

Y lo abracé, lo abracé para sentir vida.

Permití que me fuera desnudando mientras yo también le iba quitando la ropa, despacio, recorriendo su cuerpo, deteniéndome en sus muñecas, rotas, iguales a las mías. Y lo conduje hasta la cama para encontrar junto a él una razón por la que no deberíamos volver a intentar algo así ninguno de los dos.

Horas más tarde me desperté en una habitación a oscuras. Diego ya no estaba allí, ni siquiera me había dado cuenta de que se hubiera despegado de mi piel.

Subí la persiana; el día volvía a tiznarse de gris, pero no me importó, ya no me sentía como un gusano. Acababa de empezar a tejer mi envoltura.

185

53

El teléfono móvil

*D*iego parecía flotar, se deslizaba por el pasillo de la cuarta planta como si fuera un espíritu feliz. Hacía mucho tiempo que no lo veíamos de tan buen humor, ni siquiera cuando, años atrás, ganaba tanto dinero y llevaba un teléfono móvil en el bolsillo, ¿te acuerdas? Parecía un hombre de negocios. O un capo de la mafia, como le decía Mamá Luisa.

—Te crees alguien importante, ¿no es así?

—No, Mamá Luisa, ya sé que no lo soy —respondía en tono cansino.

—¡Mejor! ¡Y ya te he dicho que le quites el sonido al aparato ese, aquí no tenemos por qué escuchar su cantinela!

—Tan solo la oímos tú y yo…

Mamá Luisa odiaba aquel móvil, supongo que porque la separaba de Diego. Cada vez que sonaba, Diego salía y, a veces, tardaba horas en regresar, horas en las que no sabíamos absolutamente nada de él.

En la residencia había un teléfono para los internos, ¿lo recuerdas? Colgaba de la pared del vestíbulo y era blanco, de esos alargados, con la rueda de números en el auricular. Los sordos nunca lo usábamos, ¿para qué? Cada vez que alguno recibía una llamada, un profesor traducía la conversación: «Que si te ha llegado el paquete con tu ropa de invierno», «Que si quieres que vayamos este fin de semana a verte». Una vez tuvieron que darle a Alberto una mala noticia: su abuela había muerto, y él adoraba a su abuela. ¡Qué llorera le dio! El pobre don Carlos, que traducía el mensaje, no sabía qué hacer con las manos, porque a la abuela la había atropellado un camión y..., bueno, tú ya sabes.

El caso es que, cuando Diego trajo el teléfono móvil a la residencia, nosotros habíamos visto antes muy pocos y Mamá Luisa ni te cuento, pero nos fuimos acostumbrando a él. Los olvidados no le hacían ningún caso, pero Mamá Luisa comenzó a pensar que podría serle útil para comunicarse con el exterior. Desde que su padre había muerto, años atrás, no tenía noticias de su madre, y de la muerte de su padre se enteró por casualidad. Fue poco después de que cerraran la residencia, cuando todavía salía del recinto para realizar algunas compras en comercios alejados, donde nadie la conocía.

Lo hacía muy temprano, cuando los olvidados todavía dormían, y dejaba a Diego al cuidado de todo y de todos. Al igual que él, se colaba por el barrote flojo de la verja y caminaba con la cabeza gacha hasta alejarse de la residencia. Diego se reía de ella, le repetía que el mundo había cambiado, que ya nadie conocía a nadie y que podía caminar tranquila porque no iban a relacionarla con la escuela de sordos, como la llamaban fuera. Además, la mayoría de la gente del barrio ni siquiera sabía que la habían cerrado, así que no sería un problema si se cruzaba con alguien que pudiera reconocerla.

Un martes, Mamá Luisa cogió dinero del tarro que solo rellenaba ya Diego y se fue hasta el mercadillo de frutas y verduras que instalaban ese día de la semana donde antes estaba el descampado. Arrastraba un carrito de compra que Diego le había regalado para que no cargara como una mula, pero, cuando regresó, lo traía vacío.

«Mi padre ha muerto», dijo en cuanto terminó de subir la escalera.

Los ojos vidriosos, pero ni una sola lágrima bañando sus mejillas.

Los olvidados la rodearon y la abrazaron. Nosotros intentamos meternos en ese barullo para darle nuestro consuelo, entre los brazos y piernas de niños vivos, entre sus besos, y ¿sabes una cosa? Creo que esa vez nos sintió.

«A veces me hubiera gustado que os conociera —le dijo a Diego un poco más tarde—. Que conociera a mis niños y niñas pero, en especial, a ti, su nieto, y a los dos que se fueron.»

Y ahí sí, ahí se le escapó una lágrima.

Meses después, cuando Diego ya no se separaba de su teléfono móvil, Mamá Luisa se lo pidió para llamar a su madre. La imaginaba sola en aquella casa, con el trabajo de la pequeña huerta y la soledad del invierno.

—Solo quiero saber cómo está —le dijo.

Ese día, el primero de algunos más, Diego marcó, uno por uno, los números que Mamá Luisa le iba dictando. Los tenía anotados en una pequeña libretilla azul que guardaba entre sus cosas.

—Hola, madre. ¿Cómo está?

—¿Quién es?

—Luisa, su hija. Madre…

—¡Yo no tengo hijas!

—Sí, madre, tuvo una y la envió a la ciudad siendo casi una niña.

—No sería tan niña si hizo lo que hizo y nos avergonzó a su padre y a mí —sentenció antes de colgar.

54

El niño tras la puerta

Justo cuando salí al pasillo, comenzaba a sonar la canción de Coldplay. La puerta de acceso a la escalera principal todavía estaba cerrada, así que regresé a mi habitación, dejé entornada la puerta y permanecí atenta al sonido que me indicara que tenía vía libre. No tardé en oír el clac de apertura; aguardé un par de minutos y me deslicé en silencio rezando para que no hubiera nadie en la garita de la planta.

—¿Dónde vas tan temprano? —La voz de Andrea, más ronca que de costumbre. Supuse que yo era la primera persona con la que hablaba aquella mañana.

—Al jardín.

—¿Con este viento y este frío?

—Es que ayer me dejé olvidada la bufanda en un banco de la rosaleda —me inventé.

—Pues si no se la ha llevado el viento, allí estará. ¡Corre!

Sonreí y me dirigí a la escalera.

—¡Alma! —me llamó cuando alcancé el primer escalón—. Si no la encuentras, pregúntale a Bernardo. Está en la recepción y ya sabes que él se encarga del jardín.

Le agradecí el consejo y bajé el resto de los escalones despacio. Había pensado en salir por la puerta principal y recorrer el edificio para volver a entrar por la puerta trasera. Tal vez desde allí podría burlar al personal de cocina que estuviera preparando los desayunos y subir la escalera de servicio hasta la tercera planta, justo donde se encontraba aquella enigmática frase escrita en la pared. Quizás Diego me había dejado allí algún otro mensaje, o quizás anduviera por ahí arreglando cualquier chapuza. Me dijo que se dedicaba a eso, por algún lugar del edificio tendría que andar.

Aterricé en el vestíbulo y me acerqué a la recepción. Bernardo estaba sentado tras la ventanilla, con un teléfono delante y una pantalla de ordenador encendida. ¿Para qué le serviría el teléfono?

—Hola, buenos días. Soy Alma, ¿me recuerda?

Me sentí estúpida hablándole tan despacio y vocalizando de forma excesiva. Bernardo sonrió:

—Veo que ya te han informado de que soy sordo, ¿no?

Sonreí avergonzada y bajé la mirada mientras notaba cómo me ardía la cara.

—No te preocupes, no es necesario que gesticules tanto. Leo en los labios desde que era un niño y, además, ahora oigo algo gracias a este aparatito —dijo, y se giró para que pudiera ver el audífono.

—Entonces…, ¿es cierto que esto era antes una residencia de niños y niñas sordos?

—Sí, lo era.

—¿Durante mucho tiempo?

—Mucho tiempo, sí, señorita. Si no me equivoco, durante algo más de cuarenta años.

—¿Y se cerró hace mucho?

—En enero hará ocho años.

—¿Qué pasó con los niños y las niñas que vivían aquí?

—¡Sí que eres curiosa! —dijo, recolocándose en su silla—. ¿Qué va a pasar? Pues que se marcharon. Yo era uno de ellos y, ya me ves, crecí y me busqué la vida.

Quería preguntarle muchas más cosas, en especial qué ocurrió con los últimos niños, los que todavía vivían aquí cuando cerraron el colegio y la residencia, pero Bernardo había borrado la sonrisa y me miraba como a una mosca incómoda.

—Muchas gracias —le dije—, y lamento ser tan preguntona.

—No es bueno preguntar tanto —respondió, aunque creo que se compadeció de mí y se arrepintió de haber cambiado de actitud porque volvió a sonreír y añadió—: Al cumplir los dieciocho años debíamos marcharnos a casa. Los que no tenían familia podían quedarse un poco más, pero solo hasta que encontraran un trabajo y lograran independizarse. Cuando cerró la residencia, ya no quedaba nadie.

—Gracias, Bernardo. Voy a buscar una bufanda que me dejé ayer en el jardín.

Descendí la escalinata entre ráfagas de viento. Las copas de los árboles se movían con fuerza. Crucé el paseo de los olmos y la rosaleda casi corriendo y giré hacia la parte trasera del edificio sin cruzarme con nadie. Me pegué a la pared de granito y en pocos pasos llegué hasta la primera puerta de esa fachada, siempre cerrada, con cristal traslúcido y reja negra. Nunca había visto que alguien la usara, parecía no haberse abierto en años. Calculé que debía de dar a la escalera que encontré cerca del gimnasio convertido en desván. Me apoyé en la puerta y contuve el aliento; si alguien salía a tirar la basura, me encontraría allí y tendría que justificar mi presencia en esa zona del jardín. Bueno, siempre podría volver a la mentira de la bufanda perdida y arrastrada por el viento. Con esa idea conseguí controlar los nervios y me dispuse a llegar a la puerta de servicio cuando percibí una sombra al otro lado de esa puerta inutilizada. Me giré con el corazón en la boca y pude ver la silueta de un niño que iba acercando su cara al cristal. Era el mismo niño que tantas veces había visto por la clínica, el hermano pequeño de Diego. ¿Qué hacía allí a esas horas en un día de colegio?

Toqué el cristal con los dedos y él respondió colocando los suyos contra los míos, separados por la gruesa capa de vidrio.

Intenté abrir la puerta, pero el picaporte estaba tan oxidado que no conseguí moverlo ni un milímetro. Corrí hasta la puerta de servicio y, sin pensar con quién me podría encontrar ni qué le diría, me colé en el interior del edificio.

No había nadie, pero oía el eco de las voces del personal de cocina en la planta superior, donde preparaban el desayuno. Casi corrí hasta la escalera de servicio y la pasé de largo. Si mi sentido de la orientación no me fallaba, un poco más adelante debía encontrar un pasillo que me conduciría hasta la puerta inutilizada.

En efecto, unos metros más allá, tras una esquina, apareció, iluminado solo por las lucecillas verdes de emergencia, un largo corredor lleno de puertas. En cada una de ellas, un cartel identificativo.

Pasé de puntillas y con los nudillos completamente blancos por delante de la lavandería, del cuarto de contadores, del de la calefacción central y de varios almacenes, hasta llegar a la puerta de rejas negras y cristal traslúcido, donde ya no había nadie.

Me asusté al oír mi propia respiración. Me apoyé en la pared y aguanté hasta que mis pulsaciones recuperaron un ritmo aceptable. Repasé el espacio con la mirada y me di cuenta de que la escalera lateral por la que había bajado el otro día hasta darme de bruces con el gimnasio abandonado debía de encontrarse tras la siguiente esquina. Caminé hasta allí con la boca seca por el miedo. ¿Miedo de qué? ¿De un simple niño? Creo que, en realidad, lo que me asustaba era no encontrarlo y que solo estuviera en mi mente, como las voces en la de Mario.

Pero allí estaba, sentado en el primer escalón, esperándome.

—Hola —le dije—, ¿qué haces aquí? ¿No tienes cole?

—Yo no voy al cole.

—¿Por qué?

—Porque ya lo sé todo —respondió, y me resultó gracioso que un niño de esa edad considerara que ya no tenía nada más que aprender.

—¿Has venido otra vez acompañando a tu hermano? —pregunté, y de pronto recordé que Diego había pasado la noche en el edificio.

Tal vez se marchó al alba para recoger al pequeño. ¿Cómo habría entrado y salido del pasillo de la tercera planta sin que la puerta delatara en la centralita que había sido abierta? Tal vez, al fondo, tras la última de las habitaciones, había otra escalera como esta. Sí, tenía su lógica: una escalera secundaria en cada lateral del edificio. Me reprendí por no haberme preocupado en inspeccionar los recovecos de mi nuevo hogar.

—¿Te gusta vivir aquí? —Su pregunta me descolocó por completo.

—Yo no vivo en la clínica, es solo temporal.

—Ah, ¿no? Pues yo te veo aquí siempre.

—Si es por eso…, yo también te he visto siempre rondando por aquí y podría preguntarte lo mismo: ¿te gusta vivir aquí?

—¡Me encanta!

—Ya, pero tú no vives en la clínica.

El niño se encogió de hombros y en sus labios se perfiló una sonrisa. Me senté a su lado en la escalera.

—Sabes que si te pillan merodeando por el edificio o por los jardines, a tu hermano le caerá una buena bronca.

—Ya lo sé, no hacen más que repetírmelo. Pero no te preocupes, solo me has visto tú y no vas a decir nada, ¿a que no?

—No, no lo haré.

Mantuvimos silencio durante el tiempo suficiente para que empezara a ponerme nerviosa. Tenía un montón de preguntas revoloteando en la cabeza, pero me daban miedo sus respuestas, así que preferí callarme.

—¿Tú vas al colegio? —dijo de pronto.

—Sí, he empezado a ir esta semana.

—Entonces tendrás un estuche con lápices y cosas de esas. ¿Podrías devolverme mi rotulador rojo? Solo tengo ese, ¿sabes?

—Claro, no te preocupes. A partir de ahora, lo llevaré siempre encima; así, cuando nos volvamos a encontrar, podré devolvértelo.

—Sí, me parece bien —respondió entornando los ojos. Entonces se giró hacia mí y, con cara de pillo, preguntó—: ¿Encontraste algo sobre los últimos habitantes de la residencia de sordos en los ordenadores?

—Poca cosa; aquí tienen cerrado el acceso a muchas páginas de Internet, pero estoy en ello. El jefe de tu hermano me ha confirmado hace un rato que, cuando se clausuró, ya no quedaba nadie viviendo aquí.

—Te ha mentido —dijo, y se levantó—. Debo irme. Tú también deberías o llegarás tarde a desayunar. Ya sabes, si subes por esta escalera, aparecerás en la primera planta y solo tendrás que seguir el corredor amarillo hasta el vestíbulo.

—¿Y tú? ¿Adónde vas?

—No te preocupes por mí, no me perderé.

Subí el tramo de aquella escalera lateral sabiéndome observada por esos ojos de niño que sí parecían saberlo todo.

193

55

La abuela

*D*espués de esa primera llamada vinieron otras. Mamá Luisa se obsesionó con el teléfono de Diego, a todas horas andaba pendiente de él. En cuanto Diego lo dejaba en algún sitio, ella se acercaba con disimulo y lo ocultaba entre su ropa para alejarse y marcar el número de su madre. Ya había aprendido a hacerlo, tampoco era tan difícil, ¿verdad? Se parecía mucho a un teléfono normal, solo tenías que pulsar las teclas con los números por orden y, después, darle al botón verde.

—¿Ya me has vuelto a coger el móvil? —le gritaba Diego—. Mamá, te lo he dicho miles de veces: todas las llamadas se quedan registradas. Puedo ver, incluso, a qué hora la has hecho y cuánto tiempo ha durado.

Mamá Luisa agachaba la cabeza como una niña a la que regañan constantemente por algo que no puede evitar.

—Hoy no me ha colgado nada más oír mi voz —decía con voz infantil—. Y sé que estaba escuchando, podía oír su respiración.

Yo creo que, al final, Diego dejaba aposta el teléfono olvidado en cualquier parte para que ella pudiera arrebatárselo y marcar esos números que la tenían obsesionada. Si hubiéramos sabido lo que pasaría luego, nosotros mismos lo habríamos robado para impedir que lo cogiera. ¿Te acuerdas de cómo se salía al pasillo para que los olvidados no la vieran hablar por ese maldito aparato y leyeran en sus labios? Pero nosotros íbamos detrás de ella sin que pudiera vernos y nos enterábamos de todo. Estuvimos allí, justo a su lado, el día en el que su madre decidió, por fin, responder a una de sus preguntas.

Mamá Luisa comenzaba todas las conversaciones, ¿o debería decir monólogos?, de la misma manera:

—Hola, madre, soy yo otra vez: la Luisa. Hoy quería contarle lo que ha hecho Diego por todos nosotros.

Y entonces le contaba que nos había traído fruta, o una tarta para celebrar el cumpleaños del pequeño Carlitos o una medicina para su dolor de cabeza. Le hablaba de todos los olvidados como si fueran hijos suyos y nietos de ella, aunque ambas sabían que el único que llevaba su sangre era Diego. Y la abuela, que antes colgaba en cuanto escuchaba el saludo, se quedaba al otro lado del aparato sin decir ni una sola palabra, pero atenta a lo que Mamá Luisa le contaba. Hasta que ese día, cuando Mamá Luisa le preguntó cómo estaba, la abuela respondió:

—Muy sola.

Entonces fue Mamá Luisa quien se quedó en silencio. Los ojos se le llenaron de lágrimas y, con la mano que tenía libre, se tapó la boca para ahogar un sollozo, ¿te acuerdas?

Yo creo que ese fue el día en el que Mamá Luisa comenzó a planear su huida.

56

Autorretrato

*C*uando llegué al vestíbulo tras recorrer de puntillas el corredor amarillo, descubrí la garita de Bernardo vacía. Había estado inventando excusas que justificaran mi presencia mientras me acercaba, pero ninguna era demasiado creíble, así que me vino muy bien que se hubiera esfumado. Un par de minutos después, lo vi aparecer por el acceso al paseo de los olmos y subir la escalinata.

—He salido a buscarte —dijo al verme—. ¿Por dónde has entrado?

—Por la puerta. Nos habremos cruzado —respondí, quitándole importancia. Se quedó mirándome con desconfianza, así que intenté explicar mi coartada:

—He rodeado todo el edificio y no he conseguido encontrar mi bufanda. La olvidé ayer sobre un banco de la rosaleda. Quizás la recogió Diego, tu ayudante, el que arregla cosas por el edificio.

—No conozco a ningún Diego.

—Sí, ya sabes, ese chico moreno y delgado —añadí, pero al ver los ojos de Bernardo, comprendí que algo no iba bien.

Se acercó a mí con el rostro serio, demasiado serio, tanto que me resultó intimidante. Volvió a preguntarme algo, pero fui incapaz de leer las palabras de sus labios; los pasos de otros internos habían inundado la escalera central y no conseguí oír su voz. Bernardo se detuvo y me sentí resguardada por mis compañeros, como si me hubieran apoyado en una pequeña batalla de la que acababa de salir vencedora.

La mejor manera de pasar desapercibida es formar parte de un grupo, y yo no quería llamar la atención. Así que, cuando distinguí a mis compañeros de mesa, me mezclé con ellos en dirección al comedor y crucé los dedos para que nadie me preguntara de dónde venía y por qué Bernardo me miraba con aquella cara.

Me resultó extraño encontrar a Luna tan callada. La clínica no dejaba de ser un lugar repleto de adolescentes y, cuando uno de ellos transgrede las normas, se convierte en el centro de todas las miradas. El resto de las mesas se llenaron de murmullos y chismorreos a su paso, como si fuera una estrella de rock, pero Luna no hizo el menor gesto; o no se daba cuenta del alboroto que causaba su presencia en el comedor o no quería aprovecharlo.

A nuestra mesa, en cambio, la devoraba el silencio. Los ojos de Mario, más oscuros de lo normal, seguían pestañeando con demasiada frecuencia, y Candela no levantaba la mirada de sus zapatos. Gabriela ni siquiera movía los cereales de su taza y Ferran…, a simple vista, Ferran parecía el más normal de todos. Incluso nos dedicó una amplia sonrisa cuando repartieron la medicación. Uno por uno fueron metiéndose las pastillas en la boca, bebieron un sorbo de leche, fingieron tragar y, con disimulo, las escupieron en sus servilletas en cuanto Álex pasó a la siguiente mesa.

Todos menos Candela y Gabriela.

Luna fue la primera en deshacerse de su pastilla. Eché un vistazo alrededor, segura de que alguien la habría visto esconderla, pero nadie la miraba ya. Entonces comprendí el porqué de su pasividad. Por una vez, necesitaba pasar inadvertida.

Esa mañana yo también escupí la mía.

Antes de salir hacia las aulas, Álex se me acercó para decirme que el doctor Castro me esperaba en su despacho, y el corazón me dio un vuelco. Comencé a pensar en las posibles causas por las que querría verme un miércoles a primera hora, dos días antes de nuestra sesión semanal. Tal vez quisiera preguntarme por el conflicto protagonizado por Luna. No, seguro que no, el doctor Castro jamás me hablaba de los problemas de otros pacientes. Quizás estaba al tanto de que no estábamos tomando la medicación, alguien podía haberle ido con el chivatazo. No, en ese caso nos hubiera citado a todos, no solo a mí. ¿Y si se había enterado de la visita nocturna de Diego a mi habitación?

197

Fui hasta su despacho blanqueando los nudillos, con la boca acartonada por el aliento de serrín que salía de mis pulmones. Es lo que tiene la ansiedad, que no te deja respirar.

Había recorrido esa misma distancia hacía unos minutos y no me había parecido ni tan larga ni tan angosta. Por fin alcancé su puerta: la encontré abierta.

—Pasa y cierra, por favor —dijo al verme. Su voz no parecía alterada—. Toma asiento.

Los dibujos frente a mí; entre ellos, el mío. En una de las sesiones, el doctor Castro me pidió un autorretrato y me dibujé en bañador, con el gorro y las gafas, a punto de saltar al agua de una piscina dividida en calles. Solo aparecía yo en ese dibujo; ningún otro nadador o nadadora, ni gente en las gradas.

—Buenos días, Alma —dijo, mirándome de frente. Ojos verdes y sonrisa detrás de la barba.

—Buenos días —respondí.

—¿Cómo estás?

—Bien —mentí. El corazón estaba a punto de asomar por mi garganta.

—Ayer hablaste con tu abuelo —dijo—. Sé que te comentó que estaría en la ciudad hasta el lunes.

—Sí —respondí con alivio. Había olvidado al abuelo.

—Me propuso venir a verte algún día durante las horas de visita y le dije que eso debías decidirlo tú.

Abrí la boca para contestar, pero la cerré de nuevo sin haber emitido una sola palabra.

—No hace falta que lo decidas ahora. Piensa durante el día si te apetece verlo y si te vas a sentir bien.

Asentí y miré de nuevo mi dibujo. Quizás el abuelo podría ser quien se sentase a partir de ahora en esas gradas mientras yo competía con mis compañeras cuando regresara al colegio.

Volver al colegio. ¿Lo haría alguna vez?

—Cuando decidas algo, me lo comentas para que pueda avisar a tu abuelo, ¿de acuerdo? —dijo, y se levantó de su silla para acompañarme hasta la puerta—. No, no hemos adelantado nuestra sesión —añadió al ver mi cara de asombro. Parecía divertido—. Nos veremos el viernes a esta misma hora y ya me contarás cómo te está yendo en clase.

Me dirigí a la zona de aulas con mucho menos peso sobre mis hombros. La visita del abuelo no era tan preocupante, y quizás estuviera bien verlo un par de veces en la clínica antes de ir a pasar fuera, con él, un fin de semana entero. Navidad era dentro de unas semanas y no creía que ningún interno se quedara en el recinto. Aquella era una clínica de enfermedades mentales, no un hospital. Ninguno de los pacientes se encontraba en situación de extrema gravedad.

Giré sobre mis pasos y regresé al despacho del doctor Castro.

—Ya lo he pensado —le dije desde la puerta—. Puede venir mañana.

Me gustó escuchar mi propia voz; sonaba segura.

El doctor Castro sonrió y asintió con la cabeza.

Me fui a mi aula e intenté concentrarme en las explicaciones de Marcos; siempre me gustó la historia, pero, en cuanto me sumergí en la lectura de un texto sobre el marxismo, Luna me sacó a flote con una nota:

199

> ¿Has vuelto a cruzarte con Diego? Si lo ves, dile que me he quedado sin tabaco y que no hace falta que utilice intermediarios. Puede dejármelo en mi habitación, como hacía antes.

El corazón se me estrujó como las servilletas donde escondíamos la medicación.

57

Encuentro tras la piscina

A media tarde, Alma subió la escalera de servicio hasta la tercera planta. Lo hizo durante ese par de horas en el que la cocina se quedaba vacía, tras terminar el turno de mediodía y antes de que comenzara el de la noche. Se plantó con el cuello erguido, como si intentara ocultar una de esas heridas que escuecen, frente a la frase que escribió Diego en la pared, ¿la recuerdas? Aquella sobre palabras que sobran en ciudades dormidas. Metió la mano en el bolsillo del abrigo y sacó tu rotulador rojo. Por un momento pensé que iba a tachar las palabras de la pared o a escribir algo sobre ella, pero se quedó mirándolas mientras apretaba los dientes. Me di cuenta de esa mordida invisible porque se le marcó la mandíbula y su expresión se endureció tanto que su rostro se transformó en el del resto de los pacientes de la clínica: un rostro sin magia.

Permanecí agazapado en mi rincón sabiendo que, esa vez, no me vería.

Relajó la mandíbula y sacó de otro bolsillo un cuadernillo y un rollo de celo. Escribió algo en una de las hojas del cuaderno, la arrancó y la pegó con el celo justo al lado de la última letra de la frase de Diego. Bajó la escalerilla con paso firme, el paso de quien ya conoce la solidez del terreno que pisa.

En cuanto el ruido de sus pisadas se ensordeció, salí de mi escondite y me acerqué a su nota.

Diego, nos vemos tras la piscina diez minutos después de que comience la hora de las visitas.

Estuve tentado de arrancarla y destruirla, pero la dejé allí y deseé con todas mis fuerzas que no la encontraras tú antes que él, porque tú sí que te hubieses deshecho de ella. A pesar de todo por lo que habíamos pasado, todavía no habías aprendido a mantenerte al margen de la vida de los vivos.

Subí a la cuarta planta, entré en la habitación del fondo y me senté a tu lado, en el suelo, para escuchar de nuevo una de las historias de Mamá Luisa. Después de tanto tiempo compartido, no me era difícil conseguir que te auparas a sus brazos y te dejaras acunar por ella, que te sintieras el único, el favorito; que no te despegaras de su lado. Solo tenía que decir que Carlitos era el más pequeñito de los olvidados, el que más mimos necesitaba. ¡No me mires así, sabes que tengo razón! En cuanto veías amenazado tu trono de hijo pequeño, te olvidabas de todo lo que no fuera retener a Mamá Luisa junto a ti.

Más tarde, poco antes de que llegara la primera de las visitas de aquella tarde, volví a dejarte a solas con ella y me deslicé hasta la parte trasera del edificio de la piscina. El viento había amainado y ya era noche cerrada cuando llegué. Todavía no sabía si Diego había encontrado la nota de Alma, pero confiaba en que hubiera sido así. Me coloqué tras un matorral y me cobijé en la oscuridad de diciembre. Diego no tardó en llegar, y poco después lo hizo Alma, con un libro entre los brazos, a modo de escudo. Creo que era aquel que leía Diego a todas horas cuando ya solo quedaban aquí los olvidados.

—Hola —saludó Diego.

Ella se miró los pies y mordisqueó sus labios antes de hablar:

—Lamento mucho lo que pasó anoche entre nosotros.

—¿Lo lamentas?

—Por lo que he oído, la mía no es la primera habitación que visitas en esta clínica; Luna me ha dicho que antes estuviste en la suya.

Diego se quedó en silencio y ella volvió a morderse los labios.

—No quiero entrometerme entre vosotros —añadió.

—Entre nosotros ya no hay nada.

—Pero lo hubo, ¿no es así? Creo que Luna no sabe que ha terminado.

—Para Luna nada termina —dijo Diego—. Aunque nuestra relación nunca fue como imaginas. Yo, ante todo, era su camello aquí dentro.

Alma apretó su libro aún más sobre el pecho.

—¿Su camello? Pero ¿no te diste cuenta de que ella está aquí precisamente por sus problemas de adicción a cualquier cosa?

Diego bajó la cabeza.

—Yo…, yo necesitaba dinero.

—¡Aquí no tenemos dinero!

—No, pero ella podía conectarse con su banco a través de mi teléfono móvil y pasar algo a mi cuenta.

—¿Luna tiene una cuenta bancaria a su nombre?

—Luna tiene de todo lo que puedas imaginar. La obligaron a hacerse adulta muy pronto para no tener que ocuparse de ella.

202 Alma destensó los brazos y la voz.

—No sé quién eres, Diego, ni qué haces aquí. Ni, mucho menos, qué pintan tus hermanos en este sitio; no paro de encontrarme con el pequeño y, de verdad, no creo que este sea un lugar adonde debas traerlo. ¿No va al colegio? Bueno…, ese no es asunto mío.

—¡No, no lo es! —respondió con voz bronca.

Los hombros de Alma se irguieron.

—Tampoco trabajas aquí, ¿no es cierto? Bernardo no sabe quién eres.

—¿Le has hablado de mí?

Alma le sostuvo la mirada pero no contestó.

—Trabajé aquí hace tiempo, con Bernardo, pero al final me vi obligado a dejarlo para ocuparme de mis hermanos. —Su voz volvía a sonar suave—. Por eso tengo todas las llaves del edificio. Hace unos meses tuvimos que abandonar nuestra casa y, desde entonces, vivimos aquí, de okupas, en la planta cuarta.

—¿Y nadie lo sabe?

—Nadie, solo tú.

Alma comenzó a deambular mirando el suelo, como si estuviera intentando recordar algo.

—Pero el día que yo ingresé vi a tus hermanos sentados en la escalinata y Bernardo estaba conmigo.

—Ese día le dije que me acompañaban a recoger mis cosas, pero los traje para instalarnos en la cuarta planta.

—Claro… —dijo pensativa—, por eso siento ruidos en el piso superior.

Diego se acercó a ella y colocó las manos sobre sus hombros. Casi no podía oír lo que le decía y tuve que moverme un poco para leer en sus labios.

—Alma, confío en ti. Por favor, no le cuentes a nadie dónde estamos o acabarán separándome de mis hermanos.

Ella asintió y tragó saliva, no sé si por la responsabilidad que acababa de asumir o por la proximidad física de Diego. Me dieron ganas de salir de mi escondrijo y gritarle que la dejara en paz, que ella tenía sus propios problemas y que no era justo que, además, cargara con los nuestros. En cambio, me quedé allí, como un vulgar mirón, observando cómo Diego le acariciaba la cara con suavidad antes de besarla en los labios.

Otra vez esa sensación de ser menos que él.

Tomé una piedrecilla del suelo y la lancé hacia la esquina del edificio para simular que alguien se acercaba. Ambos se separaron de forma mecánica y se pegaron a la fachada, donde la oscuridad los devoró por completo. Un minuto después oí sus risas entre susurros, risas de alivio, y los vi renacer en la escasa luz de una de las farolas de la rosaleda que se colaba por el lateral del edificio.

—Toma, se te ha caído el libro —dijo Diego, agachándose a por él y mirando el título—. *El guardián entre el centeno*, lo he leído. Está en la biblioteca.

—Lo tomé prestado.

Diego pasó las páginas y en su rostro se dibujó una sonrisa.

—Sí, es este mismo. Incluso subrayé algunas frases.

203

58

Mensajes ocultos

*D*ecidí confiar en Diego.

Si he de ser sincera, lo hice por mí misma; si me creía su historia, la de que vivía allí con sus hermanos sin que nadie lo supiera, significaba que no veía visiones, que no estaba tan mal como Mario.

Desde que dejamos de tomar la medicación, Mario había ensombrecido el rostro. Tal vez ya lo tenía así antes y fui yo quien no se dio cuenta, no creo que una semana sin píldoras pudiera transformar tanto a una persona. Caminaba taciturno por los pasillos y ya no solía hablar con nadie. Los ojos se le nublaron y el gesto se le desplomó. La cabeza siempre gacha y los hombros encogidos, como si alguien lo fuera siguiendo de cerca y le susurrara cosas al oído.

Durante la cena no dejé de observarlo y en ningún momento levantó la vista más allá de su plato. Ni siquiera cuando pasaron con la bandeja de la medicación. En cuanto escuchó su nombre, estiró el brazo para que le entregaran la dosis, se la metió en la boca, bebió un trago de agua y devolvió el cubilete vacío. Luego permaneció quieto, con las manos entrelazadas frente a su plato, apoyadas en el borde de la mesa. No comió nada más, esperó hasta que repartieron los cubiletes en la mesa contigua. Entonces tomó su servilleta e hizo ademán de limpiarse la boca. Después la estrujó y la colocó bajo el borde de su plato con el botín dentro.

Tras el postre lo seguí hasta la sala común. No la había visitado todavía entre semana, pero ese día sentí la necesidad de acompañar a Mario.

Estaba mucho más llena que los fines de semana, pero no todos los internos de la clínica acudían a ella tras la cena. Ni Ferran ni Luna se encontraban allí; pude ver junto a la librería a Candela. Parecía pedir disculpas a Gabriela, aunque podía estar diciéndole cualquier cosa, Candela siempre parecía estar disculpándose por todo.

Mario, según su costumbre, se sentó frente al ordenador y yo corrí para apoderarme del que quedaba libre justo a su lado. Los demás estaban ya ocupados. Encendí la pantalla y abrí una página con las noticias del día, pero ni siquiera las miré. Mis ojos se dirigieron a la pantalla de Mario, releía el mismo artículo sobre el edificio que encontramos en nuestra primera búsqueda.

—¿Has dado con algo más? —le pregunté.

Botó en su asiento y me miró con los ojos llenos de extrañeza. Pestañeó varias veces seguidas, como si se le hubiese metido algo dentro, pero no se los frotó. La boca, medio abierta.

—No te había visto —dijo.

—¿Qué estás buscando? —le pregunté, señalando su pantalla.

—¿Recuerdas ese niño que te dejó un mensaje escrito en la pared posterior de la piscina y luego una nota en tu habitación?

—Claro que lo recuerdo.

—Creo que debemos hacerle caso y buscar información —dijo, antes de tragar saliva y pestañear cuatro veces seguidas.

—¿Información de qué?

—De los últimos habitantes de la residencia de sordos —dijo, y sonrió con angustia en la mirada—. Creo que continúan aquí.

Cualquier cosa que dijese sonaría extraña, así que preferí callarme y acompañarlo en su lectura. Refresqué el número de alumnos que albergaba el centro de sordos, 350. Calculé que no había tantos dormitorios en el edificio y eran bastante grandes; bien podrían haber albergado dos o incluso tres camas.

—¿Crees que los sordos utilizarían esta sala como hacemos nosotros? —pregunté.

—Tal vez.

—Mario, ¿te gusta leer?

—No demasiado, ¿por qué lo preguntas?

—Muchos de los libros que están es esos estantes son viejos.

Quiero decir que han sido leídos muchísimas veces. Creo que llevan aquí años. Yo misma he tomado prestado uno y he encontrado párrafos enteros subrayados y nombres en los márgenes. Quizás haya otros como el mío, tal vez alguien dejó un mensaje en alguno de ellos.

Mario comenzó a mover los labios muy rápido, como si hablara con alguien en un lenguaje extraño. Pestañeo continuo.

—Mañana, durante la hora de las visitas, esto se quedará más tranquilo. Podremos venir y echar un ojo. Ahora no es buena idea; recuerda, hay espías por todas partes —propuso con angustia en la voz.

Lo miré con lástima. Imaginé su ansiedad al creer en todos esos complots y me arrepentí de haber hecho caso a Luna en su plan de dejar de tomar la medicación.

—No podré acompañarte —le dije—. Mañana vendrá a visitarme mi abuelo.

—¿Tienes abuelo?

—Sí, es el único familiar que me queda. Podemos buscar en los libros el viernes, durante la hora de recogida, cuando todos se marchen de fin de semana.

—Está bien —dijo, y dirigió de nuevo la vista a su pantalla.

Cerró la página que hablaba sobre el colegio de sordos y se centró en otra de videojuegos.

Jamás pensé que a Mario le gustaran los videojuegos.

206

Seis niños

—¿*T*e has dado cuenta? Nunca le habla de nosotros —me dijiste justo después de una de las conversaciones que Mamá Luisa mantenía con su madre, casi a diario, a través del teléfono de Diego.

Y era cierto. Mamá Luisa le hablaba de los olvidados, en especial de Diego, y jamás omitía el nombre de ninguno de los otros: que si a Carlitos se le había caído un diente, que si Feliciano estaba hecho un hombrecito, que si Matilde ya sabía dividir… Eso sí, de nosotros dos ni una palabra, ni siquiera un recuerdo. Podría haberle dicho cualquier cosa, no sé, que ya no estábamos con ellos, pero que tuvo también dos niños a los que quería mucho, a los que echaba de menos.

Creo que nos pegábamos a ella, cada vez que le robaba el teléfono a Diego, para saber si por fin nos nombraba.

Recuerdo la cara que se te puso la primera vez que hablaron de presentarle los olvidados a la abuela.

—Me gustaría que los conociera —le dijo Mamá Luisa—, y no solo a su nieto, sino a todos ellos. Para mí son como hijos.

Se te iluminaron los ojos.

—¡Por fin vamos a conocer a la abuela! —gritaste.

Pero yo sabía que aquello nunca ocurriría. La abuela, como tú la llamabas, nunca había salido de su pueblo y ya era demasiado mayor para viajar. Además, la residencia no estaba en aquel momento como para recibir a nadie de fuera. Mamá Luisa no querría que su madre la viese así, escondida en un edificio abandonado, habitado únicamente por un puñado de niños olvidados y una muchedumbre de gatos callejeros. Ella, como todos, prefería seguir soñando y cada día convocaba a la anciana sabiendo que jamás iría hasta allí, pero sintiéndose importante por tener un lugar al que invitarla.

Todo comenzó a descarrilarse cuando aparecieron los obreros, ¿te acuerdas? Esa noche, Mamá Luisa cogió el teléfono de Diego delante de sus narices.

—Necesito hacer una llamada —le dijo, y salió de la habitación.

Se fue hasta el extremo opuesto del pasillo y comenzó a recorrer las baldosas despacio, de arriba abajo, mientras le contaba a la abuela el miedo atroz que había pasado esa misma mañana. Le habló por fin de que la residencia se había clausurado tiempo atrás y de que nosotros continuábamos allí casi sin permiso, solo con un consentimiento velado de alguien del Ayuntamiento. Le aseguró que teníamos agua y luz, y que su nieto Diego se había encargado de traer bombonas y estufas para que estuviésemos calientes. No le dijo que «ese alguien» era don Matías; para no discutir, imagino.

—Casi nos pillan, madre —le dijo—, y, si eso ocurre, acabaremos en la calle. Es imposible continuar viviendo aquí si esto se llena de gente, no somos invisibles.

Tú ibas detrás de ella, pisando sus pisadas, como hacías antes de salir a por aquel helado, ¿te acuerdas?

«¡Un día me vas a tirar!», te regañaba Mamá Luisa, pero luego te cogía en brazos y te llenaba la cara de besos.

Aquel día se detuvo de pronto, escuchando, y tú te chocaste contra ella, pero no se dio cuenta. Su rostro estaba radiante.

—¿Qué dice usted, madre? ¿Está segura? —La voz le estallaba en el pecho antes incluso de atravesar su garganta y brotar por su boca—. Mire que somos muchos, ya sabe, los seis niños y yo. ¿Y cree que cabremos todos en su casa?

Tú lo oíste igual que yo, dijo «seis niños». Tampoco esa vez contó con nosotros.

60

Confesión

*E*l abuelo vino a visitarme el jueves por la noche. Estuve todo el día intratable. Imaginé mil complots totalmente distintos y mantuve la boca cerrada sin hablar con nadie. Ese día me di cuenta de que, en la clínica, salvo Luna, casi nadie hablaba.

Me puse a buscar una razón por la que el abuelo quisiera verme. Yo había matado a su único hijo y él lo sabía. Lo sabía porque yo se lo dije. Sí, lo hice en el hospital, tras cortarme las venas. Recordaba aquella conversación entre olas, como si hubiera sido un sueño, más bien una pesadilla, pero la recordaba.

El abuelo, al pie de mi cama, hablaba con un hombre, un doctor, creo. Le preguntó si me pondría bien y él le dijo que lo que me dañaba de verdad era más difícil de curar que las heridas que se observaban a simple vista.

En cuanto el extraño se retiró, el abuelo me miró con desprecio. Vi cómo su cara se deformaba; a veces tenía el ojo izquierdo más arriba que el derecho y, un segundo después, el derecho se elevaba hasta la frente.

—¿Cómo estás? —me dijo, y su voz sonó como si saliera por un tubo largo y estrecho que la ralentizara y la endureciera.

Me miré las muñecas: vendadas.

En uno de mis brazos, creo que el derecho, tenía clavada una aguja de la que salía un tubito de plástico blando. Lo seguí con la mirada hasta una botellita llena de líquido transparente suspendida boca abajo.

—¿Qué es? —pregunté.

—No lo sé.

La luz del techo se movió de un lado a otro.

—¡Quiero vomitar!

—¡Doctor! —gritó el abuelo.

La habitación se llenó de pasos, de voces. Cerré los ojos en un fundido en negro y supongo que estuve así unas cuantas horas.

—Debería usted marcharse a descansar —decía una voz de mujer—, lleva aquí mucho tiempo. Si hay algún cambio, ya le avisamos.

—No se preocupe, prefiero quedarme con mi nieta.

En cuanto los pasos se alejaron, abrí los ojos de nuevo. El abuelo seguía allí, junto a mi cama.

—Hola, ¿estás mejor?

Miré a mi alrededor, las luces ya no bailaban.

—Sí.

—Me alegro —dijo.

Pero pensé que era mentira, que no se alegraba. ¿Cómo se iba a alegrar? Ahora tendría que cargar con una chica de diecisiete años a la que había visto tan solo un puñado de veces en toda su vida.

—¿Por qué lo has hecho? Creí que estabas mejor. Siempre se echa de menos a las personas queridas, pero se debe aprender a vivir sin ellas; sin olvidarlas, pero sin tenerlas al lado.

Lo decía por la abuela. Según papá, el abuelo ya no fue el mismo desde que ella murió. ¡Pero esto era diferente! ¡La abuela había muerto de cáncer!

—Los echo de menos, a todas horas, pero es la culpa la que no me deja vivir.

—¿Qué culpa?

—Abuelo… Yo provoqué el accidente, yo los maté.

Su mano se entrelazó con la mía.

—Peleé con Lucía por una tontería y papá y mamá le dieron la razón a ella. Me pidieron que me callara pero no lo hice, sino que continué discutiendo cada vez más fuerte. Recuerdo haber dicho cosas horribles, cosas que no sentía de verdad, aunque en ese momento pareciese que sí. Les dije que era la última vez que me iba con ellos de vacaciones, que eran un par de aburridos y que Lucía era una mimada estúpida que no tenía amigos. Les dije que los odiaba, a todos, y que ojalá no estuvieran. Y todo porque hubiese preferido quedarme en Madrid para ir a una fiesta a la que asistiría un chico que nunca me ha hecho el más mínimo caso.

El abuelo apretó mi mano.

—El accidente no fue culpa tuya —dijo.

—¡Sí lo fue! Me pidieron que me callara, que me tranquilizara. Papá me dijo que venía un tramo con curvas, que me estuviera quieta, pero no hice caso y me moví más, con fuerza, con rabia. Papá se dio la vuelta enfadado y se le escapó el volante. Entonces caímos hacia abajo, y empezamos a girar. Una, dos, tres... A la tercera vuelta dejé de contar, solo esperaba que se acabara todo, que se me partiera el cuello, como a ellos. Sentí el ruido de sus golpes más fuerte que el de los míos y enseguida supe que se habían roto. Y luego sus ojos, mirándome, culpabilizadores...

Dejó de aferrar mi mano hasta que la soltó del todo. Yo esperaba que dijera algo, aunque fuera algo malo, pero no lo hizo. Se puso en pie y salió de la habitación.

Enseguida vino el doctor, me miró los ojos con una lucecilla, me preguntó cómo me sentía y si me dolía la cabeza, y me ajustó el gotero.

Ya no volví a ver al abuelo, no más visitas.

Nadie.

Hasta que llegué a la clínica y comenzaron sus llamadas, no volví a saber nada más de él.

Y aquella tarde nos encontraríamos de nuevo. A medida que se acercaba la hora de las visitas mi boca se iba resecando, mis manos sudaban y la piel de los nudillos me dolía de tanto estirarla en puños apretados. No sabía qué era lo que tenía que hacer: ¿debía bajar a esperarlo en recepción? ¿Quedarme en mi habitación hasta que me avisaran? ¿En las salas comunes? Jamás había prestado atención a lo que hacían los internos que recibían visitas, yo no era uno de ellos.

211

—Cada uno lo hace de manera diferente —me dijo Andrea cuando le pregunté—. Cuando empieza el buen tiempo, muchos pasean por los jardines. Otros se quedan en la sala de visitas, otros en las habitaciones…

—¿Sala de visitas?

—Sí, ¿no las has visto? Están al final de cada pasillo. Lo mejor es que te encuentres hoy allí con tu abuelo; siempre está presente alguno de nosotros, ya sabes, por si os sentís incómodos o necesitáis cualquier cosa.

Eso me tranquilizó, no me hubiera gustado quedarme a solas con él.

En cuanto comenzó el barullo, salí de mi habitación hacia el fondo del pasillo. Gabriela se me unió en silencio. Las demás puertas, cerradas. Llegamos a una última, sobre ella un cartel: «Sala de visitas». Se encontraba entreabierta; Gabriela la empujó y vimos un espacio amplio, distribuido en ambientes. Cada uno contaba con un par de sofás de dos plazas enfrentados entre sí y separados por una mesita baja.

Luna estaba sentada en uno de ellos. Nos miró con cara de asco y no nos dirigió ni una sola palabra. No sabía que ella también fuese a recibir visita aquella tarde. Gabriela ocupó otro sofá aparte y yo me instalé en el más cercano a la puerta. Un par de minutos más tarde sonaron unos pasos y voces.

Andrea llegó con los padres de Gabriela, su hermano pequeño no iba con ellos; los niños menores de trece años no tenían permitida la entrada en la clínica. Se acercaron al rincón donde su hija los esperaba y se sentaron frente a ella, no a su lado. No hubo besos ni abrazos, aunque, tras intercambiar lo que parecían unas frases de cortesía, la madre estiró los brazos para tocar las manos de su hija.

Andrea se había quedado en una butaca en la que no me había fijado antes, situada junto a la puerta. Me gustó verla allí, saber que contaba con su apoyo si algo salía mal, aunque, ¿qué iba a salir mal? Era mi abuelo, no un asesino a sueldo quien estaba a punto de llegar.

Nuevos pasos en el pasillo, esta vez muchos más. Distinguí los de unos tacones que avanzaban con prisa y noté un respingo en Luna.

También oí otros algo más pausados. Mari entró acompañada por una mujer cubierta con unas gafas de sol, y tras ellas, mi abuelo.

Me puse en pie para recibirlo, con la boca seca y los ojos húmedos. Noté cómo me temblaba la barbilla y apreté los dientes para contener las lágrimas. El abuelo me abrazó apretándome fuerte contra él y sentí su calor y un olor familiar, el olor de mi padre. Solté el aire que me aprisionaba el pecho, relajé los hombros y, con la cara bañada en lágrimas, sonreí aliviada. No era un extraño.

Nos sentamos en el mismo sofá con las manos entrelazadas y empezamos a hablar de recuerdos; era lo único que teníamos en común, sus recuerdos y los míos. Pero no eran recuerdos comunes, aunque no nos importó. El abuelo me contó cosas de cuando mi padre tenía mi edad, y yo cosas de cuando mi padre era mi padre y no su hijo.

Cuando mis ojos se cruzaron con los de Andrea, la vi controlando la sala. Miré a mis dos compañeras de locura. Gabriela mantenía la cabeza gacha mientras su madre, desde el otro lado de la mesita, le acariciaba el pelo con ojos llenos de tristeza y la boca repleta de frases vacías. Su padre, en silencio. Al otro lado de la sala, la mujer de gafas oscuras respondía mensajes de su teléfono móvil sin hacer caso a Luna. Me resultaba conocida, no sé, quizás la había visto antes en algún sitio.

Andrea carraspeó y se puso en pie.

—Es la hora.

—Me ha encantado pasar este ratito contigo —dijo el abuelo. Y parecía sincero.

—A mí también —respondí.

La mujer de las gafas oscuras se las levantó y pude verle el rostro entero. Ya sabía de qué me sonaba.

61

Estoy harta de este frío

*E*l abuelo de Alma tenía un gesto amable, ¿verdad que sí?

Aquella tarde nos escondimos los dos detrás del primer olmo del paseo para verlo bajar del taxi, antes de que subiera la escalinata y desapareciera en el interior de la clínica. Gastaba porte, como hubiera dicho Mamá Luisa si lo hubiese visto.

Nos gustaban las expresiones de Mamá Luisa. Tú estabas convencido de que eran expresiones de su pueblo, que las había aprendido de muy niña y por eso no las había olvidado. Y tal vez tuvieras razón. Por esas expresiones, y por muchas otras cosas, la seguíamos pasillo arriba, pasillo abajo, cada vez que hablaba con la abuela por el móvil de Diego.

—Son niños muy buenos, madre, ya lo verá. Todos ellos. Gotitas de amor cada uno —decía, y tú te tapabas la boca para ahogar la risa.

—¿Crees que se nos pegará esa forma de hablar cuando vivamos en el pueblo? —me preguntabas.

Pero yo sabía que nosotros no iríamos al pueblo.

Los demás olvidados tampoco conocían los planes de Mamá Luisa, ni siquiera Diego. Creo que pensaba darles una sorpresa. Cada día sacaba del bote unas cuantas monedas de las gordas, a veces incluso billetes, y los escondía entre sus cosas.

—Ya tengo casi todo el dinero para los pasajes, madre —le decía al teléfono—. Pronto nos tendrá usted allá.

Con mucho esmero fue preparándolo todo: recogió las pocas cosas que les quedaban allí dentro y las ordenó como si fueran a llegar visitas. Lavó su ropa gastada y las de los olvidados y, a falta de maletas, las guardó en bolsas. Recorrió los pasillos y abrió las habitaciones revisando lo que se quedaba, canturreando por las esquinas.

—¿Qué haces, Mamá Luisa? Estás muy rara —le preguntó Diego.

—Nada, hijo, nada. Estoy preparándoos una sorpresita, pronto la sabrás —le dijo, y le plantó un beso sonoro en la frente.

—¡Mamá Luisa! —le dijo, y la sujetó por las manos para que se detuviera en su locura cantarina—. Tenemos que hablar.

Ella se detuvo y lo miró a los ojos con esa ternura con la que lo había hecho desde que era un niño.

—¿Qué quieres, hijo?

—Ya sabes que faltan pocos días para que entren los obreros y empiecen a cambiar todo esto.

—¡Dijiste que no iban a hacer demasiados cambios!

—No van a tirar el edifico abajo, pero sí van a modificar algunas cosas. Lo primero que harán será cerrar los accesos a las dos plantas superiores. No te preocupes, las escaleras de servicio no piensan tapiarlas, como harán con la principal. Colocarán puertas de acceso con llave y, en cuanto las instalen, me haré con una copia; tú no te preocupes.

Mamá Luisa sonreía.

—No hará falta —dijo.

—¿Cómo que no? Aunque tú quieras permanecer encerrada arriba, alguien tendrá que salir en busca de comida, medicinas, ropa… Mamá Luisa, necesitamos cosas. Y, sobre todo, los niños deben aprender a mantener silencio, mucho más que el de ahora. Un silencio completo, a todas horas.

—¿Te olvidas de que han vivido en silencio toda su vida?

—¡Los dos sabemos que eso es falso! Su silencio no es el que necesitamos. Ahora, más que nunca, precisamos que sean los otros los que no nos oigan. ¡Si no te oyen, no te pueden atrapar!

Mamá Luisa rio y le acarició el pelo.

—Tranquilízate, Diego. No estaremos aquí cuando lleguen.

—¿Cómo que no estaremos aquí?

—No, hijo, esa era mi sorpresa. La abuela nos espera en el pueblo —dijo con los ojos repletos de delirio—. ¡Nos vamos a casa!

Diego dio un paso atrás.

—¡Yo no voy! —gritó—. ¡Y tú tampoco deberías marcharte! ¡Esa mujer no te quiere, no lo olvides! ¡Ya te echó una vez y volverá a hacerlo!

—¿Qué dices, hijo? ¡Por fin vamos a tener un lugar en el que vivir sin escondernos! ¡Y claro que nos quiere! Ya le he explicado todo —dijo mientras se acercaba a él con las manos extendidas para acariciarle la cara.

—¡Déjame! —gritó Diego, dando un manotazo—. ¿Quieres que me maten? ¡Yo no puedo desaparecer así como así, tengo muchos negocios que cerrar aquí! —Y se marchó corriendo escaleras abajo.

Mamá Luisa se quedó contemplando el espacio vacío que había dejado Diego en el pasillo, la cara ensombrecida. Se frotó los brazos y se cerró la rebeca sobre el pecho.

216

—¡Estoy harta de este frío! —dijo mientras volvía a la sala donde la esperaban los olvidados.

62

Libros abiertos

—*B*ueno, pues ya sabes quién es mi madre —me dijo Luna tras abrir la puerta de mi habitación sin llamar antes.

Los visitantes habían dejado ya el edificio.

—No tenía ni idea de que tuviera una hija —le respondí.

—Ni tú ni nadie. Me tuvo muy joven. En la discográfica le dijeron que eso podría entorpecer su carrera musical, así que…

—¿Y tu padre?

—Nunca hubo padre.

Se coló sin que la invitara a pasar y cerró la puerta a su espalda. Su sonrisa me dio un poquito de miedo, pero enseguida se sentó a mi lado, sobre mi cama, y me mostró lo que escondía tras ese gesto.

—¡Mira, tía! ¡Ya tenemos pasta para nuestra escapada de mañana! —dijo, y movió frente a mis ojos unos cuantos billetes de cincuenta; demasiados, me pareció.

Los arrojó al aire y dejó que cayeran sobre nuestras cabezas mientras se reía con esas risotadas suyas.

—¿Qué es lo que piensas hacer cuando estemos fuera? —me preguntó.

Salvo acceder a una wifi que no estuviera capada para entrar en las páginas con la información sobre la residencia de sordos, no había pensado en mucho más. Se lo dije tal cual, sin los detalles.

—¿Solo eso?

—Sí. ¿Por dónde saldremos del edificio? —pregunté, recordando el ruido de las llaves abriendo la puerta trasera la noche que deambulé por la escalera de servicio.

—A alguien que solo piensa disfrutar sus horas libres sentando el culo delante de un ordenador no pienso decírselo. ¡Eres una triste! Bueno, al menos espero que no te rajes a última hora. Anda —añadió ofreciéndome su mano—, vamos a cenar.

En cuanto comenzamos a descender por la escalera central nos dimos cuenta de que algo inusual estaba ocurriendo. El personal de guardia, con los semblantes serios, no paraba de cuchichear y hacerse gestos mientras formaban una especie de barrera que no nos permitía llegar a otro lugar que no fuera el comedor.

—Algo ha sucedido en la sala común —dijo Luna en un susurro—. Ven conmigo.

Sacó el paquete de tabaco y, con él en la mano, mostrándolo de manera fehaciente, se encaminó hacia la salida principal conmigo pegada a su espalda.

—Voy a fumarme un cigarrillo antes de la cena, tengo permiso del doctor Castro —le dijo a Bernardo a través de su ventanilla.

Sin esperar respuesta, abrió la puerta y las dos salimos a una noche menos fría y ventosa que las anteriores. Aun así, me estiré las mangas del jersey y cobijé las manos dentro. Ninguna de las dos llevábamos abrigo. Luna se encendió el cigarrillo y nos fuimos deslizando, pegadas a la fachada, hasta la primera ventana de la sala común, fuera del perímetro de la cámara de seguridad. Era demasiado alta para que pudiéramos mirar a través de sus cristales, pero Luna parecía tenerlo todo controlado. Se acercó a un olmo y se encaramó a él con la agilidad de un gato.

—Ven, sube —me dijo desde arriba—. ¡Vas a flipar!

Con más pena que gloria, conseguí trepar por el tronco hasta la primera rama y me aferré a ella como un osezno para contemplar el caos que se había formado en la sala común. Casi todos los libros de los estantes yacían esparcidos por el suelo, abiertos como bocas que enseñaran sus dientes, solo que ellos mostraban palabras rodeadas por círculos trazados con rotuladores de colores. Desde nuestra posición era imposible descifrar esas palabras, incluso en algunos parecían ser frases completas. En un rincón de la sala, el doctor Castro, de espaldas a nosotras, hablaba con Mario, pero él no le respondía; simplemente movía la boca como si hablara con alguien invisible. Los ojos oscuros, la mirada perdida, los hombros encogidos.

Miré de nuevo hacia la estantería y comprendí enseguida lo que había ocurrido. Solo los libros antiguos se encontraban ultrajados y desperdigados por todas partes. Los nuevos continuaban en su sitio. Mario había ocupado su tiempo sin visitas en intentar encontrar esos mensajes ocultos que se empeñaba en ver por todas partes.

Moví los brazos para llamar la atención de mi amigo y entonces me di cuenta de que la ventana no tenía rejas. Ninguna de las ventanas de esa planta las tenía. Elevé la vista para visualizar el edificio completo. Solo las plantas a las que los pacientes tenían acceso, por las que pudiesen hacerse daño si saltaban desde ellas, estaban protegidas con hierros.

¡Ya sabía por dónde saldríamos al jardín la noche siguiente!

219

63

Esos asuntos

*D*iego salió por la reja al caer la noche y no regresó a la hora de dormir. No era la primera vez que pasaba la noche fuera, ¿verdad que no? Pero eso lo sabíamos solo nosotros. Las otras veces esperaba a que todos durmiesen, escondía una almohada dentro de sus sábanas y salía sin provocar vibraciones. Únicamente Mamá Luisa podía oírlo y, desde que Diego trajo las estufas, rara vez dormía en la misma habitación que los niños. Solo cuando alguno se encontraba indispuesto o Carlitos tenía pesadillas. Así que, con caminar despacio y no chocar con ninguna de las camas, lo tenía fácil.

Esa noche se marchó tras discutir con Mamá Luisa y ella pasó la noche con la nariz pegada a la ventana, mirando por las rendijas que dejaba la persiana mal cerrada y que, durante muchos días, habían sido su único contacto con la vida exterior. Mamá Luisa sabía bien que si se quedaba allí dentro, enclaustrada entre esas dos plantas solitarias, obligaría a los olvidados a renunciar al mundo real. En cambio, Diego no renunciaría a nada; escaparía cada noche para regresar al alba hasta que, algún día, ya no volvería más. Igual se lo mataban; esos asuntos en los que andaba metido no eran nada buenos. Alguna vez lo había pillado cargando con paquetes de hierbas o de polvos blancos, parecidos a la harina, y él se había enfadado mucho cuando la vio husmear en ellos.

—¡No lo toques! —le gritó la primera vez que la vio echándoles mano.

—¿Qué es esto? —le preguntó airada.

—Ya sabes lo que es; lo que nos permite vivir a todos.

—¡Diego, no me gusta que andes en estos asuntos! —le dijo, intentando que su voz sonara autoritaria.

Pero Diego, igual que nosotros, percibió un leve desasosiego en ella y se le acercó muy despacio hasta situar su cara por encima de la suya, muy cerca.

—Eres tú quien ha permitido que «esos asuntos», como tú los llamas, me atrapen por completo. Has dejado que sea yo quien cargue con el deber de mantener a esta familia. ¿Qué otra cosa crees que podía hacer?

Me parece que fue en ese momento cuando Mamá Luisa se dio cuenta de que Diego había crecido; le sacaba casi una cabeza, media espalda y más malicia de la que ella había tenido en toda su vida.

—Diego… —susurró antes de tragar saliva y retirarse un poco hacia atrás.

—¡No, Mamá Luisa, no te vayas! —dijo, agarrándola por los brazos—. Sabes perfectamente a qué me dedico desde hace tiempo, no disimules, y sabes también que si me voy sin colocar la mercancía que me han encomendado, me buscarán hasta encontrarme, y lo menos que me harán será partirme las piernas.

—¡No dejaré que lo hagan!

El gesto de Diego se llenó de burla y desprecio.

—¿Y cómo vas a impedirlo?

La barbilla de Mamá Luisa comenzó a temblar.

—¡No! —sentenció Diego—. No nos iremos hasta que yo lo diga. ¡Y cuidadito con volver a cogerme el móvil!

Pero Mamá Luisa ya había concebido su plan y, enloquecida, continuó empeñada en sacar a los olvidados de allí costara lo que costase.

—No nos van a llevar con ellos, ¿verdad? —me preguntaste aquella noche.

—No, no lo harán —contesté.

64

Olor a papá

Mario entró en el comedor al mismo tiempo que los postres. Llegó hasta nuestra mesa con los ojos perdidos, casi ocultos en el fondo de sus cuencas, y se sentó en su silla sin saludar siquiera. Tampoco nosotros le dijimos nada. Amelia apareció con su canturreo y le sirvió el primer plato: una sopa de fideos. Mario comenzó a comerla de manera mecánica, metiéndose en la boca una cucharada tras otra, sin que nadie, salvo yo, le hiciera demasiado caso. Yo sabía por qué había sacado los libros más viejos de la biblioteca y por qué había rodeado palabras y frases en ellos. Esperaba una señal por su parte, una pequeñita, algo que me dijera qué había encontrado o, más bien, qué había creído encontrar. Yo solo quería saber si el nombre de Diego aparecía en otros libros.

Le trajeron el segundo plato, pescado rebozado con ensalada y canturreó, justo cuando Marcos se acercaba a nuestra mesa con la medicación.

—Cuando acabes de cenar, volveré con la tuya —le dijo a Mario.

Los demás, uno por uno, tomamos nuestra píldora y, siguiendo el ritual de la última semana, hicimos el paripé de tragárnosla. Me dio por calcular cuánto tiempo llevaban algunos de ellos representando esa misma farsa. ¿Por qué Luna tomaría su medicación de manera habitual si podía no hacerlo? ¿Y Ferran? Tal vez ellos no la tomaban nunca y, simplemente, habían creado esta pantomima porque necesitaban que nosotros estuviésemos despejados para ayudarlos en su huida y posterior regreso.

¡Dios, me estaba convirtiendo en una conspiranoica!

—¿Te vienes? —me preguntó Luna, ya en pie junto a la mesa.

—No, me quedo con Mario. A nadie le gusta comer solo.

—A él sí —respondió—. ¿No ves que es raro?

Sin darme tiempo a replicar, salió del comedor seguida del resto de compañeros de mesa y de casi todos los internos de la clínica. Tan solo quedamos nosotros y un par de chicos de la segunda planta que se fueron enseguida. Amelia retiró el plato vacío de Mario y le puso el postre delante de las narices.

—¿Encontraste algo? —susurré para evitar que Marcos nos oyese.

—¡Esos libros lo dicen todo! —dijo también en voz baja—. Solo hay que saber buscar entre sus líneas.

—Digo si había algo anotado en ellos. Frases subrayadas, nombres escritos en los márgenes, fechas…

—¡Por supuesto! No soy el primero en descubrir lo que esconden. Mañana buscaremos las páginas vetadas en Internet y comprobarás que tengo razón en lo que digo. Los antiguos inquilinos de este lugar conocían todo lo que está ocurriendo porque ya ocurría entonces.

Sentí las pisadas de Marcos a mi espalda, vi cómo le entregaba la medicación y cómo Mario se la tragaba de verdad. Pensé que aquello era bueno, que nunca debimos dejar de tomarla. En tan solo una semana, Mario era alguien distinto, alguien que no me gustaba.

Al día siguiente, tras el desayuno, tuve sesión con el doctor Castro, la última antes de la escapada.

—Buenos días, Alma. ¿Cómo estás?

—Muy bien.

—Ayer vino tu abuelo a verte…

Me encantaba la manera sutil de preguntar del doctor Castro.

—Sí, aquí estuvo.

—¿Y qué tal fue?

—Me gustó verlo. ¿Sabes que se sentó a mi lado?

—¿A tu lado?

—Sí, en el mismo sofá. La madre de Luna y los padres de Gabriela se sentaron al otro lado de la mesita. Me abrazó y tiene un olor parecido al de mi padre.

—Así que al abrazarlo recordaste a tu padre.

—Sí. Y dijo que le gustó estar conmigo. No parecía echarme la culpa por lo ocurrido.

—¿Alguien te culpa por ello?

—¡Yo! ¡Estaba allí y sé muy bien lo que pasó!

—Bueno —dijo, y en sus ojos no había odio, ni lástima ni desinterés—. Entonces ya sabemos por dónde continuar de aquí en adelante; si tú quieres, podemos hablar de responsabilidad y de cómo vivir siendo conscientes de nuestros actos, incluso de los que nos causan dolor.

Me lo dijo así, sin más. Y debo reconocer que me gustó. Era cierto y también era, además, la única solución: aprender a convivir con aquella… responsabilidad. No la llamó «culpa». La culpa es odiosa y no se deja combatir, pero la responsabilidad se puede asumir sin ser un perdedor o un mierda.

—Tu abuelo ha llamado esta mañana —continuó—. También disfrutó de la visita y ha propuesto que pases el fin de semana con él. Le he dicho que lo hablaríamos durante la sesión.

—¿Todo el fin de semana? —acerté a preguntar.

—El tiempo que tú quieras. Puede recogerte esta tarde, como al resto de tus compañeros, y traerte de vuelta el domingo. O, si te encuentras más cómoda, puede venir a buscarte mañana para pasar el día juntos, sin necesidad de quedarte a dormir fuera de la clínica.

—¿Volvería a mi casa?

—Tu abuelo se ha instalado en un hotel y ha propuesto reservarte una habitación, pero si prefieres ir a casa, no tiene inconveniente en quedarse allí contigo.

Cerré los ojos y tragué saliva. Todavía no estaba preparada para convivir con los objetos de mis padres y mi hermana, para recordar sus voces recorriendo la casa. La última vez que tuve que enfrentarme a todo aquello me corté las venas.

—A casa no —dije.

—Está bien.

Observé de nuevo los dibujos de la pared. Algunos habían cambiado de posición y otros eran nuevos, pero todos seguían allí, bajo la protección del doctor Castro.

—Creo…, creo que la visita de mi abuelo fue bien porque tuvo lugar aquí dentro. Andrea estaba allí, en la sala de visitas, y algunas de mis compañeras también.

—Entonces, ¿crees que fue bien porque os encontrasteis aquí?

—Sí, me sentía protegida. Si algo salía mal o me incomodaba, no tenía más que mirar a Andrea y hacerle un gesto, uno pequeño.

—¿Cómo dirías que fue la visita?

—Todo fue perfecto.

—¿Y crees que si esa reunión hubiese ocurrido en otro lugar, habría ido mal?

—No, habría sido diferente.

—¿Cómo de diferente?

—No sé… Supongo que yo habría estado mucho más nerviosa. A lo mejor no hubiera abierto la boca.

—Pero ahora ya te has encontrado con tu abuelo, ya habéis hablado y me has dicho que te sentiste bien con él, ¿no?

—Sí.

—¿Crees que si os volvierais a encontrar, por ejemplo, en una cafetería, la situación sería distinta?

Me quedé pensándolo. Seguro que más adelante nos iría bien juntos, pero no quería comenzar nuestra relación agobiándome. Pasar todo un fin de semana con él, cuando solo nos habíamos entrevistado una vez tras mi intento de suicidio, me parecía algo arriesgado. Además, estaba lo de nuestra escapada. Aquella misma noche, Luna, Ferran, Mario, Candela y yo escaparíamos de la clínica y podría indagar sobre los antiguos habitantes del edificio. Si salía con el abuelo, suponía que tendría vetado el acceso libre a Internet por orden expresa del doctor Castro; estaba segura de que le pondría algunas normas y de que el abuelo no se las saltaría.

—Tal vez, podríamos vernos un rato mañana por la tarde e ir a tomar algo, como tú dices, a una cafetería cercana.

Mi voz sonaba segura, aunque la piel de los nudillos me dolía de tanto estirarla.

225

—Entonces, si estás de acuerdo, llamaré a tu abuelo y le diré que puede recogerte mañana por la tarde para pasar juntos, fuera de la residencia, un par de horas.

Asentí.

—Avisaré al personal de guardia para que estén al tanto —añadió.

65

Cabina rota

*D*iego no se separó de su móvil en toda la semana. Mamá Luisa permaneció al acecho por si podía hacerse con él y llamar a la abuela, pero no lo consiguió. Cada vez estaba más nerviosa y de peor humor, gritaba por todo y refunfuñaba a todas horas, menos cuando llegaron los jardineros.

Esa vez se quedaron más rato. Estuvieron desmontando los riegos y recogiendo sus herramientas hasta llenar por completo la furgoneta con la que habían entrado en el recinto.

Mamá Luisa permaneció encerrada con los olvidados en la sala del fondo de la cuarta planta durante las cinco horas que tardaron.

—Si no cuidan de esto mientras duren las obras del edificio, se echará todo a perder —dijo uno de ellos.

—Creo que se traen una nueva cuadrilla, de una empresa privada —respondió otro.

—Pues, ¿sabes qué te digo? ¡Que me alegro! Siempre me ha dado yuyu este edificio, hay algo en él que…, no sé, es como si continuara habitado por alguien a quien no podemos ver ni oír.

—¡Tú y tus chorradas! ¡Anda, recoge, que se nos está haciendo tarde!

Cuando la furgoneta salió por la cancela, comenzaba a anochecer. Diego había vuelto a irse por la mañana y no había regresado todavía; antes de marcharse, se había encerrado con su móvil en el cuarto de baño para atender extrañas llamadas. Hablaba de gramos y euros, de esquinas y horas, de personas con nombres raros.

Mamá Luisa miró la hora en su reloj, tomó unas monedas del tarro del dinero y se acercó a Feliciano.

—Voy a salir un momento —le dijo con voz y gestos—. Cuida de los pequeños hasta mi vuelta.

Tú y yo la seguimos escaleras abajo y atravesamos con ella el jardín posterior hasta alcanzar la verja trasera, justo donde se abría la puerta de las basuras. Mamá Luisa sacó una llave del bolsillo, abrió la cancela y cruzó la calle para llegar a la cabina de teléfonos.

¿Te acuerdas de cuando la instalaron? No, ¿cómo te vas a acordar? Eras muy pequeño. Un día, después de que el Ayuntamiento asfaltara la calle de atrás y pusiera las aceras, llegó una camioneta de Telefónica y plantó allí mismo, en la esquina de enfrente, una cabina de teléfonos. Fue la primera señal de habitabilidad en la zona, antes incluso de los edificios de viviendas. Las cuidadoras de la residencia fueron sus principales usuarias; salían en sus ratos libres para mantener conversaciones privadas. Incluso Mamá Luisa la usó varias veces, aunque nunca supe a quién llamaba.

El caso es que tú y yo nos agarramos a la verja y observamos desde el jardín cómo Mamá Luisa descolgaba el auricular, pero no encontró el cable que lo conectaba al cuerpo del teléfono. Alguien había destrozado el aparato y lo había llenado de pintadas.

La vimos soltar un hipo y echarse a llorar, los hombros temblando. Pero el soponcio no le duró mucho, enseguida se secó las lágrimas, se recolocó el peinado y cruzó la calle para regresar a casa.

—No importa —susurraba—. Nos iremos de todas formas.

Regresamos a la habitación del fondo y Mamá Luisa se acicaló con su mejor sonrisa para acercarse a los olvidados.

—Hoy cenaremos pronto y nos iremos a la cama enseguida. Tengo una sorpresa para vosotros.

—¿Qué sorpresa, Mamá Luisa? —preguntaron todos a la vez, moviendo sus manos con excitación.

—Mañana por la mañana lo sabréis, no seáis impacientes —dijo, y comenzó a preparar la cena, la última cena que los olvidados tomarían allí dentro.

Y esa noche, mientras ellos cenaban, tú no dejaste de berrear, ¿recuerdas?

66

Palomas

*E*l resto del día pasó muy despacio. Es lo que ocurre cuando esperas que llegue un momento determinado; todo lo demás se ralentiza, solo que ese día yo esperaba varios momentos: el momento de nadar en la piscina, el momento en el que se vaciara la clínica, el momento en el que recorriésemos los pasillos a hurtadillas y escapáramos a la calle, el momento de regresar al mundo real y empaparme del olor a vida, pero, sobre todo, esperaba el momento en el que Diego apareciese por cualquier esquina como por arte de magia, como hacía siempre.

Imposible concentrarme en nada que no fuera mi desesperación por la espera.

—¿Necesitas que te explique algo? —me preguntó Silvia.

—No no —respondí, devolviendo la mirada a la hoja de ejercicios sobre mi mesa. Ni siquiera le había echado un vistazo—, enseguida me pongo con ello.

Pero en cuanto Silvia se alejó para atender a otra persona, regresé a la ventana y a la zona de jardín que se veía desde allí. Había salido el sol y un rayo cruzaba justo por entre las ramas peladas de uno de los primeros olmos del paseo. ¿Sería el mismo que se coló en el despacho del doctor Castro durante mi primera sesión?

Una paloma se posó en una de las ramas. Permaneció completamente quieta, como si estuviera tallada en piedra, hasta que giró la cabeza de un lado a otro con movimientos cortos y secos, los ojos atentos.

Otra paloma llegó a la misma rama. Se colocó al lado de la primera y picoteó el tronco con fruición. Parecía haber encontrado algo, quizás un bicho. Durante unos minutos continuó golpeando la rama con el pico, pero no lo amartillaba de frente; lo frotaba por los lados, de atrás adelante y de delante atrás, como si lo estuviera afilando.

La otra paloma movió la cabeza con esos movimientos que parecían tics y le dio la espalda. En ese instante, la segunda paloma saltó sobre ella y le clavó el pico en el cuello. Un chorro de sangre brotó de la herida, lo vi salpicar las plumas de ambas antes de que la primera paloma cayera de la rama al suelo. En un instante, un grupo de palomas bajó rápido de no sé dónde y, entre todas, picotearon el cuerpo y los ojos de la paloma herida.

Ojos de muerto.

Salté de mi silla y me puse en pie mientras ahogaba un grito con las manos sobre la boca. Di un paso atrás, pero no dejé de contemplar la macabra escena.

Silvia y todos mis compañeros se colocaron a mi lado para descubrir qué ocurría ahí fuera.

—¡Todo el mundo sentado! —dijo Silvia tras observar el cuadro—. ¡No pasa nada!

—¡Sí que pasa! —rio Ferran—. ¡La están devorando!

Parecía disfrutar con aquello.

Silvia consiguió que todos regresáramos a nuestros puestos. Corrió la cortina sobre la funesta escena. Aun así, no conseguí concentrarme en ninguno de los ejercicios matemáticos.

En cuanto finalizaron las clases, muchos de mis compañeros salieron al jardín delantero para ver el cadáver de la paloma. Yo preferí quedarme en el edificio.

—Continúan aquí —me dijo Mario.

No me había dado ni cuenta de que lo tenía al lado. ¿Cuándo había llegado?

—¿Quiénes? —pregunté.

—Los últimos inquilinos de la residencia de sordos. Están todavía aquí, lo pone en los libros. —Sus ojos, cada vez más hundidos.

Recogí mis cosas y salí. En el vestíbulo oí la voz de Patricia; hablaba con quien estuviera en la recepción de guardia. Me acerqué con Mario persiguiendo mis pasos.

—¿Estarás esta tarde en la piscina? —le pregunté.

Necesitaba nadar, evadirme del lento goteo de tiempo.

—Sí, desde las cuatro hasta las seis y media.

Asentí y me quedé a su lado mirando cómo Bernardo recogía lo que quedaba de la paloma muerta bajo la perturbada mirada de muchos internos. Metió los restos del pobre bicho en una bolsa y se la llevó hacia la parte trasera del edificio. Supuse que la tiraría en un contenedor de basura. El grupo de curiosos se dispersó y dejaron libre el rayo de sol que había iluminado toda la escena. Entonces necesité salir, que ese rayo me diera en la cara, que me cegara durante unos instantes y borrara la imagen de los ojos muertos de la paloma.

Avancé por el jardín delantero hasta alcanzar el calor del sol; incliné la cabeza hacia atrás para recibirlo en el rostro. Sentía la presencia de Mario a mi lado, pero no quería constatar que estuviera realmente allí, así que los mantuve cerrados. Me sentía culpable de haber contribuido a que empeorara; había visto cómo le afectaba la falta de medicación y había preferido no decir nada. Además, le había hablado de los hermanos de Diego sin confesarle que vivían todos juntos en el mismo edificio de manera ilegal, todo por no delatarlos. Y Mario, en su paranoia, los había confundido con los seres que habitaban en su cabeza.

—¡Mira! —me dijo, zarandeándome de un brazo.

Abrí los ojos y lo vi señalando la parte superior del edificio. Allí, en una de las ventanas de la quinta planta, decenas de palomas se agolpaban sobre el alféizar.

231

67

Sorpresa

—¡*M*amá Luisa tiene una sorpresa para todos nosotros! —gritó Carlitos con sus manos en cuanto Diego apareció por el dormitorio—. Nos la contará mañana por la mañana.

Diego lo besó en la frente y le dijo que se metiera en la cama. Hacía frío aquella noche; la estufa en el centro de la habitación, funcionando. Los demás olvidados estaban ya dormidos. Diego salió en busca de Mamá Luisa y nosotros lo seguimos. La encontró en la sala del fondo, recogiendo las últimas cosas.

—¿Qué haces? —le preguntó con voz dura.

—Ya lo ves; mañana nos vamos al pueblo.

Diego endureció el gesto y apretó la mandíbula.

—Te dije que yo no podía irme.

—¡Ni nosotros quedarnos! ¿Es que no te das cuenta? —respondió, elevando la voz.

—¡Vas a conseguir que me maten! —Los ojos de Diego, repletos de odio.

—Si no nos marchamos ahora, no podremos hacerlo nunca, y tus hermanos tienen derecho a una vida fuera de estos muros. Los obreros llegarán en unos días, cerrarán el acceso a las plantas superiores, esto se llenará de gente y nos quedaremos confinados. Hijo, la residencia se ha convertido en nuestra tumba, somos nosotros los que moriremos si nos quedamos.

—Eso no es cierto. Yo cuidaré de vosotros, como he hecho hasta ahora.

Mamá Luisa caminó hasta situarse muy cerca de Diego, no parecía enfadada, tan solo cansada. Colocó las manos en el rostro de su hijo y ablandó la mirada.

—Quiero que aprendan a cuidarse por sí mismos.

Diego dio un paso atrás para soltarse de su caricia.

—Ya no tenéis adónde ir.

—¿Por qué dices eso? La abuela nos espera.

Diego tragó saliva.

—¿Qué has hecho? —le preguntó Mamá Luisa.

—La abuela llamó a mi teléfono el otro día, estaba preocupada por la falta de noticias. Me contó vuestros planes de huida y yo le dije que ya no te conocía y que todo lo que le habías contado no eran más que mentiras. —Las palabras salían de su boca repletas de rabia y saliva—. Le aseguré que solo querías aprovecharte de ella, que nunca habías dejado de meterte en la cama de don Matías y de muchos más hombres, que me habías obligado a salir a las calles a buscarte alcohol y drogas y que, en cuanto llegaras al pueblo, más de uno te iba a reconocer como la puta de la capital.

Los ojos de Mamá Luisa se llenaron de lágrimas, pero no dejó caer ninguna. Respiró hondo y tragó saliva antes de pedirle a Diego su teléfono móvil.

—No creo que te conteste —le dijo al entregárselo.

Mamá Luisa tecleó el número tantas veces marcado y esperó paciente a que la voz de su madre interrumpiera los tonos de llamada.

—Diego, ¿eres tú?

—No, madre, soy yo, la Luisa, su hija.

—Yo no tengo ninguna hija —respondió—. Murió hace muchos años.

La barbilla de Mamá Luisa comenzó a temblar.

—No quiero que te presentes por aquí jamás —dijo la abuela—; si lo haces o vuelves a llamarme, avisaré a la policía y les contaré que has secuestrado a todos esos niños y que los tienes retenidos en la residencia de sordos. Ya lo sabes.

Entonces sí, entonces Mamá Luisa dejó que las lágrimas corrieran por su rostro.

—¡Vete! —le gritó a Diego—. ¡Márchate!

233

Diego le arrebató el teléfono y salió corriendo. Oímos cómo bajaba las escaleras a toda prisa mientras nos acercábamos a Mamá Luisa para intentar consolarla desde nuestro exilio incorpóreo. Pero no hizo falta, en cuanto dejaron de sentirse los pasos de Diego, se limpió las lágrimas, terminó de empaquetar las pocas cosas que quedaban fuera de las bolsas y caminó hasta el dormitorio de los olvidados.

Carlitos también dormía; se acercó a su cama y lo arropó con dulzura antes de dirigirse a la estufa. Se agazapó sobre ella y estiró del tubo de goma que salía de la bombona naranja hasta dejarlo libre. Se sentó en el sillón junto a la cama de Carlitos, se arropó con una manta y cerró los ojos.

68

Como corderos al matadero

*D*espués de comer salí hacia la piscina con mi bolsa colgada al hombro. Había dejado a Mario pegado a su pantalla de ordenador con los ojos de Marcos fijos en su espalda, pendiente de que no se acercara a la estantería de libros viejos y volviera a sacarlos todos en busca de mensajes ocultos entre sus páginas.

235

—Tía, ¿adónde vas? —me preguntó Luna en cuanto me puse en pie para abandonar la sala común.

—A nadar un rato —contesté. Estaba segura de que no me seguiría.

Luna sabía bien que la tarde de los viernes las calles de la piscina se llenaban de niñatos, como ella los llamaba, y no estaba dispuesta a que la vieran con la cara lavada y la melena atrapada en un gorro de baño.

A mí no me importaba. Prefería nadar a solas, pero no me importaba compartir el agua con otros nadadores. En cuanto me sumergía, me olvidaba de todo y de todos y pasaba a ser un espíritu único en un espacio creado solo para mí. Aunque debo reconocer que, por una vez, Luna tenía toda la razón. Los pequeños de la clínica, a pesar de que no eran tan pequeños, nadaban demasiado despacio y se paraban en cualquier momento y en cualquier lugar. Después de chocarme varias veces con los dos que compartían mi calle, decidí que ya nadaría a la mañana siguiente y, si tenía suerte, también lo haría por la tarde acompañada por Diego.

Diego. ¿Dónde se habría metido?

El vestuario y las duchas parecían una verbena. Me quité la ropa mojada, pero decidí ducharme en mi dormitorio sin que nadie me molestara. Salí del edificio de la piscina con el sol a punto de ocultarse detrás de la clínica y corrí por la rosaleda para evitar el frío que me azotó al abandonar la zona climatizada.

Un gato cruzó corriendo por delante de mí. Casi se me sale el corazón por la boca al distinguir algunas plumas pegadas en sus bigotes. Me giré hacia la esquina por la que había salido el animal y descubrí otra paloma muerta, con el cuerpo picoteado y mordido. Las cuencas de los ojos vacías. Contuve una arcada y corrí hasta la escalinata pero, justo antes de comenzar a subirla, alcancé a ver que el número de palomas apostadas en la ventana de la última planta había aumentado de forma considerable.

En cuanto entré en mi cuarto de baño, vomité en el retrete. Al terminar me dio una terrible tiritona, estaba helada. Abrí el agua caliente de la ducha y me metí debajo para dejar que me calentara por dentro y por fuera. Creo que lloré, aunque mis lágrimas se fundieron con el agua y no conseguí distinguirlas. Tenía miedo, miedo por salir aquella noche y miedo por mi cita del día siguiente con el abuelo. Miedo por volver a ser normal.

Me envolví en una toalla e intenté contemplar mi imagen en el espejo, pero estaba tan empañado que solo conseguí ver reflejos confusos.

Volví al dormitorio y encontré a Candela sentada en mi cama. Se balanceaba de adelante atrás mientras se tocaba el pelo. Esta vez no se lo arrancaba, tan solo lo cogía y lo soltaba, sin estirarlo.

—No quiero salir esta noche —dijo.

Me senté a su lado y le pasé un brazo por los hombros. Dejó su balanceo, aunque no soltó su pelo.

—No tienes por qué hacerlo —contesté.

—Luna se enfadará, y Ferran comenzará a burlarse. Además… Además, Gabriela está mosqueada conmigo.

No entendía qué tenía que ver el mosqueo de Gabriela con nuestra escapada nocturna.

—Yo solo quería salir para verme con ella fuera de la clínica y comprobar cómo funcionamos. Iba a darle una sorpresa, pasarme por su casa, tomar algo a su lado en algún bar.

236

Debí poner cara de tonta, no entendía nada.

—Pero ya nada funciona. Gabriela me ha dejado. Cree que me he liado con Luna y que por eso se mete en mi habitación. Yo le aseguro que lo hace sin mi consentimiento, solo para fumar en mi baño, pero ella no me cree. Y ya sabes cómo es Luna, le gusta insinuar que ha estado con todos y todas, crear conflicto, hacer daño. —La voz se le quebró y recordé cómo me habían escocido las alusiones de Luna sobre Diego.

Sonreí, ¿cómo no lo había visto antes?

—No te preocupes, se lo explicaremos. De todas formas, no creo que cuando Gabriela o los demás regresan a sus casas los fines de semana, salgan por ahí como si no pasara nada. Seguro que siguen encerrados, como nosotros.

Candela abrió los ojos como si acabara de ver algo que, hasta ese momento, hubiera estado cubierto por la oscuridad.

—Es verdad —dijo—. Las pocas veces que he salido de aquí he estado recluida en mi habitación.

—Esta noche nosotros tendremos la oportunidad de salir ahí fuera como chicos y chicas normales, de los que disfrutan del viernes con sus amigos. ¿Vas a renunciar a sentirte normal por una sola noche? —insistí.

Creo que decía todo eso para animarme a mí misma más que a Candela. Yo también tenía miedo de abandonar la clínica; a fin de cuentas, me sentía segura allí dentro, aunque estuviera rodeada de locos.

Locos como yo.

Candela comenzó a balancearse de nuevo.

—Yo no soy como vosotros, mi normalidad me convierte ante mis padres en una enferma.

—Los enfermos son ellos —acerté a decir.

Torció el gesto en lo que pretendía ser una sonrisa y se puso en pie.

—Por favor, ayúdame a no tener que salir esta noche. Quédate conmigo.

—Lo siento, Candela. Necesito averiguar una cosa y solo puedo hacerlo fuera. —No sabía si insistir para que nos acompañara.

Contemplé su balanceo y la mano agarrotada en su pelo y tomé la decisión de no machacarla más.

237

—No te preocupes, solo di que no quieres salir. Yo te apoyaré en tu decisión.

No pude evitar sentir lástima por ella. La vi abandonar la habitación con la cabeza gacha y la mirada huidiza, como imaginaba a los corderos camino al matadero. ¿Sabrían ellos qué los esperaba al final de ese camino? Hay gente que dice que sí, que lo saben perfectamente. ¿Sabíamos nosotros lo que nos esperaba ahí fuera aquella noche?

Tal vez los corderos fuéramos nosotros.

69

¿Por qué puedes vernos?

Solo tú conocías sus planes.

Sabías que habían planificado una escapada para el viernes por la noche y no nos dijiste nada. Estabas al tanto, incluso, de que habían dejado de tomar la medicación, y preferiste ocultárnoslo. Sí, ya sé que pensabas que si Diego se enteraba de sus intenciones, haría todo lo posible por boicotearlas, y tú estabas deseando que Alma saliera y consultara en un ordenador abierto a todas las páginas de Internet la información sobre los últimos habitantes de la residencia de sordos. ¿Qué esperabas con ello? ¿Que los olvidados despertaran?

Ahora entiendo por qué esa noche estuviste especialmente pesado. Te empeñaste en que nos quedásemos los cuatro juntos jugando a ese estúpido juego de adivinanzas, cuando lo único que querías era que Alma y los demás internos escaparan sin que ninguno de nosotros pudiera impedirlo. Te daba miedo, ¿verdad? Te daba miedo que, si no conseguían salir de allí, cometiesen la misma locura que cometió Mamá Luisa. Pero no debiste preocuparte, ellos no se encontraban en la misma situación. Mamá Luisa dio aquel terrible paso porque prefirió acabar con todo antes de enterrarse en vida con los olvidados.

Creo que yo hubiera hecho lo mismo.

¿Recuerdas la primera vez que Diego pudo vernos? Los dos pensamos que estaba muerto, como nosotros. Pero no, todavía le quedaba vida por delante, aunque ya no quisiera vivirla. Habían pasado varios meses desde la fatídica noche, meses en los que compartía casa con don Matías y su familia. Se ahogaba, como un pez fuera de su pecera que intenta adaptarse a un ambiente que lo rechaza. La esposa de don Matías lo miraba con desprecio; Diego no dejaba de ser la muestra fehaciente de una de las infidelidades de su marido. Y sus hermanos, aquellos que compartían parte de su sangre con él, lo eran mucho menos que nosotros.

Durante las primeras semanas de su destierro escapó casi a diario para cumplir con los compromisos adquiridos en el barrio. Continuó trapicheando por las esquinas, entregando paquetes y recogiendo sobres. Ya no sabía vivir de otra manera y, además, tenía miedo de lo que pudieran hacerle si no cumplía con lo pactado, si desaparecía de pronto. Tenía pensado alejarse poco a poco de aquello, deshacerse de la mercancía que le quedaba por entregar, dejar de contraer nuevas obligaciones y esfumarse sin dejar rastro.

Pero no podía evitar aproximarse a la residencia. Al principio la miraba desde lejos, sin acercarse demasiado, como si aquel lugar no tuviera nada que ver con él. Pero no tardó en pasar junto a la verja delantera aunque tuviera que dar un rodeo. Bernardo lo vio por primera vez el día en que se detuvo en la esquina de arriba, aquella en la que habían colocado un buzón de correos. Se subió la capucha y se apoyó en él como si estuviera esperando a alguien. Bernardo se dio cuenta de su presencia igual que nosotros. Se entretuvo arrancando las malas hierbas del jardín y no le quitó ojo hasta que se marchó. Supongo que avisaría a don Matías, porque durante los días siguientes no vimos a Diego por ningún lado.

Dos semanas más tarde apareció de nuevo. Lo hizo en mitad de la noche y, en esa ocasión, desenganchó el barrote suelto de la verja y se coló en el jardín trasero. Llegó sangrando, con la cara repleta de golpes y la respiración entrecortada. Se ocultó detrás de los frutales y permaneció allí, agazapado y en silencio, hasta que dejó de oír voces y sus perseguidores se fueron a buscarlo por otras calles.

Tú te sentaste a su lado, ¿te acuerdas? Y pusiste tu mano sobre la suya.

«No tengas miedo —le repetías—. Estás en casa. Aquí no puede sucederte nada malo.»

Tampoco aquella vez le dijimos nada a Mamá Luisa. Ya casi no nombraba a Diego y, cuando lo hacía, era para echarle en cara lo que había ocurrido con la abuela. La boca se le llenaba de rabia y luego, poco a poco, la rabia se escapaba y su lugar lo ocupaba la tristeza. Entonces se quedaba mirando a ningún sitio durante horas y, cuando volvía en sí, decía que los que más daño te hacen son las personas a las que más quieres, porque ese dolor no tiene cura.

«No puedo más —susurró entonces Diego—. Ya no puedo más», repitió y cerró los ojos.

La noche clareaba cuando abandonó la residencia. La siguiente vez que lo vimos llevaba ya las muñecas vendadas.

«Si no estás muerto, ¿por qué puedes vernos?», le preguntaste.

«Tal vez porque me gustaría estarlo», respondió.

70

La escapada

*L*una no tuvo inconveniente en que Candela se quedara en la residencia.

—Mucho mejor, tía —le dijo—. Así nos ayudarás a entrar en el edificio cuando regresemos.

Lo tenía todo pensado.

Se había hecho con una cuerda. La había robado del gimnasio la primera vez que pensó en fugarse; para atarla a la pata de una de las mesas del comedor, dijo, una de las situadas al fondo, lejos de la puerta de acceso desde el vestíbulo. Pretendía que nos deslizáramos por ella hasta el jardín lateral. Bajar no era el problema, incluso sin la cuerda hubiera sido posible. Tan solo teníamos que colgarnos del alféizar y dejarnos caer por el metro y medio que separaría nuestros pies del suelo. La dificultad llegaría cuando tuviésemos que volver a subir hasta la ventana. Si la dejábamos abierta con la soga colgando hacia fuera, corríamos el riesgo de que Bernardo, en su ronda habitual, la encontrara y descubriera nuestro plan. Pero con Candela dentro del edificio todo cambiaba: podría recogerla en cuanto saltáramos y bajar de nuevo al comedor a una hora convenida para volverla a lanzar a nuestro regreso.

—Es mejor que no venga, así no tendremos que cuidar de nadie —dijo Luna en cuanto Candela cerró la puerta de su habitación—. Tiene pinta de no haber salido mucho, en plan... tú ya me entiendes.

La entendía, pero no contesté, ¿para qué? Ella ya había decidido cómo era Candela, y por mucho que yo le diera mi opinión, no iba a cambiar la suya.

Tuve la sensación de que, aquel viernes, los coches llegaban a recoger a los internos más tarde. Las luces de los faros destellaban por la calzada interna a cuentagotas, como si se hubieran olvidado del recorrido y no hubieran hecho más que perderse por las calles de la ciudad.

El abuelo me llamó a las siete en punto. Parecía que hubiera estado esperando junto al teléfono a que el reloj diese la hora indicada para marcar el número de la clínica. Estaba entusiasmado con la idea de recogerme al día siguiente.

Mucho más que yo.

—Me gustaría llevarte a un sitio especial —me dijo—, al lugar donde me declaré a tu abuela.

Se me encogió el corazón; era la primera vez que le escuchaba nombrarla. Jamás hablaba de ella, supongo que para no sentirse morir por su ausencia. Sé que yo debería haberle dicho algo, no sé, algo como que me encantaría visitar con él ese sitio o que me hubiera encantado conocerla, pero en lugar de eso contesté alguna tontería que ni siquiera recuerdo para que colgara pronto, como si con eso el tiempo fuera a pasar más rápido.

La clínica se vació al fin y bajamos a cenar al comedor junto a un puñado de internos de la primera planta. Esta vez solo se habían quedado tres de los pequeños: el mismo chaval con la cara repleta de acné que el fin de semana anterior y dos chicas, algo menores que él y que no le hacían el más mínimo caso. Durante la cena me dio pena comprobar cómo ellas dos hablaban como cotorras mientras él guardaba silencio mirando las patatas fritas de su plato.

Tras ocultar la medicación en nuestras servilletas, seguimos a Patricia, de guardia aquella noche, hasta la sala común. Mario se colocó frente a un ordenador, Candela y Ferran se sentaron delante del televisor para ver una película, Luna cogió una revista y se situó junto a ellos, y yo me fui a la zona de lectura y abrí mi libro. Me quedaba poco para terminarlo, pero aquella noche estaba tan nerviosa que no pude concentrarme en sus frases.

Permanecimos en nuestros puestos durante un buen rato hasta que, a un gesto de Luna, comenzamos con el plan establecido.

—Salgo a fumarme un piti, ¿alguien viene?

243

—Hoy paso, no quiero perderme la película. Está a punto de terminar —dijo Ferran sin apartar los ojos del televisor.

Candela ni se inmutó, como siempre.

—Si os apetece, podemos pararla un ratito. El tiempo necesario para que Luna se fume su cigarrillo y vayamos al baño —propuso Patricia.

—No no, yo hoy no quiero salir; hace frío —insistió Ferran—. Que vaya ella sola, que es la única que fuma. Además, tampoco me estoy meando.

—Bueno, pues saldré yo sola. No os necesito a ninguno, ¡pringados! —dijo Luna, ya en pie.

—¡Luna! ¡No es necesario que contestes así!

Nos dirigió a todos una mirada de asco, abandonó la sala común para dirigirse al vestíbulo y, sin saludar a Bernardo en su garita, salió por la puerta principal taconeando, como siempre. Muy despacio, sabiéndose observada, descendió los once escalones de la entrada y se detuvo frente a la única cámara en uso del edificio. Sacó su cajetilla de tabaco, prendió un pitillo y empezó a fumárselo dando hondas caladas en la que seguramente iba a ser una de las mejores interpretaciones de su vida.

Comenzó con un carraspeo y se llevó la mano a la garganta. Primero vino una tos, luego otra, y otra más, hasta que se encogió para seguir tosiendo. Lanzó el cigarrillo al suelo, caminó tambaleándose hasta el primer escalón y vomitó la cena de la manera más grotesca que pudo.

—Me estaba viendo solo Bernardo, actuaba únicamente para él, así que lo hice como en el cine mudo, en plan… gesticulando mucho, ya sabéis —nos contó luego, con su risa estridente.

Bernardo salió a atenderla y no tardó en ir a la sala y avisar a Patricia. Todos corrimos con ella para ver qué ocurría a pesar de que lo sabíamos de sobra: la imagen de Luna, delante de su vómito, fue de lo más creíble.

—¿Qué te ocurre? —le preguntó Patricia, afectada.

Creo que se preocupaba realmente por nosotros.

—No sé —dijo Luna—, me he mareado.

—A ver si vas a estar embarazada —soltó Ferran con una risa burlona.

Eso no estaba en el guion, pero Luna siguió con su actuación como si no lo hubiera oído. Se puso una mano en la frente y respiró profundamente.

—¡Chicos! —dijo Patricia—. Es tarde. La película ya se ha terminado, así que, por favor, subid a vuestras habitaciones mientras yo doy un paseo por el jardín con Luna, a ver si se le pasa el mareo.

La tomó del brazo y comenzó a caminar con ella hacia el paseo de los olmos. Bernardo salió de nuevo a la escalinata, esta vez con un cubo lleno de agua y una fregona, y nosotros subimos al vestíbulo como niños obedientes. Mientras Bernardo retiraba el vómito de Luna bajo nuestra atenta mirada, Ferran se coló en su garita y desactivó una de las alarmas. En cuanto cumplió con su misión, nos dirigimos a la tercera planta. Ferran y Mario entraron en sus dormitorios a recoger sus abrigos y regresaron enseguida. Luego pasamos todos al ala de las chicas.

—Vamos a tu habitación, Candela —dijo Ferran con morbo—, pero no te preocupes, no tenemos tiempo de hacer ahora un trío. Aunque si en lugar de Mario fuera Alma quien entrara con nosotros en tu dormitorio, sacábamos el tiempo de donde fuera.

Ferran no era gracioso, sus bromas sexuales no tenían ni pizca de gracia. Todavía no sabía si era solo un bocazas o si se atrevería con todo lo que proponía.

—Deja de decir gilipolleces —le dije.

—¿Qué pasa? Que te apetece, ¿verdad? —contestó, acercándose a mí muy despacio, con la boca llena de lascivia.

—¡Déjame en paz, gilipollas! —dije, dándole un empujón.

Candela comenzó a balancearse, la mano en el pelo.

Los ojos de Mario abriéndose y cerrándose sin parar.

—O las dejas en paz o te meto una hostia —dijo de pronto, y se acercó a Ferran para situar su cabeza sobre la suya. Le sacaba casi una entera.

Ferran le mantuvo la mirada hasta que relajó la mandíbula y destensó los músculos.

—¡Joder, no entendéis las bromas! —respondió con una risita que sonó de lo más falso.

Mario se separó de él, los demás lo siguieron y, por fin, entraron en la habitación de Candela.

245

Ahora me tocaba actuar a mí. Pasé a mi habitación y me puse el pijama antes de regresar a la escalera principal. En pocos minutos oí cómo Patricia y Luna la subían despacio.

—Estoy mucho mejor —decía Luna—. Ha debido de ser el frío, que me habrá cortado la digestión.

—O el tabaco. ¿Por qué no dejas de fumar? —le respondió Patricia mientras enfilaban el último tramo.

—¿Qué tendrá que ver el tabaco con el estómago? —preguntó Luna.

Alcanzaron el último escalón y me encontraron a mí.

—¿Qué haces aquí? —me dijo Patricia.

—Me he dejado mi libro en la sala común.

—¿Y no puedes leer otra cosa?

—¡Por favor! Me quedan solo un par de capítulos y, si no los leo, no podré dormir.

—¡Mira que sois pesados! Espera, que cierro ya la puerta de los chicos y te acompaño a por tu libro. Luna, tú métete en la cama, a ver si mañana te encuentras bien.

—Ya estoy bien —dijo.

—Bueno, ya sabes, si te sientes mal, pulsas el botón.

—Muy bien —dijo, y se fue a su habitación.

Seguí a Patricia escaleras abajo. Bernardo estaba cerrando ya las puertas principales y apagando las luces. Nos vio pasar hacia la sala común y esperó a que regresáramos antes de retirarse.

—Buenas noches —le dijo Patricia cuando volvimos al vestíbulo—. Ya te puedes acostar, yo me encargo de todo.

—Buenas noches —respondió Bernardo con su voz agrietada.

Subimos en silencio hasta mi habitación.

—Buenas noches —dije—, y gracias —añadí, mostrando el libro.

—Descansa —respondió Patricia antes de cerrar la puerta de acceso a la escalera central.

Me vestí de nuevo con ropa de calle. Ni siquiera pensé en arreglarme, me daba igual mi aspecto. Es gracioso, nunca fui demasiado coqueta pero, antes del accidente, sí que me detenía en escoger la ropa adecuada cuando salía por ahí con mis amigas. En cambio, esa noche me puse unos vaqueros, un jersey grueso de cuello alto de co-

246

lor blanco y unos botines negros, más por el frío que por apariencia. De todas formas, tampoco tenía allí nada del otro mundo.

Miré la hora en las lucecitas de mi despertador. Habíamos decidido darle a Patricia media hora desde que cerrara la puerta de acceso para que se olvidara de nosotros, pero solo habían pasado quince minutos cuando se abrió la de mi habitación y entró Candela.

—¿Ya estás lista? —me preguntó.

—Sí.

—Pues ven a mi cuarto, anda.

Metí un par de cojines y una toalla dentro de mi cama, simulando un cuerpo. Bajé la persiana para que aún hubiera menos luz, por si a Patricia se le ocurría controlar las habitaciones, aunque era una tontería: jamás las habían inspeccionado mientras dormíamos, al menos que yo me hubiera percatado.

—Por si acaso —dije al ver la cara de extrañeza de Candela.

Apagué la luz y salimos al pasillo sin hacer el más mínimo ruido. Me alegré de que la madre de Luna hubiese querido preservar su intimidad y hubiera apelado a la de los pacientes de la clínica para conseguir que anularan la cámara que nos enfocaba desde la puerta metálica.

En la habitación de Candela esperaban Ferran y Mario; el primero, tumbado en la cama, y el segundo, sentado a la mesa. La persiana bajada y la luz encendida.

—¿Alguien sabe adónde vamos a ir? —pregunté en voz baja.

—Adonde nos lleve Luna —dijo Ferran con una enorme sonrisa.

Miré a Mario deseando más que nunca que hubiera dejado de abrir y cerrar los ojos, y lo encontré sereno, casi como antes de abandonar la medicación. Sus ojos seguían hundidos pero, al menos, los dejaba tranquilos.

—Creo que al centro —me respondió.

—A mí puede llevarme al centro del mundo si le da la gana. —Ferran y sus chorradas.

Busqué con la mirada un reloj donde comprobar la hora, pero no lo encontré.

Por fin nos llegó el débil ruido de la puerta de Luna al cerrarse. Apareció con unos zapatos de tacón en la mano. Caminaba descalza,

247

pisando sobre unas medias negras que alargaban sus piernas hasta esconderlas en una minifalda de color rojo eléctrico, a juego con sus labios. Una blusa de gasa negra, que dejaba ver un sujetador de enca-je, era todo lo que llevaba en aquella noche heladora. En la mano, un abrigo de piel con capucha y una bolsa de tela.

Ferran se puso en pie nada más verla.

—¡Joder, tía! ¡Estás buenísima!

—¡Tú ni te me acerques! —le dijo muy seria, tanto que Ferran dio un paso atrás.

—Bueno, nos vamos.

Nos dirigimos hacia el fondo del pasillo. Pasamos de largo las ha-bitaciones cerradas y la sala de visitas hasta alcanzar una puerta que no había visto nunca. Quedaba oculta en un recodo, escondida entre las sombras.

—Has quitado la alarma, ¿no?

—Pues claro, tía. No soy gilipollas.

Luna colocó las manos en la palanca de apertura y la puerta se abrió sin emitir ningún sonido. Al otro lado, unas escaleras estre-chas, iguales a las del otro lateral del edificio. Una puerta blanca, idéntica a aquella por la que salió Diego, cerraba el acceso a las dos plantas superiores. El camino hacia abajo, abierto. Supuse que acaba-ría en la otra puerta de cristal cubierta por rejas negras.

Pero no íbamos a salir por allí.

Descendimos en silencio, guiándonos únicamente por la débil luz verde de emergencia, hasta la primera planta. El corazón me latía frenético. Giramos por la esquina que daba acceso al comedor y nos topamos con otra puerta, esta de las normales. Luna agarró el pomo y la abrió sin problemas. Aparecimos en un *office* lleno de los carri-tos plateados en los que sacaban la comida de la cocina y, desde allí, otra puerta nos escupió al comedor, justo al lado opuesto por el que entrábamos en él a diario.

Nos acercamos a la última de las ventanas. Daba al jardín delan-tero, a la parte más cercana al huerto de Bernardo. Quedaba escondi-da tras unos árboles que, aunque pelados, la tapaban casi en su tota-lidad. Luna sacó la cuerda de la bolsa de tela y se la pasó a Mario para que la atara a la pata de la mesa situada justo debajo de la ventana.

248

Tan solo tuvimos que moverla un poco para que se pegara a la pared. En cuanto la cuerda colgó hacia fuera, fuimos bajando uno por uno: primero Luna, con su abrigo de piel cubriéndole la ropa; después yo; luego Ferran, y por fin Mario. Candela recogió la cuerda y cerró la ventana. Los cuatro nos quedamos pegados a la fachada; Luna ya llevaba los tacones puestos y un bolso a juego que, supuse, había sacado de la bolsa de tela.

En cuanto recuperamos la respiración, caminamos hacia la verja trasera ocupando las sombras más oscuras del jardín. Nos dirigíamos hacia la zona por donde recogían las basuras pero, en contra de lo que había pensado, no llegamos a esa cancela sino que nos detuvimos unos metros antes.

—Saldremos por aquí —dijo Luna, y comenzó a girar un barrote de hierro hasta que consiguió desengancharlo por su parte inferior. Lo inclinó hacia un lado lo suficiente como para crear una abertura que nos permitiera atravesar la verja. Me pregunté cómo habría descubierto que, precisamente ese barrote estaba suelto y la imaginé tocándolos todos en sus ansias por escapar de allí.

Juro que mis pies sintieron la diferencia en cuanto pisaron el suelo de la calle, el suelo cuerdo. Di tres pasos por la acera colindante a la clínica y sentí deseos de echar a correr. No por huir de allí, sino por percibir de lleno la libertad de no estar constreñida por aquella odiosa verja.

—¡Seguidme! —susurró Luna, y echó a andar calle abajo.

Al girar la primera esquina, encontramos un coche negro aguardando en doble fila. En su parte trasera, una pegatina roja repleta de estrellitas blancas.

—Soy Luna —le dijo al conductor—, creo que nos espera a nosotros.

—Así es —respondió el chófer y, sin esperar una sola indicación más, arrancó el motor en cuanto estuvimos todos dentro.

Las calles desiertas.

«Sobran las palabras cuando la ciudad duerme y nosotros vivimos.»

Era cierto, nosotros estábamos vivos.

71

Cuando la ciudad duerme

*T*e descubrí mirando por la rendija de la persiana, ¿te acuerdas? Estabas allí, subido a una silla de la salita para llegar hasta la ranura que se quedó abierta cuando la cerramos para siempre.

—¿Qué miras? —te pregunté.

—Nada —me dijiste.

Pero yo ya me había colocado a tu lado y observaba por otro agujerillo. Entonces los vi. Luna, Ferran, Mario y Alma se escabullían por el hueco que dejaba el barrote suelto de la verja trasera.

—Están escapando —dijiste sin separar la cabeza de la ventana, como si simplemente pusieras palabras a algo obvio.

—¿Lo sabías? —te pregunté, y, al escuchar mi voz, me di cuenta de que iba cargada de agresividad.

—Sí.

Me retiré de la persiana y te miré, pero tú no te moviste de tu torre de vigilancia. Te juro que en ese momento te hubiera dado un tortazo. ¿Por qué no nos habías informado de sus intenciones?

Sin perder un segundo, corrí en busca de Diego.

—¡Alma y los demás están saliendo por el barrote flojo de la verja! —le dije sin detenerme; y ambos bajamos como dos lobos hambrientos por la escalera de servicio.

Cuando llegamos a la verja nos dio tiempo a comprobar que doblaban la esquina. Las luces de un coche se encendieron en ese instante y pudimos ver su reflejo sobre el asfalto. Lo siguiente fue el débil sonido de un motor, y después, nada.

—¿Volverán? —te preguntó Diego en cuanto subimos de nuevo a la cuarta planta.

—En tres o cuatro horas —respondiste, y te sentaste en el suelo junto a las piernas de una Mamá Luisa enfrascada en su eterna revista.

72

Noche

$\mathcal{N}$o tenía ni idea de dónde nos encontrábamos, esa parte de la ciudad me era desconocida.

Las calles parecían muertas; ni un alma ni una luz. El coche giró por una vía algo más ancha, pero tampoco descubrimos vida en ella; tan solo nos cruzamos con otro coche.

Un poco más adelante la cosa cambió. Las luces de un bar abierto, seguido de una farmacia de guardia, irradiaban energía a la agonía de la noche.

Más coches, luces de un semáforo, gente. Una pareja cruzaba por delante de nosotros, de sus bocas salía humo. Caminaban deprisa, algo encogidos por el frío, pero conversaban y se reían.

Poco a poco fui reconociendo el territorio: paradas de metro, paradas de autobús, tiendas cerradas a aquellas horas… ¿Las farolas alumbran más en el centro de las ciudades que en los barrios periféricos? La gente caminaba más estirada por las calles iluminadas, como si el frío fuera menor allí que veinte manzanas más abajo.

Por fin nos detuvimos.

—La una en punto —dijo Luna, mirando el reloj digital del salpicadero—. Nos vemos aquí mismo dentro de tres horas.

—¿No lleváis móvil? —le preguntó el conductor.

—No, no llevamos, pero ya te hemos pagado los trayectos. Tú estate aquí a las cuatro —dijo, y se bajó del coche.

Nosotros tres nos apeamos desde el asiento trasero y comprobamos que el frío era el mismo. Me cerré el abrigo y recoloqué la bufanda antes de esconder las manos en los bolsillos. Luna, en cambio, abrió el suyo para mostrar las transparencias de su blusa.

—¡Vamos! —dijo, y se puso a taconear hacia una de las discotecas de moda.

—¿Adónde vas? —le pregunté, tomándola por el brazo—. Somos menores de edad, el tío de la puerta no va a dejarnos pasar. Además, te estás colando, ¿no has visto la cola?

Decenas de chicos y chicas, mayores que nosotros, esperaban a que los gorilas les dieran el visto bueno y les permitieran pagar una millonada por entrar.

Luna me miró con los ojos llenos de burla y desprecio. Se soltó de mi brazo y continuó su camino hacia la puerta.

—Haz lo que quieras, tía. Yo voy a entrar.

Mario apoyó su mano en mi espalda para que la siguiera. Avanzamos rápido mientras los de la cola nos miraban con odio. Estaba segura de que ese odio se transformaría en burla cuando el gigantón de la puerta nos enviara al final de la cola de una patada en el trasero, pero en cuanto vio a Luna se le dulcificó el rostro.

—¡Luna, pequeña! ¿Qué haces aquí? —le preguntó, abrazándola.

—Ya ves, he venido a verte. ¿Podemos pasar?

El gorila nos miró de arriba abajo.

—¿Son tus amigos?

—Más que eso, ¡son mis hermanos!

El gorila colocó su mano cubriendo el micrófono que, supuse, lo conectaría con la central.

—Nena, son muy pequeños.

—Tienen mi edad y dentro, con las luces, nadie se dará cuenta. Te prometo que no vamos a meternos en líos, seremos buenos.

El tipo tragó saliva, se lo pensó un par de segundos y nos abrió la puerta.

—Lleva a tu amiga al baño y decórala un poquito, parece que acabe de hacer la primera comunión.

—Déjalo, no va a querer. Es trans.

Luna le dio un beso en la mejilla y cruzó la puerta con nosotros tres pegados a su espalda. Me dio la sensación de que ninguno de nosotros tres había estado antes en un sitio como aquel; en cambio, ella parecía caminar por su propia casa.

—Quitaos los abrigos —nos ordenó—, vamos a dejarlos en el ropero. Acordaos de sacar de los bolsillos todo lo que vayáis a necesitar.

Yo no saqué nada.

El guardarropa resultó ser un mostrador donde una señora de más de sesenta, con aspecto de abuela mandona, canjeaba abrigos por fichas a cambio de billetes de cinco euros.

—¿Eres tú, niña? —le preguntó a Luna en cuanto la tuvo delante.

—Sí, Angelines, soy yo.

—¡Déjame que te vea! ¡Estás enorme! ¡Y guapísima!

Luna se echó hacia atrás para que la tal Angelines pudiera verla por completo y luego se inclinó sobre el mostrador y dejó que la besara en la frente.

—¿Cómo está tu madre?

—Bien, muy bien, ya sabes, siempre liada.

—Sí, ya sé. Hace mucho que no viene a vernos.

—Le diré que le mandas recuerdos.

—Sí, hazlo.

Luna sonrió y, por primera vez, creo que distinguí dulzura en sus ojos.

—Vamos a dejar cuatro abrigos. Los bolsos no, aunque igual luego vengo y te traigo el mío, pero me lo guardas aparte, ¿sí?

Angelines sacó cuatro perchas y fue colgando uno por uno nuestros abrigos. A cambio nos iba entregando una ficha con un número.

—Toma —le dijo Luna, y le ofreció un billete de cincuenta.

—Son solo veinte y a ti no te voy a cobrar.

—Claro que sí, Angelines. Si no lo haces, no volveré a visitarte, y sabes que lo digo en serio.

La mujer tomó el billete con algo de rubor en sus mejillas. Abrió una caja registradora y le devolvió uno de veinte y otro de diez.

—¡Perfecto! Luego me paso por aquí y charlamos un rato. Ahora veo que tienes trabajo —se despidió Luna.

La música se oía cada vez más fuerte, no era el tipo de música que me gustaba escuchar. Por lo que había visto en la habitación de

Luna, tampoco era el suyo, pero ahí estaba ella, a punto de lanzarse a bailar.

Llevaba en la mano el fajo de billetes que le había dado su madre.

—Tomad, aquí tenéis cincuenta euros cada uno, no creo que os haga falta más pasta, pero, si es así, buscadme —dijo, y nos fue entregando los billetes como una madre reparte la paga a sus hijos adolescentes—. Ahora dejadme en paz. Nos vemos aquí a las cuatro menos diez.

La vimos empujar una puerta abatible y ser engullida por luces oscilantes, gente y música estridente.

Ferran corrió tras ella. Hubiese jurado que iba muerto de miedo. Mario y yo nos miramos sin saber qué hacer y, finalmente, cruzamos la puerta.

La música estaba tan alta que para hablar tenías que gritar con todas tus fuerzas o pegar la boca a la oreja de tu interlocutor. Pasamos por una barra abarrotada de gente y llegamos, empujón a empujón, hasta la pista. Allí el movimiento era sobrecogedor. Las luces bailaban con la gente y se movían con ella, como si mataran a todo el mundo durante una décima de segundo y los reviviesen en la siguiente, cuando mostraban ya una postura distinta.

Permanecimos al borde de la pista durante tres o cuatro canciones, observando los destellos, las caras, los gestos, los reflejos en el pelo. Descubrí a Luna, brazos en alto. Se movía en fotogramas, como el resto, pero ella los acompasaba con la música, como si lo hubiera hecho toda la vida y supiera bien cómo desenvolverse entre aquellas luces para sacar toda su sexualidad. Varios tíos a su alrededor, comiéndosela con los ojos. Otro tío, mayor que el resto y mejor vestido, se abrió paso entre los moscones, le entregó una copa y la tomó de la mano para sacarla de allí. Luna bebió un sorbo, sonrió y lo siguió sin perder el ritmo.

Busqué a Ferran con la mirada, pero no pude encontrarlo por ninguna parte.

—¿Qué quieres hacer? —grité.

—Salir de aquí.

Estaba de acuerdo con Mario, yo también quería marcharme de aquel lugar. Intentamos regresar a la puerta, pero era como caminar contra corriente. El calor, cada vez más fuerte; olor a sudor mezclado con perfume.

—¡Eh, cuidado, tío! —chilló un orangután con los brazos repletos de tatuajes—. Casi me tiras la copa.

—¡Perdón! —le grité.

—No has sido tú, preciosa, sino el gilipollas que va contigo —gritó a su vez mientras le daba un empujón a Mario.

Lo último que necesitábamos era una pelea, pero el tipo la buscaba como si fuera lo único que lo hubiera incitado a salir de casa aquella noche. Con un gesto le indiqué a Mario que se disculpara.

—Lo siento.

—¿Lo sientes? ¿Dices que lo sientes? ¿Has visto lo que has hecho? —gritó, levantando su vaso.

Su copa estaba casi vacía y con los hielos derretidos. Sin apartar los ojos de los de Mario, giró su vaso hasta alcanzar la horizontalidad y dejó que el poco líquido que le quedaba se fuera derramando.

—¿Otra vez? ¿Me lo has tirado otra vez?

Los ojos de Mario abriéndose y cerrándose.

—¿No tienes nada que decir? Eh, imbécil, ¿no vas a decir nada?

—Sí —respondió sin asperezas, como un niño al que le hacen una pregunta cualquiera y no teme responder con sinceridad—, que repites las cosas dos veces.

El tipo me miró torciendo el gesto y supe que, si no sucedía un milagro, Mario iba a recibir el primer puñetazo de su vida. Aunque tal vez no fuera el primero. Cerré los ojos para no ver el golpe justo cuando el milagro apareció con el nombre de Ferran.

—¡Tío tío, no le pegues! ¿No ves que es medio tonto? Tranquilo, que yo te invito a otra copa.

El orangután tatuado dio unos pasitos en su sitio, se mordió el labio inferior mostrando los dientes, apretó el puño y soltó aire.

—Está bien, pero que tenga cuidado. Si me lo vuelvo a cruzar, le meto.

Ferran dijo algo que no escuché y los dos se rieron. Pasó el brazo por los hombros del orangután, como si fueran amigos de toda la vida, y lo empujó hacia una de las barras repletas de gente. Yo agarré la mano de Mario y tiré de él hacia la salida.

—Si sois de los que fumáis y vais a estar dándome la lata toda la noche, os advierto que cada vez que hagáis uso del ropero son cinco euros —nos dijo Angelines con una voz mucho menos dulce que la que le habíamos escuchado cuando nos acompañaba Luna.

—No se preocupe, nosotros ya nos vamos —le dije.

En la calle el frío era mayor que antes, o tal vez sentía más baja la temperatura por el contraste con el calor de la discoteca. Mario se ajustó el abrigo, encogió las manos y echó el aliento sobre ellas.

—¿Dónde vamos? —pregunté.

—A algún lugar con ordenadores y conexión a Internet —respondió.

No tenía ni idea de dónde encontrar algo así, pero estábamos en el centro de la ciudad. La calle continuaba repleta de gente, de bares, de barullo. Cruzamos de acera para mirar una tienducha abierta por si en la parte del fondo ocultaba un pequeño locutorio, pero no tuvimos suerte. Recorrimos las manzanas de alrededor hasta que se fueron quedando tranquilas. Entonces vimos el hotel.

Era un hotel con las estrellas justas, suficientes para que gozara de una zona con ordenadores y careciera de un vigilante apalancado en la entrada. Sin pensarlo dos veces, empujamos la puerta y pasamos a la recepción. Tras un mostrador, un joven con traje de chaqueta y corbata y una plaquita identificativa en la solapa.

Le sonreímos. Cruzamos por delante de sus narices como si conociéramos perfectamente el camino. Ya había vivido situaciones como aquella antes, en los viajes con mi familia. Sabía que si pasas por delante del mostrador de recepción y saludas con una sonrisa, nunca saben si eres un huésped o te estás colando, sobre todo si entras en la cafetería. Y ese fue el letrero que seguimos. Poco antes de llegar, descubrimos la zona de ordenadores.

«Solo para clientes», rezaba un cartel. Crucé los dedos para que el recepcionista tardara en percatarse de que no lo éramos.

Nos sentamos y Mario tecleó una de las direcciones de Internet que se nos capaba en la clínica. La había memorizado a la perfección. Resultó ser un grupo cerrado de una red social. Tan solo pudimos comprobar que se trataba de antiguos residentes del colegio de sordos que mantenían contacto entre ellos. Con un solo clic solicité mi

257

admisión en el grupo y, antes de que pudiera esperar respuesta, Mario abrió una nueva pantalla y escribió la otra dirección. Esta vez tuvimos más suerte. Un vídeo titulado «Historia del colegio de sordos de Madrid» se abrió sin darnos tiempo a respirar. Se trataba de una composición de fotos tomadas varias décadas atrás. La mayoría de las fotografías eran en blanco y negro y pasaban demasiado deprisa; detuvimos el vídeo y volvimos a visionarlo.

Tragué saliva y apreté los nudillos hasta blanquearlos. Los ojos de Mario, fijos en la pantalla, sin pestañear.

El vídeo comenzaba con una fotografía en tonos grises de la escalinata del edificio vista desde el jardín delantero. En ella se sentaban tantos niños y niñas de diferentes edades que apenas se veían los peldaños. Lucían ropa y cortes de pelo típicos de los años setenta, pero era imposible distinguir sus caras, estaban demasiado borrosas para apreciar sus rasgos, aunque parecían felices. A esa primera fotografía le siguieron otras del edificio y los jardines, todo nuevo, todo por estrenar. Los olmos delgaduchos, recién plantados. El edificio de la piscina pintado en tonos mucho más claros que los actuales.

Pronto llegaron las del interior de la residencia. Apreciamos las aulas y vimos a los sordos en sus clases, en sus salas comunes, en diferentes talleres llenos de maquinaria, y supe que habían aprendido electricidad, imprenta, ebanistería, peluquería, pintura y un sinfín de profesiones más. Algunos de los objetos que aparecían en aquellas imágenes se encontraban en el gimnasio transformado en trastero donde me había cruzado con Diego. Vimos a los sordos jugar a la pelota, realizar acrobacias gimnásticas y competir en natación. No sé por qué, pero los ojos se me llenaron de lágrimas; como si todos aquellos chicos y chicas fueran algo mío.

Las fotos eran cada vez más nítidas, más cercanas. Vimos crecer a muchos de los protagonistas, y aparecer otros nuevos; preparar sus fiestas de Navidad y recorrer los jardines. Los árboles, cada vez más crecidos. Cuatro chicos posaban junto a una de las puertas de enrejado negro y otros tantos lo hacían frente a la recepción. Los dormitorios eran mayores que los actuales y acogían dos juegos de literas. De vez en cuando se colaba una foto a color y pasamos de década. Un grupo de niños y niñas de unos diez años sentados en el césped del jardín posterior achinaban sus ojos para enfrentarlos al sol. Juraría que uno de ellos era Bernardo.

Las fotos se sucedían con rapidez, la ropa y los peinados iban cambiando, se modernizaban. Los materiales de las aulas eran más novedosos, se acercaban a los que recordaba de mi infancia.

De pronto apareció una escena y el corazón se me ralentizó.

¿Era cierto lo que estaba viendo?

Cogí el ratón y detuve la imagen.

Unos niños comían en una mesa del comedor junto a una más joven y sonriente Amelia empujando su carrito. Parecía estar tarareando alguna de sus canciones. Tragué saliva e intenté mantener la calma: allí, en el centro del grupo, los pequeños que me recibieron a mi llegada, y a los que no había dejado de encontrarme por la clínica, cogían de la mano a un Diego de su misma edad.

Sin poder evitarlo, emití un grito. Mario me miró y me cubrí la boca con la mano.

—¿Qué ocurre? —me preguntó.

—Este es el niño que me escribió las notas —dije, señalando al más pequeño.

—Eso es imposible —dijo—. Esta foto debió de ser tomada hace unos diez años, tal vez más.

Iba a responderle que ya lo sabía, que yo misma pensaba que estaba loca, que los otros dos niños sentados junto a Diego en aquella fotografía vivían ahora en las plantas abandonadas de la clínica y que mantenían el mismo aspecto que en aquella imagen, pero no pude hacerlo porque una voz sonó a mi espalda:

—Perdonad, ¿en qué habitación estáis alojados?

—En la 324 —respondió Mario sin titubear.

El número de mi habitación de la clínica; Mario tuvo que dar el número de mi habitación.

—No tenemos ninguna habitación con ese número. ¿Qué hacéis aquí? ¿No tenéis ordenador en casa? ¿O Play Station o lo que sea que contenga los juegos esos que os tienen enganchados? ¡Salid o llamo a la policía!

Pinché de nuevo con el ratón en la pantalla, todavía faltaban dos minutos para que acabase el vídeo.

259

—¡Para eso! ¿No me has oído?

Dos fotografías más: en la primera, unos niños con audífonos bailaban sobre un escenario; en la siguiente, tomada en el paseo de los olmos, una mujer de pelo oscuro rodeada de seis niños que la abrazaban y besaban.

Uno de ellos era Diego, algo mayor que en la fotografía anterior.

—¡Míralo bien! —le dije a Mario mientras me ponía en pie, justo antes de salir corriendo—. Ese es Diego, el hermano de los dos pequeños. Ahora le calculo poco más de veinte años.

73

La espera

Diego no corrió tras ellos, no los persiguió. Ni siquiera salió a la calle para comprobar que se hubieran marchado en aquel coche, tan solo permaneció allí, a mi lado, aferrado a la verja que nos separaba del mundo.

—Si quieren marcharse, no deberíamos impedírselo —dijiste cuando subimos.

Tenías razón, no debíamos entrometernos en sus vidas, pero ya lo habíamos hecho, ¡tú lo habías hecho! Aquellos mensajes escritos con el rotulador rojo fueron una auténtica locura.

—Sabes que buscarán información sobre los últimos habitantes de la residencia, ¿no es así? —te pregunté con ira.

—Tal vez deberías llamar a tu padre y contarle lo que va a ocurrir si continúan indagando —le dijiste a Diego con el rostro serio.

Los tres fuimos testigos de lo que don Matías hizo cuando Diego fue a implorarle ayuda. Los tres lo vimos entrar en el edificio y abrir las ventanas, y regresar al día siguiente con Bernardo, el pobre Bernardo.

Es peor ser rechazado que olvidado.

A nosotros nos olvidaron, pero fue de un plumazo.

Un día te olvidan y ya no vuelves a ver a los desmemoriados que no quieren saber nada más de ti. Y si tienes suerte, como nosotros, nunca llegas a echarlos de menos porque ni siquiera los recuerdas. En cuanto descubren tu tara, te largan y no se acuerdan siquiera de pensar en ti. Ni tú en ellos. En cambio, Bernardo sufrió esos olvidos demasiadas veces: cuando sus padres faltaban a su cita y ni siquiera llamaban a la residencia para disculparse, cuando lo escondían en la casa del pueblo para que no lo vieran los vecinos, o cuando apresuraban el paso para no cruzarse con nadie si los acompañaba por la calle.

Por eso regresó Bernardo, porque no tardó en darse cuenta de que su casa no estaba donde le habían hecho creer, sino junto a los olvidados. Y por eso acató las órdenes de don Matías sin oponerse, pero dejando que las lágrimas le bañaran el rostro mientras cavaba las pequeñas tumbas en las que dejaría descansar a los que habían sido sus hermanos, a pesar de no haber coincidido casi con ellos.

—No, no puedo llamarlo. Desde que me instalé aquí con vosotros maté cualquier posibilidad de contacto con él —te respondió Diego.

Recuerdo tu cara, la de un niño con ojos de muerto. Aquel taxi te había condenado a ser siempre un niño, a sentir como un niño y a actuar como tal: todo el día lloriqueando y buscando los mimos de Mamá Luisa. Pero aquella noche supe que, en ocasiones, no pensabas como un niño.

—Dejemos que las cosas sigan su curso y ayudemos a que lo hagan. Tal vez así lograremos despertar al resto de los olvidados para volver a ser de nuevo una familia completa.

Y los tres nos sentamos a esperar.

262

74

Pelea

*D*eambulamos por las calles hasta que por fin regresamos a la discoteca. Todavía aguardaba gente en la cola esperando a que les permitieran el paso. Un grupo, al otro lado de un cordón rojo que indicaba que ya habían accedido al local, fumaba sin descanso un cigarrillo tras otro.

Mario y yo no habíamos hablado en el trayecto desde el hotel. Reconozco que me molestó que, precisamente él, hubiera remarcado la imposibilidad de que esos niños que aparecían en la fotografía fueran los mismos con los que me encontraba constantemente en la residencia. La foto había sido tomada varios años atrás y ellos no habían cambiado apenas nada, como si solo hubieran crecido unos meses a lo sumo.

Nos apoyamos en un coche. Las manos se me estaban quedando heladas.

—Yo no dudo de que los veas —dijo Mario al cabo de un rato—, pero también los has visto en esa fotografía, cuando la clínica no era un manicomio sino un colegio de sordos, y de eso, ya lo sabes, hace unos ocho años.

—¿Crees que fueron ellos los últimos habitantes de la residencia?

—Probablemente.

Yo no sé qué pensaría él, pero a mí me daba miedo lo que rondaba por mi cabeza.

Ojos de muerto.

—Amelia aparecía en una fotografía, ¿no es cierto? —pregunté incorporándome.

—Sí, en varias. Debe de trabajar allí desde hace muchos años.

—¡Tenemos que enseñarle el montaje fotográfico! Ella es la única que puede decirnos quiénes son esos niños —dije, y pensé en preguntarle también por Diego.

—No solo ella —respondió Mario—. Bernardo también sale en algunas, no lo olvides.

—No sé por qué es, pero te juro que puedo ver a esos niños, ¡incluso he hablado con ellos! —dije—. El hermano mayor, Diego, es el único que ha crecido. Ahora debe de ser cinco o seis años mayor que nosotros, casi como deberían ser los otros dos.

—¿Y él también puede ver a los dos pequeños?

—Por supuesto, él los ve igual que yo.

La puerta de la discoteca se abrió con un nuevo grupo de fumadores.

—Tienes suerte —dijo Mario—. Jamás nadie ha escuchado las mismas voces que escucho yo.

Me sentí estúpida y, sin saber muy bien por qué, lo abracé.

—¿Las oyes ahora? —le pregunté, acercando mi boca a su oreja.

Apretó fuerte sus brazos alrededor de mi cuerpo y escondió su cara en mi hombro para mitigar un pequeño sollozo.

El sonido de una risotada conocida nos obligó a separarnos. Luna estaba cerca, probablemente entre el grupo de fumadores. Nos acercamos lo más posible, siempre al otro lado del cordón rojo que los señalaba como VIP para todos los que nos encontrábamos fuera. Una joven rubia apagó su cigarrillo en un enorme macetero y pasó al interior de la sala dejando a Luna a nuestro alcance. Iba sin abrigo, tan solo con su blusa semitransparente y sus piernas kilométricas. En ese momento la vi idéntica a su madre. ¿Cómo no me había dado cuenta antes de su parecido? Otra risa. No, ahora apreciaba la diferencia entre ellas: estribaba en la dulzura de la voz. La de Luna era vulgar.

—¿Qué hacéis ahí? —preguntó al vernos—. ¿Ya es la hora?

—No —dijo Mario—. Aún faltan treinta minutos para que el coche venga a buscarnos.

Luna rio de nuevo y pareció perder el equilibrio.

—Entonces aún tengo tiempo de tomarme otra copa —dijo.

Tiró su cigarrillo al suelo y entró en la sala seguida por su nuevo séquito.

—Aquí fuera hace demasiado frío —dije con palabras tiritonas.

—Yo ahí no entro más —respondió Mario—. Si quieres, podemos esperarlos en aquel bar que hace esquina. Parece mucho más
tranquilo.

Lo seguí hasta una especie de *pub* con los cristales oscuros. Ningún gorila en la puerta. Nos recibieron varias mesitas bajas rodeadas
por sillones de aspecto cómodo. Se escuchaba una música suave, una
de esas que casi pasa desapercibida y te permite hablar con tu acompañante. Miré a los clientes, sin duda éramos lo más jóvenes. Una camarera uniformada nos contempló desde la barra. Pensé que nos iba
a pedir la documentación y que nos echaría a la calle en cuanto com-
probara que éramos menores de edad, pero se acercó con una sonrisa dulce.

—Hace frío esta noche, ¿verdad?

—Mucho —respondí, y me di cuenta de que todavía tiritaba.

—Allí tenéis una mesa libre —dijo, señalando al fondo de la
sala—. ¿Qué os traigo?

Miré de refilón las mesas para comprobar qué tomaba la gente en
un sitio como aquel.

—Algo calentito —dijo Mario.

La camarera aumentó el tamaño de su sonrisa.

—¿Un par de descafeinados con leche?

—Sí, perfecto —respondió Mario.

—Vale, pues sentaos, que ahora mismo os los llevo.

Nadie nos miraba y eso me gustó. En cuanto nos sentamos, dirigí
la vista hacia la calle a través de la ventana: la cola de entrada a la discoteca había disminuido, aunque algunos optimistas todavía persis-
tían. No entendía cómo preferían aquel ruido y la estridencia de las
luces a un lugar como el que acabábamos de encontrar.

—Aquí tenéis vuestras consumiciones y la cuenta —dijo la camarera.

Mientras ella colocaba las tazas, saqué el billete de cincuenta que
me había dado Luna y se lo entregué.

—¿Cómo es posible que vea a esos niños? Ahora deberían tener nuestra edad, o incluso más —pregunté en cuanto nos quedamos a solas.

—No lo sé —respondió Mario—. No creo que sea yo la persona a la que debas preguntarle esas cosas.

—Tal vez sí. Tú también ves lo que nadie más ve.

—Más bien oigo. Suenan voces en mi cabeza, me dicen cosas, me advierten. Me avisan de las intenciones que esconden algunos de los que me rodean, gentes con las que me cruzo.

—Quizás sea lo mismo que me pasa a mí, pero vivido de diferente manera.

Mario bajó la mirada y replicó:

—No, no es lo mismo.

No sabía por quién de los dos sentía más pena, si por Mario y las voces de su cabeza, o por mí misma y mis alucinaciones. ¡Pero no podía ser, esos niños existían! Diego también los veía, dijo que eran sus hermanos y que vivían en las plantas superiores, las que estaban abandonadas. ¡Y Bernardo tuvo que verlos! Pasó a su lado en la escalinata el día de mi llegada. Sí, tanto Diego como Bernardo podrían verificar la presencia de los dos niños en la clínica.

—¿Ese de ahí no es Ferran? —dijo Mario, señalando hacia la calle.

A través del cristal descubrimos a un Ferran envalentonado que plantaba cara a un tipo que le sacaba una cabeza y dos espaldas. Algunas personas comenzaron a rodearlos. Sus gestos indicaban que no se estaban llamando guapo. El tipo echó el pecho hacia delante, como un gallo de pelea, y sacó mandíbula. Ferran se rio en su cara y recibió el primer puñetazo. Mario corrió hacia la puerta del *pub*.

—¡No salgas, chico! ¿No ves que te van a dar a ti también? Enseguida llegará *el puerta* y los separará, no te preocupes. Pasa cada noche —le dijo la camarera.

—Es mi amigo —respondió Mario antes de salir a toda prisa.

Lo seguí con los abrigos de ambos en la mano y la respiración entrecortada. No quería que pegaran a ninguno de los dos, pero, sobre todo, no quería que hicieran daño a Mario. Él no se lo merecía; no podía decir lo mismo de Ferran. Todos sabíamos que era un bocazas. Seguro que había puesto un enorme granito de arena para que le partieran la cara.

El frío me abofeteó en cuanto puse un pie en la calle, pero no me detuve en lamentos, sino que me abalancé sobre él dispuesta a no sabía bien qué. Encontré a Luna en medio de los dos machitos, con los brazos abiertos en cruz marcando la distancia entre ellos. Paralizándolos. El ojo izquierdo de Ferran enrojecido, la ceja sangrando.

—¿Sois gilipollas? —gritó—. ¡Estaos quietos, joder!

El gorila corrió en su ayuda y agarró por detrás al tipejo que pretendía acabar con la vida de Ferran. Visto de cerca, no parecía un macarra pegón de los que buscan camorra, pero tampoco debía de ser un santo si no había logrado controlarse. Aun así, en cuanto *el puertas* le sujetó los brazos a la espalda pareció serenarse y solo rogó que alguien le cerrara la boca al boceras de Ferran. Mario se acercó a él, le cogió del brazo y tiró para llevárselo de allí.

—¡Cierra la puta boca o seré yo quien te la parta! —le dijo sin ni siquiera mirarlo a la cara.

Luna vino hacia nosotros y los cuatro cruzamos de acera. El coche negro con las lunas tintadas nos esperaba donde nos había dejado tres horas antes. Mario abrió una puerta trasera y empujó a Ferran al interior; Luna ocupó el puesto del copiloto y el chófer nos sacó de allí.

El ambiente del coche se llenó de aromas a alcohol y tabaco. Y de resoplidos. Mario continuaba sujetando el brazo de Ferran, aplacándolo, y no fue hasta que regresamos a la parte oscura de la ciudad que lo vi destensar los puños. Creo que todos nos relajamos al intuir la cercanía física de la clínica. Nuestra seguridad, como la del resto de la gente, dependía del entorno que nos ofreciera esa sensación de inmunidad que todos buscamos y, para nosotros, ese entorno había dejado de ser el mundo habitual.

El coche se detuvo junto a la esquina colindante a la verja trasera. Nos apeamos y cerramos las puertas con sigilo, como si el ruido se diluyera así en los vahos de nuestro aliento visible. Nos pegamos a la pared y esperamos a que el coche desapareciera calle abajo antes de dirigirnos hacia el barrote suelto. Los tacones de Luna no sonaban, supongo que caminaba de puntillas.

En cuanto alcanzamos el lugar exacto, giró el barrote para desenroscarlo. Sus manos parecían las de un muñeco de trapo, incapaces de ejercer la fuerza y el ritmo necesario para abrirnos el camino de vuelta a casa. Los pies de Ferran comenzaron a dar pequeños pasos de ida y vuelta, y supe que si no pasábamos pronto, no tardaría en estallar, así que cogí el barrote y lo giré yo misma. En pocos segundos conseguí sacarlo para que mis compañeros fueran entrando. Yo me colé en último lugar sin olvidar enroscarlo de nuevo.

Agazapados y en silencio, avanzamos por el jardín trasero hasta la ventana tras la que debía esperarnos Candela. Pedí con todas mis fuerzas que no se hubiera quedado dormida. En cuanto nos vio, abrió la ventana y lanzó la cuerda.

La primera en subir fue Luna. Se quitó los zapatos y los metió en su bolso. Tomó la cuerda y apoyó sus pies, cubiertos solo por las finas medias, en la fachada. Con una agilidad que ni por un segundo había imaginado en ella, trepó hasta el alféizar y se incorporó en él para entrar por el vano.

—Voy a necesitar ayuda —le susurré a Mario.

Tomé la cuerda e intenté imitar a Luna, pero solo conseguí quedarme anclada a la pared.

—Trepa primero con las manos —me dijo Luna con voz turbia desde arriba—, y tú, Mario, deja que apoye los pies en tus hombros.

Me arrepentí de no haberla copiado en quitarme las botas; pisé con las suelas los hombros del abrigo de Mario y me impulsé. Con la ayuda de Luna y Candela lo conseguí. El siguiente en realizar aquella hazaña fue Mario, el último Ferran. Desatamos la cuerda de la mesa y cerramos la ventana. Guiados únicamente por las luces verdes de los pasillos en penumbra, retornamos a nuestra tercera planta y, sin olvidar que los chicos no podrían regresar a su ala, entramos en las habitaciones tal y como habíamos dispuesto antes de salir: Luna en la suya; ella no compartía con nadie. Candela y yo en la mía, y los dos chicos en la de ella.

—¿Cómo ha ido? —me preguntó en cuanto nos quedamos a solas.

—Bien —le dije para que no preguntara más.

Y a pesar de haber visto el ojo morado de Ferran y la sangre seca sobre su cara y su abrigo, prefirió creerme.

Nunca me darás miedo

*E*n cuanto sentimos el rumor del coche, nos ocultamos tras los arbustos, solo para cerciorarnos de que conseguían entrar en el edificio sin ser descubiertos por el personal de guardia. La oscuridad no nos permitió escudriñar el rostro de Alma, ¿habría encontrado lo que buscaba? Si era así, supuse que querría vernos, pero no esa noche. Esa noche aún tenía que asimilar lo que hubiera descubierto. Tal vez le diéramos miedo, ¿recuerdas que te lo dije? Sí, claro que te acuerdas. Creo que esa fue la primera vez en la que te paraste a pensar lo que éramos: espíritus, fantasmas, espectros…

—Almas —dijiste—. Somos almas, como su nombre.

Era una bonita forma de llamarnos. Te sonreí y te alboroté el pelo antes de subir a nuestra planta.

Llevábamos allí muchos años, ¿verdad? Toda una vida; y lo que no era vida, también. No hubiera querido vivir ni morir en ningún otro lugar.

Mamá Luisa dormitaba en su sillón, la revista se le había resbalado hasta el suelo y tú corriste a recogérsela.

—¿Qué hora es? —preguntó después de abrir los ojos.

—Hora de dormir —le respondí.

—Aquí dentro nunca sé si es de día o de noche —dijo antes de volver a cerrarlos—. Buenas noches.

Diego pegó el rostro a la ventana y observó el jardín por los agujeros de la persiana. Desde el lugar en el que me encontraba podía ver el perfil de su cara: no miraba nada en especial, tan solo prefería con-

templar lo de fuera a tener que enfrentarse a los que nos escondíamos dentro.

—Diego, cuándo volviste con las cicatrices en las muñecas y nos
encontraste aquí, ¿te dimos miedo? —le preguntaste.

Se giró con los ojos rebosantes de tristeza.

—No, enano. Tú nunca me darás miedo.

76

Fotos impresas

*C*oldplay, al final acabé odiando aquella canción.

La habitación llena de luz, los ojos pegados. Las piernas de Candela sobre las mías. ¿Cuánto dormimos aquella noche? Poco, muy poco. Al menos yo.

Nos pusimos en pie casi de un salto, como si nos hubiesen pillado en un renuncio. ¿Recogimos la cuerda? ¿Cerramos la ventana? Sí, todo quedó en orden, no había de qué preocuparse. Candela pasó al baño e hizo pis mientras yo me acercaba a la ventana. Día despejado, sin nubes. En otoño son casi peores, hace más frío.

Palomas en las ramas altas de un olmo.

—Supongo que ya habrán abierto las puertas —dijo Candela a mi espalda—. ¿Me asomo y compruebo?

—Mejor me asomo yo, no sea que haya alguien de guardia en la garita y te vea sacar la cabeza desde mi habitación.

El ruido de unos pasos me detuvo cuando ya tenía la mano en el picaporte. El corazón latiendo apresurado. Raro, nunca entraba nadie en nuestro pasillo antes del desayuno. Candela se acercó y ambas pegamos la oreja a la puerta.

Unos golpes, alguien llamaba con los nudillos a otra habitación. Crucé los dedos para que no fuera la de Candela.

—Luna, ¿te encuentras bien hoy? ¿Has vuelto a vomitar esta noche?

—No no, he dormido bien, gracias por preguntar.

—Me alegro. De todas formas, pediré en cocina que hoy te preparen dieta blanda.

—Muy bien, gracias.

La puerta cerrándose, los pasos de Patricia cada vez más lejos. Abrí muy despacio, lo suficiente para asomar un ojo. Patricia bajaba la escalera. Los accesos a las dos alas, abiertos.

—Voy a avisar a los chicos de que ya pueden irse, antes de que Andrea y Mari ocupen sus puestos —dijo Candela, y salió de puntillas hacia su habitación.

Tocó suavemente con los nudillos y la cara de Mario apareció al instante, como si hubiera estado esperando una señal para volver a su territorio y a su soledad.

Pasar la noche entera con Ferran debía crispar a cualquiera, aunque estuviera dormido y callado.

Los dos salieron a hurtadillas, el pelo revuelto. El ojo de Ferran, hinchado y amoratado; la ceja, aún con sangre seca. Que inventara él una excusa creíble para aquello, yo no quería pensar. Me metí en la ducha y me quedé quieta debajo del chorro, deseando que todo hubiera sido un sueño.

Pero no lo era. Necesitaba nadar.

—¿Qué te ha pasado en el ojo? —preguntó Patricia en cuanto entramos en el comedor.

—Me he caído de la cama y me he dado con la mesilla.

—¡Ay, pobre! ¿Y por qué no has avisado?

—No sé, estaba dormido.

—Pues parece un puñetazo —dijo Amelia, estirando el cuello desde detrás de su carrito para ver el hematoma. De manera instintiva, se giró hacia Mario—. ¿A ver? —Le cogió las manos para comprobar sus nudillos—. Pues este no ha sido.

—¿Qué va a ser un puñetazo? ¡Si anoche los dejé prácticamente en la cama!

Patricia salió del comedor y Amelia comenzó a servirnos el desayuno junto a sus canturreos. ¿Cantaría del mismo modo cuando era a los sordos a quienes servía?

Me hubiera gustado decirle que la había visto en un montaje de fotos cuando aquel lugar era otra cosa y ella joven, pero no me atreví. Me preguntaría que dónde había visto eso y cuándo. Aunque podría preguntarle quiénes eran los niños de la foto y si sabía qué había pasado con ellos. Incluso podría indagar sobre Diego, él también aparecía en una siendo niño.

Patricia regresó con la bandeja de pastillas.

—He llamado al médico; se pasará por aquí dentro de un rato, así os echa un vistazo a los dos —les dijo a Ferran y a Luna mientras les repartía el cubilete con su medicación.

Esta vez ambos se tragaron la pastilla. Era mejor que Luna tuviera que quedarse en el edificio, así no aparecería por la piscina y podría nadar tranquila, sin estar pendiente de nadie más que de mí misma. Necesitaba pensar. De todas formas, esa tarde saldría con el abuelo. Le pediría su teléfono móvil para volver a ver el vídeo, no creía que tuviera problema en permitírmelo. Le diría que me habían hablado de él, que eran fotos de la clínica. Incluso podríamos verlo juntos. Sí, seguro que me dejaba.

Tras el desayuno subí a mi habitación y esperé con los ojos fijos en los números verdes de mi despertador a que abrieran la piscina. En cuanto llegó la hora, bajé corriendo la escalera con la bolsa. Ya en el jardín, casi tropiezo con Bernardo. Estaba allí, de pie, mirando hacia la ventana del último piso. ¿Qué harían allí tantas palomas? No era asunto mío. Entré en la piscina y el calor húmedo con olor a cloro me reconfortó.

—Hola —saludé a Esther—. Voy a cambiarme.

—¿Hoy vienes sola?

—Sí.

Creo que tardé solo un minuto en ponerme el bañador y otro más en saltar a la calle cuatro. El agua se fundió con mi cuerpo, arropándome. Comencé a seguir las baldosas del fondo, brazo arriba, brazo abajo. Tal vez había confundido a los niños de la fotografía, no podían ser los mismos. No solo por la edad, sino por la obviedad de que ninguno de ellos era sordo. Tampoco Diego. Brazo arriba, brazo abajo, voltereta. Tenía que volver a ver esas fotografías, darme cuenta de mi error. Seguro que eran los nervios, sí, seguro que era eso. Las fotos pasaban demasiado deprisa y, cuando detuvimos la imagen, apareció el tipo aquel del hotel y tuvimos que salir corriendo. Burbujas, brazo abajo, brazo arriba. Además, ¿cuántos días llevaba sin tomar la medicación? Eso habría influido, sin duda. Había visto visiones, estaba claro.

Salí del agua agotada, pero mucho más relajada. Me duché en los vestuarios y regresé a mi habitación deseando no cruzarme con nadie. Por una vez, mis deseos parecieron cumplirse.

Faltaba poco más de una hora para bajar a comer, así que tomé mi libro y me tumbé en la cama. ¿Cómo no había caído antes? Mi libro estaba repleto de anotaciones de Diego escritas mucho tiempo atrás. ¿A quién quería engañar? Los había visto con claridad, aunque solo hubiera sido durante un segundo. Estaba segura, eran ellos, los mismos niños de la escalera de servicio.

Poco después de comer, el abuelo vino a buscarme. Me recogió en su coche al pie de la escalinata. Me senté en el asiento del copiloto y salimos del recinto de la clínica por la cancela principal. Reconocí las calles por las que transitábamos, las había recorrido la noche anterior. Aquel sábado por la tarde estaban más concurridas, incluso nos cruzamos con algunos niños que paseaban con sus padres.

—No te lo creerás —dijo el abuelo—, pero cuando yo tenía tu edad, todo esto era campo.

Sabía que mi padre había nacido y crecido en Madrid, pero siempre había imaginado al abuelo en Barcelona. Cuando murió la abuela, se marchó a vivir allí y, supongo que por el escaso contacto que tuvimos siempre, no lo situé en Madrid salvo de visita.

—¿Vivías cerca de aquí?

—No, pero mi padre tenía algunas tierras por esta zona y recuerdo haber venido a jugar de pequeño.

—¿Y el edificio de la clínica ya existía?

—Creo que se levantó siendo yo joven. ¿Sabías que fue un colegio y residencia de niños sordos?

—Algo había oído —dije. Y, en ese instante, se me encendió una bombilla—. Algunos de los internos que salen a sus casas los fines de semana me han hablado de un fotomontaje en YouTube que muestra fotos del edificio cuando era eso, pero yo no lo he visto; en la clínica no tenemos acceso a YouTube.

—Bueno, pues si quieres luego lo buscamos y lo vemos en mi teléfono móvil.

Tragué saliva y fue como si tragara un engrudo.

Por fin llegamos a nuestro destino. Se trataba de una pequeña cafetería antigua situada a unas cuantas calles de donde había estado con mis compañeros la noche anterior. Hubiera sido gracioso que el abuelo se declarara a la abuela en el mismo café donde Mario y yo nos habíamos cobijado del frío unas horas antes, pero, por suerte, no se trataba del mismo lugar.

—Aunque todavía mantiene el mismo encanto, por dentro han cambiado algunas cosas —dijo—. Recuerdo que las mesas eran diferentes y que nos sentamos en una que estaba en aquel lado —añadió, señalando al fondo de la sala.

Durante los siguientes minutos me estuvo hablando de la abuela, de cómo se habían conocido y de cómo se las tenía que ingeniar para verla a escondidas porque sus padres no le permitían salir a solas con ningún chico. Los ojos le brillaban; creo que, por fin, podía hablar de ella sin ahogarse en su propia añoranza.

—Te pareces un poquito a tu abuela —me dijo, y me sentí halagada porque sabía que, para él, aquel era el mayor de los piropos.

—¿Tienes alguna fotografía suya? —pregunté.

275

Había visto pocos retratos de mi abuela y no los recordaba muy bien, así que no sabía si lo del parecido era cierto. El abuelo sacó su cartera, la abrió y me mostró una fotografía en blanco y negro.

—Tenía diecinueve años —dijo.

Me sorprendí con el parecido. No éramos exactas, pero teníamos los mismos rasgos.

Tal vez era eso lo que había visto en aquellas fotos de niños sordos. Rostros que me recordaron a los de los hermanos de Diego.

—Abuelo, ¿quieres que veamos ahora el montaje del que te he hablado?

—Por supuesto. Toma, aquí tienes mi móvil, búscalo tú.

No recordaba la dirección exacta, pero no me costó demasiado encontrarla. Arrimé mi silla a la del abuelo y comenzamos a ver las fotografías.

—¿Te das cuenta de que todavía no habían construido los edificios colindantes al recinto? —dijo el abuelo, mientras señalaba la parte exterior en la que lo único que se veía era cielo.

—¡Mira! —dije yo—. ¡Y en esta otra se ven las grúas de construcción!

—Sí, las casas de ese lado debieron levantarse a finales de los años ochenta, las del otro lado, a mediados de los noventa.

Pasamos la fotografía en la que aparecía Amelia y le conté al abuelo que todavía trabajaba en la cocina. También le señalé a Bernardo. Por fin llegamos a la foto en la que salían los dos niños junto a Diego. Detuve la imagen en la pantalla y amplié sus caras. No me había confundido, eran ellos.

—¿Los conoces también?

—No sé, me resultan familiares.

—Calculo que ahora esos niños serán un poco mayores que tú, Quizás el pequeño tenga tu misma edad. El colegio y la residencia se cerraron en 2010 y esta foto es anterior a esa fecha.

Volví a mirar la imagen.

Continuamos con los dos minutos de fotomontaje que había visto de mala manera. Los dos niños aparecían en otras fotos correteando por los jardines e interpretando obras teatrales.

276

—¿Podríamos imprimir algunas de estas fotografías? —pregunté—. Así, esta noche, se las enseño a sus protagonistas. Seguro que les gustará verse.

El abuelo me sonrió y me dejó que yo misma tomara las capturas de pantalla. Reconozco que me temblaban los dedos. Poco después buscamos un local donde imprimirlas y, con ellas ocultas en un sobre, entré en la clínica justo antes de la hora de cenar.

77

Los olvidados duermen

*E*speramos toda la tarde a que Alma regresara. Lo bueno que tienen los días de otoño es que los coches encienden sus faros mucho antes y es fácil distinguirlos por la calzada del recinto. No esperábamos más visitas que la suya, así que, en cuanto se iluminaron aquellos dos focos, supimos que Alma estaba de vuelta.

Esta vez sí se apeó alguien y la abrazó antes de que subiera la escalinata. Iba aferrada a algo, una carpeta o un sobre que sujetaba contra el pecho.

Esperamos a que bajara al comedor para cenar y nos colamos en su habitación; el sobre, encima de la mesa. Diego lo cogió con manos firmes. Es curioso, a nosotros nos temblaba todo el cuerpo, ¿te acuerdas? Aunque no sé por qué me sorprendo: él nunca le tuvo miedo a nada, ni siquiera a la muerte.

Tampoco Alma. Creo que por eso éramos visibles para ellos, porque los dos habían querido morir y lo habían intentado sin miedo.

El sobre estaba abierto. Diego metió los dedos y sacó cuatro fotografías: dos en blanco y negro, otras dos a color. En la primera, Amelia sonreía mientras empujaba su carrito por el comedor de la residencia, la imagen de tres niños en el centro, rodeados de adolescentes. No conocíamos a ninguno de los chicos y chicas que nos acompañaban aquel día, eran de los mayores, pero tú enseguida identificaste a Jorge, el que era muy bueno jugando al fútbol, y a Mercedes. Cuando nosotros llegamos, ellos ya ocupaban la última planta. A Mercedes le gustaban los pequeñajos, y tú, en especial, le hacías mucha gracia.

¿Te acuerdas de que ese día nos llevaron al comedor con ellos para regalarte caramelos?

En la siguiente fotografía aparecía Bernardo sentado, entre otros chicos, en una de las clases de Electrónica con el señor Cifuentes; todos atentos a sus explicaciones. En la tercera salíamos nosotros dos solos; fue tomada el día aquel en el que ensayábamos la actuación de fin de curso; tú sujetabas el gorro de flor que te había cosido Mamá Luisa, ¿recuerdas? Al final no representamos la obra, faltabas tú, nuestra florecilla.

Maldito helado.

La última fotografía se sacó poco antes de que cerraran la residencia. Ya solo quedaban en ella los olvidados y Mamá Luisa. Posaban delante de la rosaleda y, a pesar de todo, sonreían.

Diego guardó de nuevo las fotografías en el sobre y abandonamos la habitación de Alma para regresar a la nuestra.

—Ahora solo nos queda esperar a ver qué pasa —dijo, y los dos asentimos.

Mamá Luisa nos miró con reticencia. Yo creo que sabía que algo pasaba, pero no quiso preguntar, así que nos sentamos junto a ella y tú hiciste lo de tantas otras noches: preguntarle por las historias que nos había repetido un sinfín de veces, aunque en aquella ocasión no le pediste que te hablara sobre el pueblo, quisiste que te contara historias de la residencia y de los chicos y chicas que la habitaron antes que nosotros.

—Vete a ver si tus hermanos duermen —me dijo Mamá Luisa al cabo de un rato—. Y quédate allí, me da miedo que Carlitos se despierte, ya sabes cómo se pone con sus pesadillas.

Últimamente le daba por repetir que Carlitos se desvelaba o que a Matilde le dolía la tripa, y nos mandaba a comprobar si dormían. ¡Siempre dormían! No entendía yo por qué le había entrado esa obsesión. El caso es que sin pasar por el dormitorio de los olvidados, bajé para espiar a Alma. No, no os lo conté, pero no pongas esa cara, tú tampoco nos dijiste nada sobre su escapada.

Aquella noche, Alma regresó a su habitación después de cenar, aguardó unos minutos a que se vaciara la escalera principal y bajó de nuevo al comedor con el sobre en la mano. Amelia terminaba de recoger las dos únicas mesas que se habían utilizado.

—Hola, niña. ¿Has olvidado algo?

—No, es solo que quería enseñarte una cosa que he encontrado —dijo, acercándose a ella—. Esta tarde he ido a merendar con mi abuelo y hemos estado viendo un vídeo de Internet con las fotos de este lugar cuando era residencia de niños y niñas sordos, y en algunas de esas fotografías sales tú.

—¿A ver? —dijo Amelia con su voz cantarina.

Dejó la bayeta sobre la mesa y se limpió las manos en el delantal antes de coger el papel que le entregaba Alma.

—¡Anda, qué gracia! —dijo—. Me acuerdo de estos niños. ¿Dónde estarán ahora? ¡Uy, mira este! —añadió, señalando a uno—. ¡Me daba una guerra para comer! Nada le gustaba.

Alma le pasó la siguiente fotografía.

—Este es Bernardo, ¿verdad? —le preguntó.

—Sí, y ese era el señor Cifuentes, el profe de Electrónica. Era muy duro, exigía mucho, pero tenía paciencia, vaya si la tenía.

—Y a estos niños, ¿los conoces?

—Sí, qué pena —dijo, cogiendo la tercera fotografía con las dos manos—. Este pequeño se llamaba Fernandito. Lo trajeron siendo un bebé, no tenía familia. Poco después de esta foto quiso salir a comprar un helado. Por aquí pasaba un heladero de toda la vida. Sí, niña, ya sé que te sonará raro, pero esto fue casi un pueblo y algunas costumbres no se pierden. Por aquella época, todavía estaban construyendo los edificios de ahí delante, y no había tiendas ni bares cerca. Bueno, el caso es que el chaval salió corriendo, sin mirar, y un taxi que circulaba a toda pastilla se lo llevó por delante. ¡Cómo lloramos todos! Fue una pena. —Guardó silencio durante unos segundos antes de continuar—: El otro chaval es Luis, se cayó al jardín desde la cuarta planta. Había apostado no sé qué con otro chico y fue por la cornisa hasta el ala de las chicas y, desde allí, se despeñó hasta llegar al suelo.

—¿Eso cuándo ocurrió? —preguntó Alma con voz temblona.

—Espera que haga memoria… Unos tres o cuatro años antes de que cerraran la residencia. Ahora serían algo mayores que tú.

Alma le mostró la última fotografía.

—Y estos, ¿te suenan?

—Claro que sí, estos son los últimos. ¿Recuerdas que el otro día me preguntaste por ellos? Pues estos son. Y ella es la Luisa, vino también muy joven a trabajar aquí. Era de un pueblo pequeño de la carretera de Extremadura, creo. Los niños la querían mucho. Vivía en la residencia, como interna. ¡Anda, fíjate en este de aquí! Se llamaba Diego y siempre andaba pegado a sus faldas. Es el que apostó con el otro chico lo de la locura esa de andar por la cornisa. Esos dos eran muy amigos, de la misma edad, ya sabes, de los que nunca se van de aquí, ni siquiera en vacaciones.

Amelia tomó de nuevo la bayeta y terminó de limpiar la mesa con rapidez, como si se le hubiera echado el tiempo encima.

—Gracias por enseñarme esas fotos. A pesar de todo, son un recuerdo bonito —dijo, y se marchó hacia la cocina.

Alma salió del comedor y la seguí hasta ver cómo cerraba la puerta de su habitación. No me preguntes por qué, pero supe con total certeza que esa noche nos buscaría, así que me dirigí a la escalera de servicio y me senté en el último escalón dispuesto a esperarla, otra vez, el tiempo que fuera necesario.

Apareció antes de que el personal de guardia cerrara la puerta de acceso a su pasillo y después de que la cocina se quedara vacía. Desde mi escalón, oí cómo descorría el cerrojo y subía, escalón a escalón, la distancia que nos separaba.

—Hola —dijo en cuanto me tuvo frente a ella.

—Hola —respondí.

—¿Hoy solo estás tú?

—Eso parece.

La vi tragar saliva y blanquear los nudillos, pero ni una sola vez apartó sus ojos de los míos.

Mis ojos, ojos de muerto.

—¿Por qué yo puedo veros?

—Porque intentaste quitarte la vida y no tuviste miedo.

—Ningún suicida tiene miedo.

—Te equivocas. Incluso los que lo consiguen pasan por un segundo de temor en su último momento de vida.

Se quedó pensativa, hasta que tomó asiento dos escalones por debajo del mío y preguntó algo que me sorprendió:

—¿Continúa el dolor después de la muerte?

—A veces, incluso, empieza —dije tras un momento.

—Lo siento —dijo.

—Yo también.

Durante un par de minutos estuvimos en silencio, supongo que estaba ordenando todas esas creencias que tienen los vivos con respecto a la muerte, esas que, cuando a nosotros nos llegó el momento, ni siquiera nos habíamos planteado.

—Todavía no he averiguado qué les pasó a los últimos habitantes de la casa, pero he encontrado una fotografía de todos ellos.

—Lo sé.

—Tu hermano Diego aparece en ella.

—En realidad, no somos hermanos. Crecimos juntos, eso sí. Dormíamos incluso en camas contiguas y Mamá Luisa nos trató como si ambos fuésemos hijos suyos, pero no éramos hermanos, al menos no de sangre.

—A veces, la sangre es lo de menos.

Asentí con un gesto. Yo lo sabía mejor que nadie.

—¿Qué pasó con ellos, con los otros niños?

—Siguen dormidos.

—¿Y dónde están?

—Enterrados en el huerto de Bernardo.

281

78

Las palomas solo traen problemas

En cuanto abrí los ojos aquella mañana, supe que ocurría algo. Demasiado ajetreo; se oían ruidos en el jardín. Me asomé a la ventana y no vi nada, solo palomas revoloteando y posándose en las ramas peladas.

Me vestí rápido y bajé a desayunar. Luna ya estaba sentada a la mesa. Enseguida bajaron los demás, pero Amelia no apareció con su carrito.

—¡Joder, creo que nos han pillado! —dijo Luna en voz baja—. El doctor Castro está aquí, alguien ha debido avisarle. Supongo que ahora nos llamará uno a uno para preguntarnos por la otra noche. ¡Pase lo que pase, negadlo todo! ¡No tienen pruebas de nada!

Por fin, las puertas abatibles de la cocina se abrieron y Amelia y su carro asomaron por ellas. Pero aquella mañana Amelia no canturreaba, ni siquiera sonreía.

—¡Ay, Dios mío, Dios mío! —susurraba.

Nadie de nuestra mesa le preguntó qué le pasaba, pero el chaval con acné de la mesa de pequeños no dudó en cortar sus lamentos:

—Todo esto es por las palomas, ¿no?

—Sí, no sabemos bien qué es lo que pasa, pero ya hay más de cien, todas en el mismo lugar: las ventanas de la antigua sala de cine.

—¿Hubo aquí una sala de cine? —preguntó el chaval con acné.

Amelia solo dijo que no le gustaban los pájaros y que esas palomas únicamente traerían problemas.

Desayunamos rápido; todos queríamos salir al jardín para ver qué era lo que ocurría y si realmente había cien palomas apostadas en la ventana del último piso. Marcos entró en el comedor con la bandeja de la medicación. O había cambiado el turno del personal o había acudido a la clínica en domingo para ayudar con la invasión de pájaros.

En cuanto el chaval con acné se puso en pie, con el último trozo de tostada en la mano, todos lo imitamos. Nadie quería perderse nada, incluido Mario. Salimos casi corriendo y nos situamos al pie de la escalinata. Desde allí vimos la ventana a la que se referían y era cierto; no las conté, pero perfectamente podían ser cien las palomas.

—Los del control de plagas no tardarán en llegar —dijo Bernardo con su voz entrecortada.

—¿Tienes las llaves de esa sala? —le preguntó el doctor Castro.

—Sí.

—Pues vamos, acompáñame. Echaremos un vistazo; veremos qué es lo que atrae tanto a esas aves.

En cuanto el doctor Castro se percató de nuestra presencia en el jardín, se detuvo en seco.

—Por favor, ¿podéis entrar y esperar en la sala común? Marcos, acompáñalos. No sabemos bien qué es lo que ocurre, pero, muchas veces, los pájaros traen enfermedades.

Entre murmullos de quejas, entramos todos a la vez. Bernardo y el doctor Castro subieron en el ascensor. Me pregunté si llegaría hasta las dos últimas plantas o si pasarían a ellas por otro acceso.

Aquel domingo, todos los internos que quedábamos en la clínica entramos en nuestra sala común, la de los mayores. Mario se sentó frente a su ordenador y los demás tomaron posición junto a una ventana para atisbar cualquier movimiento que les diera una pista sobre lo que estaba sucediendo fuera.

Aproveché el momento y me acerqué a Mario.

—Tengo que contarte algo —le dije.

Conocía a Mario lo suficiente como para saber que, antes de dejarme hablar, controlaría el espacio que nos rodeaba por si alguien estaba más pendiente de nosotros que de cualquier otra cosa, pero ni siquiera Marcos atendía a nada que sucediera dentro del edificio.

Por fin me miró durante un segundo y supe que, aunque regresara a la pantalla, escucharía lo que tenía que decirle.

283

—Ayer, cuando salí con mi abuelo, volví a ver el montaje fotográfico, esta vez hasta el final.

—Abre una pantalla, disimula —susurró con nerviosismo.

Encendí mi ordenador y abrí una página con el periódico del día. En los titulares, otro caso de corrupción.

—Repasé las fotografías en su móvil e hice algunas capturas de pantalla. Cuatro en total. Luego fuimos a un Workcenter y las imprimimos.

—Supongo que te refieres a alguna en la que aparece Amelia, otra de Bernardo y las de los niños que ves por aquí, ¿no es así?

Me molestó un poco su tonillo de sabelotodo, pero lo pasé por alto y seguí contándole:

—Después de cenar bajé con ellas a la cocina y se las mostré a Amelia. Me explicó quién era cada uno de los chicos: los dos pequeños murieron aquí, en la residencia de sordos. A uno, el que me dejó el mensaje, lo atropelló un coche en la verja trasera, y el otro se cayó desde la cuarta planta.

284

—¿Y el tercero? Me refiero al mayor, al que te dio el paquete de tabaco para Luna.

—Diego es uno de los últimos habitantes de la residencia; él y los que aparecen a su lado en la fotografía, incluida la mujer.

—¿Te dijo qué fue de ellos?

—No lo sabe, pero un par de horas después, antes de que nos cerraran el acceso a la escalera central, busqué a los niños en la de servicio y estuve hablando con el mayor: Luis es…, era su nombre. Me dijo que los últimos que vivieron aquí están enterrados en el huerto de Bernardo.

Mario se giró hacia mí con los ojos desbordados de fascinación.

Luna dejó de mirar por la ventana y, con su sonrisa de medio lado, vino a la zona de ordenadores.

—¿Ya estáis cuchicheando? —dijo, y acercándose más a nosotros para poder bajar la voz, añadió—: A saber qué hicisteis la otra noche los dos solitos. No os vimos el pelo en ningún momento salvo al final, en la calle. ¿De dónde veníais?

—¿Por qué no vuelves a la ventana y prestas atención a las palomas? —le increpó Mario—. Debe de ser importante. El doctor Castro está preocupado con eso, ni siquiera se ha dado cuenta del ojo morado de Ferran.

—Las palomas son un coñazo y, además, me dan asco.

—Pues, entonces, pírate a otro lado, nosotros hablábamos sobre ellas. Supongo que solo con escuchar su nombre o ver su imagen te darán arcadas —dijo, y señaló con la cabeza a la pantalla de su ordenador, en la que había abierto una página especializada donde aparecían diferentes tipos de palomas.

En ese instante, apareció Patricia. Ni siquiera nos saludó. Parecía nerviosa.

—Marcos, ¿puedes venir un momento, por favor?

Marcos salió al pasillo y dejó la puerta cerrada. Luna se acercó corriendo y pegó la oreja en ella. Aunque todos permanecimos en silencio, con un gesto de su mano nos exigió que no hiciéramos ningún ruido. Por su cara deduje que no se estaba enterando de nada; no hacía más que arrugar la frente y adherirse cada vez más a la puerta, como si fuese una lagartija. De pronto dio un pequeño salto, vino hacia nosotros y disimuló mirando la pantalla de mi ordenador.

—Chicos, chicas —dijo Marcos tras meter la cabeza en la sala—, voy a pediros un favor. ¿Podéis quedaros aquí el resto de la mañana? Van a intentar dispersar las palomas. Por favor, no salgáis ni abráis las ventanas. Se quedará Esther con vosotros por si necesitáis algo.

—¡Pues vaya mierda! —dijo Luna—. Quiero fumarme un cigarrillo, ¿voy a tener que hacerlo aquí dentro? Pues saltarán las alarmas, que lo sepáis.

Marcos ni siquiera la escuchó. Dejó que Esther pasara a la sala y cerró la puerta de nuevo.

—¿Qué pasa? ¿Que no me habéis oído, joder? ¡Quiero salir a fumar! ¿Me lo van a impedir unas cuantas palomitas o vas a ser tú? —le dijo a Esther, buscando su límite.

Todos supimos que lo de las palomas era lo de menos porque Esther, con mucha calma, se acercó a Luna y, mirándola a los ojos, le dijo:

—Por favor, Luna, cierra la boca durante un rato largo, ¿sí?

Pensé que empezarían a saltar chispas, que Luna se pondría a gritar como lo que era, como lo que éramos todos: unos locos, y que no

285

pararía hasta salirse con la suya, pero se mordió los labios y tensó los músculos. Los demás continuamos en silencio; Candela balanceándose ligeramente hacia delante y hacia atrás, y Mario abriendo y cerrando los ojos, presionando los párpados con fuerza.

Por fin Luna sonrió con condescendencia y relajó su postura.

—Bueno, en realidad todavía no me apetece fumar —dijo, y se sentó en un sofá, justo al lado del chaval con acné—. ¿Y tú cómo te llamas? —le preguntó, utilizando un tono demasiado sexi.

—Ángel.

—¿Ángel? —repitió entre risas—. Ay, Ángel… Si te quedas mucho rato a mi lado, prometo convertirte en un demonio.

El chaval con acné tragó saliva y se quedó inmóvil. Creo que si en ese momento Ferran no nos hubiese informado de lo que pasaba fuera, habría empezado a hiperventilar.

—¡Coño! ¡Acaban de llegar una ambulancia y un coche patrulla!

Y todos corrimos hacia las ventanas.

79

Diego en el palomar

—¡**M**amá Luisa, Mamá Luisa, alguien está subiendo al palomar! —gritaste después de entrar como un loco en la sala.

Mamá Luisa se puso en pie y dejó caer al suelo la revista.

—¿Por qué suben ahora? ¿Ha pasado algo? Arreglaste la persiana como te dije, ¿no? —le preguntó a Diego y, sin esperar respuesta, comenzó a deambular por la sala pensando en voz alta—: Después de eso no ha hecho demasiado viento, no creo que se haya vuelto a resquebrajar, debe de ser otra cosa.

—Vienen por mí —dijo Diego.

—¿Por ti? ¡No habrás vuelto a meterte en líos de drogas!

—No no, aquello se terminó.

El rostro de Mamá Luisa se ensombreció.

—¡Anda, id vosotros dos y enteraos bien de lo que pasa! —nos ordenó.

Y tú y yo salimos camino del palomar, ¿te acuerdas? ¡Menudo susto llevábamos encima! Es curioso, los vivos no nos daban miedo cuando nos colábamos en su terreno, pero eso de que ellos entraran en el nuestro era otra cosa.

Subimos despacio los peldaños como si quisiésemos retrasar el momento de llegar arriba. El doctor Castro, Bernardo y Marcos esperaban en el pasillo, frente a la puerta abierta de la antigua sala de proyecciones. Los tres se cubrían la nariz y la boca con la mano y, a medida que nos fuimos acercando, descubrimos por qué.

De la sala emergía un olor nauseabundo, peor que el de la última vez que nos atrevimos a entrar. El zureo de las palomas de fondo.

—Que alguien baje y avise a la policía —dijo el doctor Castro.

—Yo lo haré —respondió Marcos.

—¡Y dile a Esther, la socorrista, que se quede con los chicos en la sala común hasta que arreglemos esto, por favor!

Creo que Marcos agradeció el encargo, porque pasó a nuestro lado resoplando. Entonces tú te paraste en seco y tuve que cogerte de la mano para que recuperaras el valor de seguir avanzando. Pero ¿sabes una cosa? El valor me lo diste tú. Yo también estaba aterrado y el sentir tu mano en la mía hizo que me atreviera a dar el siguiente paso.

Nos paramos junto a los dos hombres con la seguridad de que para ellos éramos invisibles. Al igual que la última vez que estuvimos allí, las paredes y el suelo estaban repletos de manchurrones blancos, rojos y grises. La diferencia es que ese día no nos marchamos corriendo, y así fuimos identificando los objetos que se escondían debajo de los excrementos de pájaro. Distinguimos también, esparcidas por el suelo y sobre algunos de los muebles, a las palomas muertas que habían tiznado con su sangre las paredes. Sus asesinas se habían quedado allí, quietas, gorjeando, con las plumas manchadas del rojo de sus víctimas.

Y en medio de ese escenario dantesco, lo vimos: allí, en el centro de toda aquella repugnancia, el cuerpo de Diego se descomponía, acribillado por cientos de picos afilados.

Sentí que tu mano presionaba la mía.

—¿Lo han matado las palomas? —preguntaste.

—No, mira sus muñecas —te dije—. Esta vez las cortó en vertical.

Nos quedamos allí, acompañando su cuerpo, hasta que llegó la policía. Entonces bajamos y nos ocultamos con Mamá Luisa en la salita de la cuarta planta.

—¿Qué ha pasado? —nos preguntó.

No respondimos. Tan solo miramos a Diego y esperamos a que él se lo explicara. Pero volvió a colocarse junto a la ventana para observar el jardín por el hueco de la persiana.

NO OIGO A LOS NIÑOS JUGAR

—¿No me lo vais a contar? —insistió ella.

—Que te enseñe sus muñecas —dijiste enfadado.

Mamá Luisa te miró con extrañeza, como si hubieras dicho algo que no tuviera significado, y se giró hacia Diego.

—¿Qué está diciendo?

Todavía manteníamos las manos unidas y noté que la tuya temblaba de rabia.

—¡Te comieron los ojos! —dijiste entre lloriqueos—. ¡Dejaste que las palomas te comieran los ojos!

—No me gustan los ojos que se les quedan a los muertos —te respondió al fin.

80

Crisis

*E*l doctor Castro entró en la sala común poco antes de la hora de comer. Le agradeció a Esther que se hubiera quedado con nosotros y le confirmó que podía marcharse.

—A la misma hora de todos los días podréis pasar al comedor, pero, por favor, no subáis a vuestras habitaciones sin alguno de nosotros; no queremos interrumpir la labor policial.

—¿Qué ha ocurrido? —pregunté.

—Hemos encontrado algo en una de las salas de la última planta que nos ha obligado a informar a las autoridades.

—¿Y las palomas?

—No os preocupéis por las palomas, ya se están marchando.

—Entonces puedo salir a fumar —dijo Luna.

—Está bien, sal y fuma. Pero, por favor, no te separes de la escalinata.

—¡Yo la acompaño! —me oí gritar a mí misma.

Supongo que me estaba ahogando allí dentro. Tal vez lo que habían encontrado en la última planta tuviera que ver con los últimos habitantes de la residencia, esos niños que resplandecían sonrientes en la fotografía. Los mismos que, según me contó Luis en la escalera de servicio, estaban enterrados en el huerto de Bernardo.

Mientras acompañaba a Luna al jardín, carraspeé un par de veces para dejar que el aire y la saliva atravesaran mi garganta.

Bernardo, en la recepción, hablaba con un policía desde su ventanilla.

—¿Cuándo fue la última vez que subió a las plantas clausuradas?
—le preguntaba el agente en voz demasiado alta. Sin duda, estaba al
tanto de su sordera.

Él nos miró y esperó a que saliéramos. Me hubiera gustado escuchar su respuesta, aunque suponía que Bernardo no había subido
a las plantas clausuradas desde mi ingreso en la clínica, hacía ya tres
meses, porque si lo hubiera hecho, habría descubierto que teníamos
un okupa viviendo encima. ¿Qué haría ahora el pobre Diego? Acababan de descubrir su guarida, ¿dónde dormiría aquella noche?

Desde mi conversación con Luis, le estaba dando vueltas a un de-
talle: cuando Diego me entregó el paquete de tabaco para Luna, pude
ver los cortes en sus muñecas. ¿Eran verticales? Me dijo que lo había hecho por la misma razón que yo: él también había perdido a su
familia. ¿Se referiría a los dos niños de la escalera, esos a los que había llamado «hermanos»? ¿O a aquellos otros que aparecían junto a
la mujer en la última fotografía, a los que Amelia identificó como los
últimos habitantes de la residencia de sordos.

—¡Joder, qué coñazo! —dijo Luna—. Por una mierda de pájaros
nos han tenido toda la mañana recluidos. ¡Pues yo tengo que subir a
mi habitación, y pienso hacerlo sola!

Solo quería llamar la atención, como siempre. ¿Qué más le daba
que alguien del personal la acompañara a su dormitorio? La mayoría
de las veces exigía que alguien la siguiera a todas partes.

Luna continuó echando pestes de todo y de todos y soltando ta-
cos. Acabó su cigarrillo y, antes de tirar la colilla, la utilizó para en-
cender uno nuevo. Otra vez su parloteo. No la escuché. Dirigí la mirada a la ventana del último piso donde horas antes se agolpaban
decenas de palomas. Todavía quedaban algunas. Supuse que esa sería la habitación que utilizaba Diego y que se habría dejado comida
cerca de la ventana, no sé, alguna galleta o pan. Algo que atrajera a
las palomas.

Un furgón avanzó por la calzada del recinto hasta detenerse al
pie de la escalinata. En su lateral, en letras azules: «Servicio médico forense».

Luna tiró su cigarrillo a medio consumir cuando el doctor Castro
salió para recibir a los médicos.

—Buenas tardes, sus compañeros les están esperando. Síganme, por favor.

Los acompañó al vestíbulo y regresó a por nosotras.

—Por favor, volved a la sala común. En unos minutos me reuniré con todos vosotros.

—¿Qué es lo que está pasando? —Mi voz sonó tan temblorosa que hasta yo misma me asusté.

—No te preocupes, Alma. Enseguida vuelvo y os informo, pero no te inquietes, no tiene nada que ver con los que estamos aquí abajo.

Eso era lo que me preocupaba, que tuviera que ver con el de arriba.

Seguí a Luna hasta la sala común.

—¡Ahí arriba hay un muerto! —dijo nada más abrir la puerta—. ¡Han venido los de la forense!

Ferran y el chaval con acné corrieron a la ventana; Candela comenzó a balancearse y a estirarse del pelo, y las dos niñas de la segunda planta se pusieron a llorar.

—¡Luna! ¿Ves lo que has conseguido con tus tonterías? —dijo Esther.

Busqué con la mirada a Mario, en su ordenador, pestañeando con fuerza.

—¡Retiraos de ahí! —ordenó Esther a los que se habían apostado en la ventana.

La sala se llenó con los gritos de Luna, las palabrotas de Ferran, los lloriqueos de las niñas y un ligero tarareo que salía de la garganta de Candela. No pude más y me tapé las orejas.

No quería oír nada de todo aquello, y tampoco quería verlo. Cerré los ojos y me agaché mientras apretaba los dientes con tanta fuerza que los oí crujir.

Ojos de muerto.

No sé cuánto tiempo permanecí así, en cuclillas, encajonada sobre mí misma, ahogada en lágrimas y sollozos, deseando morir otra vez.

Hasta que sonó la voz del doctor Castro:

—No te preocupes, Alma, todo está controlado.

Abrí los ojos y me incorporé. Me dolían las piernas. Estábamos los dos solos, los demás habían abandonado la sala.

—Ven, siéntate en el sofá.

Lo obedecí sin rechistar.

—¿Te encuentras bien?

—Sí —respondí, aunque no era cierto—. ¿Qué ha ocurrido?

—Has tenido una crisis.

Lo dijo como si fuera normal, como si yo tuviera crisis como aquella a menudo. Respiré hondo y preferí no preguntar, me daba miedo la respuesta. Sé que, tras el accidente, sufrí alguna de esas crisis. «Ausencias» las llamaban en el hospital. El primer médico que me atendió dijo que me corté las venas durante una de ellas.

—Hemos encontrado el cuerpo de un chico en una sala de la planta superior. No sabemos cómo entró ahí ni qué es lo que ha pasado. La policía va a hacerte unas cuantas preguntas, ya están hablando con tus compañeros. Quieren saber si lo habéis visto por aquí, quizás eso les dé una pista y puedan esclarecer el asunto.

Asentí y tragué saliva. Blanqueando los nudillos.

Castro se levantó para hablar con alguien en el pasillo y regresó acompañado por un policía uniformado.

—Hola, Alma. Soy el sargento Antúnez.

Su voz era suave y su rostro amable. Tomó una silla y la colocó frente a mí. El doctor Castro se sentó a mi lado.

—Creo que el doctor ya te ha contado lo que hemos encontrado arriba, ¿no? Me ha dicho que ingresaste en la clínica hace poco más de tres meses —dijo y, con el rostro serio, añadió—: Lamento mucho tu pérdida.

Incliné la cabeza aceptando su pésame.

—El caso es que nos gustaría saber si, durante tus primeros días, viste por aquí a un joven de unos veintidós o veintitrés años que no fuera un paciente.

—No.

—Se trata de un chico de pelo oscuro.

Sentí un peso enorme sobre el pecho. Carraspeé para recuperar el ritmo de la respiración.

—El conserje…, Bernardo —añadió tras comprobar sus notas—, lo ha reconocido. Dice que se trata de un joven que vivió aquí mientras este lugar era un colegio y residencia de niños sordos. Su nombre es Diego.

293

—Conozco a Diego. —Sentí cómo me ardía la cara—. Lo he visto por la clínica en varias ocasiones.

—¿Alguna vez has hablado con él?

—Varias veces, la última hace unos días. Me contó que estaba viviendo de okupa en la planta superior.

El sargento Antúnez cruzó una mirada con el doctor Castro y se recolocó en la silla. Sacó un bolígrafo y preparó la libretilla donde había buscado el nombre de Bernardo para anotar lo que yo tuviera que decirle. Imaginé a Luna en otra sala, en una situación similar a la mía. Ella también podría hablarles de Diego, de su relación con él durante la época por la que ellos preguntaban, más de tres meses atrás. Pero dudaba mucho que contara nada. ¿Para qué iba a confesar que tenía un camello que la abastecía allí dentro?

—Por el estado de descomposición del cuerpo, el forense cree que lleva muerto casi tres meses —dijo el sargento.

¿Cómo que tres meses? La boca se me secó de golpe. Miré al doctor Castro pidiendo una explicación, aquello no podía estar pasando.

—Será otro Diego —acerté a decir.

—Estamos esperando a que localicen una fotografía suya. En cuanto nos llegue, os la mostraremos a todos.

—¡Yo tengo una! —dije—. Está en mi habitación.

Supongo que por la mirada de estupor que recibí del doctor Castro, me vi en la obligación de explicarme:

—Ayer, durante la salida, mi abuelo me contó que conocía esta zona y estuvimos viendo un montaje fotográfico de la historia del colegio de sordos que está colgado en YouTube. Encontré fotografías en las que aparecen Amelia y Bernardo, y otra de Diego cuando era niño.

Me callé lo de los otros dos niños: Fernandito y Luis. ¿Cómo podría contarles que hablaba con dos niños muertos sin que pensaran que estaba loca? Aunque, probablemente, ya lo pensaban. ¿Qué pintaba yo allí si no?

—Realicé capturas de pantalla y le pedí al abuelo que las imprimiera, así podría mostrárselas a los protagonistas. Anoche se las estuve enseñando a Amelia.

—¿Te importaría dejarme ver la fotografía en la que aparece Diego? —me preguntó el sargento.

Miré al doctor Castro solicitando su permiso, pero él ya se había puesto en pie para acompañarme. Pasamos los tres por delante de la sala común de los pequeños y vi a dos policías hablando con las dos niñas; cada una en una esquina. Junto a ellos, Marcos y Patricia.

En el comedor, otro policía interrogaba al chaval con acné. Silvia los acompañaba; no sabía que estuviera de guardia, pero supuse que algo tan importante como encontrar un hombre muerto en el edificio era razón suficiente para hacer venir a todos los trabajadores. Me pregunté si a mis compañeros ya los habrían interrogado.

Llegamos a mi habitación y el sargento y el doctor Castro tuvieron la deferencia de esperar en el pasillo.

—Este es —dije, señalando en la fotografía a un Diego de unos doce o trece años.

—¿Estás segura? —preguntó el sargento.

—Sí.

—¿Sabemos dónde está Bernardo ahora?

—En la sala del fondo de este mismo pasillo —indicó el doctor Castro—, acompañando a uno de sus hombres en otra de estas... conversaciones.

El sargento se fue a la sala de visitas y me sentí incómoda a solas con el doctor Castro, me daba vergüenza mirarlo a los ojos. Durante mis sesiones con él le había estado ocultando algunas cosas que, tal vez, debería haberle contado. Nunca le había mentido, siempre le había hablado de todo lo que me preocupaba, de lo que me causaba angustia, pero desde que le confesé que había visto a un niño pequeño en el jardín delantero y le había seguido hasta la piscina, donde dejó el mensaje, no había vuelto a hablarle de mis encuentros. Supongo que porque dudaba de que la presencia de esos niños en la clínica fuese real.

El silencio del doctor Castro hizo que me sintiera aún más molesta. Cuando el sargento apareció de nuevo, se me escapó un soplido de alivio.

—Sí, asegura que es el mismo —dijo en cuanto llegó a nuestra altura.

—Sargento —dijo el doctor Castro—, ¿le importaría continuar más tarde con esta conversación? Los chicos llevan un retraso de más

295

de media hora en su horario habitual. Ya deberían haber comido y tomado su medicación; si le parece bien, podrían bajar ahora al comedor, donde ya está todo preparado.

El sargento Antúnez miró su reloj de pulsera y sonrió a modo de disculpa.

—Sí, doctor, sin problema. Me acaban de informar de que el responsable del edificio por parte del Ayuntamiento está a punto de llegar. Ya seguiremos más tarde —añadió, mirándome a mí.

81

Del lado en el que no pueden vernos

*T*ras la rabieta que pillaste con Diego, te marchaste muy enfadado. Esa vez no te seguí, preferí dejarte solo. Yo también me encontraba sobrecogido por la imagen de Diego tirado en el suelo, sin vida, con la piel picoteada por aquellos pájaros de ojos penetrantes, pero preferí quedarme allí, junto a Mamá Luisa.

Y junto al Diego sano.

Es curioso, ¿verdad? La muerte nos dejó ilesos. A ti ya no se te notaban las marcas que las ruedas de aquel taxi dejaron por todo tu cuerpo, aunque te aplastaran el pecho hasta reventarte las costillas. Ni a mí los huesos rotos, ni el golpe que me resquebrajó la cabeza cuando me rebotó contra el suelo del jardín delantero. Tampoco Mamá Luisa conservaba ese tono cereza de la piel mientras la velamos aquella noche, antes de que Bernardo enterrara su cuerpo y el de los olvidados en la zona donde después plantó el huerto. Y Diego lucía unas muñecas casi limpias, a pesar de que el Diego roto de la sala de proyecciones las mostraba doblemente cortadas: primero en horizontal, ya cicatrizadas, y luego en vertical, totalmente abiertas.

—¿Qué es lo que has hecho? —le gritó Mamá Luisa.

Diego consintió que Mamá Luisa se deshiciera en reproches, que le escupiera su debilidad y su incapacidad para aferrarse a la vida. Le dijo que siempre había necesitado ser especial, sentirse superior, mirar por encima del hombro a todos.

—¡Solo por ser oyente! —le recriminó.

Se me encogió el corazón al escuchar cómo le echaba en cara que me retara a caminar por la cornisa solo para violar la intimidad de una chica. También le recordó lo ridículo que parecía cuando se creía uno de los jefecillos del barrio, con aquel teléfono móvil pegado a la oreja, dispuesto a recorrer las peores esquinas como un esbirro de aquellos que solo querían aprovecharse de él. Y, por último, le vomitó que era malo, que solo alguien cruel y lleno de maldad podía llamar a una anciana y sola para llenarle la cabeza de patrañas sobre su única hija. Solo para no permitir que los demás alcanzaran la felicidad sin él.

—¿Cómo te atreves? —contestó rojo de ira—. Sabes tan bien como yo que sin mí no hubierais sobrevivido.

—¡Fue por ti por quien no sobrevivimos!

Diego apretó los puños, y pensé que le gustaría estamparlos contra el rostro de Mamá Luisa.

—Tú eres mucho peor que yo —dijo, permitiendo que su voz se transformara en cuchillos hirientes—. Yo solo decidí acabar con mi vida, pero tú te llevaste por delante la de todos los olvidados, incluida la mía.

Ella frunció los labios en una mueca que dejaba ver su dolor y permitió que una lágrima llena de rabia resbalara por su mejilla y que Diego siguiera vomitando su rabia:

—Durante mucho tiempo me estuve castigando por vuestra muerte. En mis noches, llenas de pesadillas, soñaba que os ahogaba uno a uno con las almohadas hasta que os quedabais quietos y fríos, y que por mi culpa jamás volvería a veros. Y deseé morir, lo intenté, pero no tuve suerte; me encontraron antes de que pudiera irme del todo. Pero al menos eso me permitió el reencuentro. Regresé aquí y os encontré de nuevo, y, poco a poco, comprendí que no fui yo quien tomó la decisión de desajustar la goma que dejó libre el gas que acabó con todos vosotros. ¡Fuiste tú, Mamá Luisa, solo tú! Y los niños olvidados no despertarán jamás, porque los asesinaste mientras dormían.

Mamá Luisa escondió la cara entre las manos mientras los hombros se le movían al ritmo de su desconsuelo y explicaba:

—Me arrepentí en el último momento. Sentí cómo me acogía una muerte dulce, una muerte disfrazada de madre que acudía en mi auxilio y me acunaba entre sus brazos, pero, justo antes de dejarme llevar por sus mimos, sentí vergüenza. Tuve la sensación de que me estaba dejando arrastrar por alguien que me había expulsado de su lado y pensé que decepcionaría a los que, a pesar de todo, me querían. Entonces estiré el brazo y apagué la estufa.

Intenté recordar aquella noche y, por un momento, vi la mano de Mamá Luisa manipulando la goma del gas antes de sentarse junto a Carlitos.

Entonces oímos tus pasos regresando por el pasillo. Mamá Luisa y Diego disimularon su enfado. Todavía pensaban que seguías siendo un niño y delante de los niños no se muestran ciertas cosas.

—¡Mamá Luisa, Mamá Luisa, don Matías está aquí! —exclamaste, entrando como un cohete.

Ella te acarició la cabeza, incapaz de responderte.

—Le han enseñado a Diego y ha dicho que sí con la cabeza. Entonces lo han vuelto a tapar y se lo han llevado no sé dónde. A Diego, quiero decir; don Matías sigue aquí. La policía dice que va a registrar las dos últimas plantas, pero ¿sabes una cosa? Ya no tenemos que escondernos, ahora estamos todos en este lado, donde no pueden vernos.

Parecía habérsete pasado el enfado.

299

82

Negarlo todo

*M*e mojé la cara con agua fría. Casi no podía respirar, me temblaba todo el cuerpo. Descubrir que estás loca no es fácil, de verdad que no lo es. Una cosa es tener una depresión, sufrir un *shock* postraumático, y otra muy diferente, ver fantasmas.

300

Tal vez el forense se había equivocado, quizás llevara muerto solo unos días. Yo lo había visto por última vez hacía un par de días, quizás tres.

Me miré en el espejo, tenía mala cara y estaba demasiado delgada. Si continuaba así, acabaría siendo una de esas locas esqueléticas de ojos hundidos que asustan a los niños. Me sequé con la toalla dispuesta a bajar al comedor y picar algo, aunque solo fuera una pieza de fruta.

Mis compañeros ya estaban allí y me senté delante de un plato de sopa que ya me habían servido.

—Tía, ¿ya se te ha pasado la neura? —me preguntó Luna—. ¡Ay, hija, pensábamos que ya no tenías episodios de esos!

—¿Me dan muchos?

—Al principio, cuando llegaste, en plan… a todas horas. Pero hace cosa de un mes que, al menos yo, no te había vuelto a ver en uno.

Los cinco de mi mesa me miraban. Luna no lo había dicho con su acostumbrada voz de pito, sino más bien en un susurro, pero todos la habían oído.

—¡No le des importancia, tonta! —añadió aún en voz baja—. ¡Aquí estamos todos más *p'allá* que *p'acá*! Mira las calvas de Candela o los pestañeos de Mario. A nadie le importa que te evadas un ratito de vez en cuando.

Tenía razón, comprobé de una ojeada que cada uno seguía a lo suyo.

—¿Te ha interrogado la policía? —me preguntó ya en voz alta, como para que los demás pudieran participar de nuestra conversación—. A los pequeños ya los han machacado a preguntas, supongo que ahora nos tocará a nosotros.

—Sí —respondí.

—No les habrás contado nada, ¿no, tía? Quedamos en que lo negaríamos todo. ¡Todo! ¿Recuerdas?

—No te preocupes, no lo he hecho.

Luna sonrió y se metió una cucharada de sopa en la boca. Debía quemar, porque torció el gesto y se la sacó enseguida.

—Según el chico de los granos, quieren saber si hace rollo tres meses alguien vio rondar por aquí a un tipo extraño. Debe de ser el muerto. ¿Te han preguntado eso mismo?

—Ángel, el chico de los granos se llama Ángel.

—¿Qué pasa? ¿Qué le has echado el ojo también a este? —dijo, y soltó una de sus risotadas.

—El muerto de arriba es Diego —solté de golpe. Esperaba hacerle daño con eso.

Llenó una nueva cucharada de sopa y sopló sobre ella.

—¿Quién es Diego? —preguntó sin mirarme.

—Tú camello aquí dentro.

—Yo no conozco a ningún Diego y jamás he tenido un camello aquí dentro.

Miré al resto de comensales, ninguno nos prestaba la más mínima atención, ni siquiera Ferran. El ojo debía dolerle mucho, lo tenía muy amoratado y bastante hinchado.

Empecé a comerme la sopa; ya no quemaba. No tenía hambre, pero seguí tragándomela hasta que terminé el plato. Luna ya no volvió a abrir la boca. Me fijé en su mandíbula y en sus ojos, le brillaban demasiado, como si quisieran ocultar una lágrima.

Acabamos de comer en silencio y seguimos a Marcos hasta la sala común, donde nos esperaban los policías.

—Recuerda —me susurró Luna antes de entrar—. Hay que negarlo todo.

El doctor Castro fue emparejando a cada uno de mis compañeros con un policía y un educador de la clínica hasta que me llegó el turno.

—Nosotros vamos a continuar con nuestra conversación en mi despacho —dijo, incluyendo en ese «nosotros» al sargento Antúnez.

Pensé en si debía contarles toda la verdad, mi verdad. Si lo hacía, tal vez mi condena dentro de la clínica se incrementaría por tiempo indeterminado, aunque si guardaba silencio, jamás dejaría de estar loca.

El doctor Castro abrió la puerta de su despacho y me dejó pasar en primer lugar. Esta vez, en torno a su mesa había tres sillas. Me senté en la que solía ocupar en nuestras sesiones. Castro tomó asiento en la suya y dejó la nueva para el invitado.

—Antes nos has dicho que habías visto por aquí al chico de arriba, ¿no es así? —dijo el sargento.

—Sí —respondí.

—Y que lo volviste a ver hace pocos días…

—Sí.

—¿Estás segura?

—Ya sé que suena extraño, pero sí.

—Sabes que eso es imposible, ¿no?

El doctor Castro carraspeó y el sargento titubeó antes de cambiar su pregunta:

—¿Crees entonces que a quien viste hace pocos días por la clínica es la misma persona que aparece en la fotografía que nos has enseñado? ¿No puedes haberte confundido?

Analicé la pregunta durante unos instantes; tal vez tuviera razón, tal vez el Diego que yo conocía era alguien que se parecía al Diego de la fotografía.

—El Diego que yo he conocido no es sordo y tenía las venas cortadas en horizontal, como yo, pero también en vertical —añadí, y estiré los brazos por encima de la mesa para enseñarle las cicatrices de mis muñecas.

Mis dos acompañantes intercambiaron una mirada.

—¿Qué más puedes decirme?

302

—Que deberían buscar en la zona del huerto. Allí están enterrados los últimos habitantes de la residencia.

Lo dije así, sin más. No tenía nada que perder. Total, ya pensaban que estaba loca. Los ojos del sargento cuando le enseñé mis cicatrices lo dejaron claro, y el doctor Castro era mi psicólogo y psiquiatra, quien firmaba mi permanencia en la clínica. Si no pensara que estaba mal de la cabeza, ¿por qué iba a mantenerme allí? Decidí callarme solo nuestra escapada de la otra noche y todo lo que tuviera que ver con ella.

A medida que iba hablándoles de mis encuentros con los dos niños, el gesto del sargento se transformó en escepticismo. Cerró su cuadernito de notas y colocó el bolígrafo encima, pero no dejó de mirarme ni me obligó a callar. Tampoco se rio ni se burló, sino que me escuchó con atención hasta que terminé.

—Muchas gracias, lo tendremos en cuenta —dijo, y se puso en pie—. Ahora debo dejarles, voy a contrastar algunas informaciones antes de que se marche el equipo forense.

Se despidió y nos dejó otra vez a los dos solos envueltos en un silencio perturbador.

—Mi historia suena rara, ¿verdad? —dije al fin.

—¿A ti te lo parece?

—A veces creo que soy como Mario. Pero he pensado que podríamos comprobarlo.

—¿Cómo?

—Supongo que no sirve con los mensajes escritos que me dejó el pequeño de los dos niños; podría haberlos escrito yo misma. Ni con entrar en el antiguo gimnasio, porque podría haberlo visto mientras limpiaban o mientras alguien de la clínica buscaba algo allí. Tampoco serviría de nada comprobar si alguien vivía de okupa en los pisos superiores; acabamos de confirmar que así era, ¿no es cierto?

El doctor Castro sostenía mi mirada sin juzgarme.

—Lo único que nos queda es desenterrar los cuerpos de los últimos niños que vivieron aquí. Así demostraremos que lo que digo es cierto.

—¿Y si no lo es?

—Entonces asumiré que realmente estoy loca.

83

No recuerdo su nombre

*U*n grupo de policías acompañados por Bernardo y don Matías inspeccionaron las dos últimas plantas, y esta vez abrieron todas las puertas.

El polvo se había amontonado y los rincones estaban repletos de telarañas. Cada vez que entraban en una habitación pulsaban el interruptor que las llenaba de luz eléctrica. Todo estaba igual, ¿te acuerdas? Incluso la mayoría de las camas estaban hechas. Las paredes conservaban los pósteres y fotografías que sus inquilinos habían ido colgando durante su estancia.

Las fotos del Atlético de Madrid en el dormitorio de Juan Carlos, y las del Barça en el de Joan. De paisajes en el de Antonio, y de perros en el de Andrés. Las chicas, en cambio, colgaban imágenes de actores famosos, fotogramas de películas o fotografías de su familia y amigos. Solo una habitación conservaba pósteres de grupos musicales: la de Diego.

Cuando entramos en el dormitorio de Cristina se me arrugó un poco el corazón. Aún quedaban algunos objetos personales suyos en el armario: una rebeca rosa a la que le faltaba un botón, un osito de peluche, también rosa, que trajo con ella a la residencia y del que nunca se deshizo, y una caja de latón con un puñado de cartas de amor escritas a boli.

¿Que cómo sé que eran cartas de amor?

Porque se las había escrito yo. Se las dejaba escondidas entre los libros, o se las colaba por debajo de la puerta. Pero nunca las firmaba.

304

Supongo que jamás supo que eran mías, aunque igual se dio cuenta cuando, tras mi muerte, dejó de recibirlas.

Cristina fue una de las primeras en abandonar la residencia. Siempre pensé que se marchó porque en su ciudad habían abierto un colegio para sordos. Nunca me detuve a pensar cómo le habría afectado mi muerte. Imagino que si de pronto te enteras de que un chico ha recorrido la cornisa de una cuarta planta para ver cómo te cambias y, en el momento en el que te desabrochas el sujetador, se cae y se mata, no debes quedarte muy tranquila.

Me prometí regresar algún día y cotillear el contenido de aquella caja; tal vez hubiera dejado algo en ella, no sé, algo como un diario explicando lo que sentía por su amante anónimo o por mi muerte.

A medida que los policías se acercaban a las habitaciones que ocuparon los olvidados tras el cierre oficial de la residencia, don Matías y Bernardo ralentizaron sus pasos. Los primeros en entrar fuimos nosotros; los olvidados dormían en sus camas, como siempre. Tú dijiste que si los despertaban, Mamá Luisa se iba a enfadar, y yo te respondí que no te preocuparas, que no se despertarían. Me miraste con esa cara que se te pone cuando no entiendes nada de nada.

En cuanto entró el primer policía, te diste cuenta de que yo tenía razón; para él las camas estaban vacías.

—¿Qué pintará aquí esta estufa? —dijo—. Está rota, mirad la goma. Parece que alguien la haya desenganchado. La bombona sigue abierta, debió de perder todo el gas.

Sus compañeros inspeccionaron las camas deshechas.

—Parece que aquí estuvo viviendo gente mientras el edificio se mantuvo cerrado al público —dijo otro—. De ahí la estufa y las camas deshechas.

—Aquí hay unas bolsas con ropa y juguetes —gritó otro desde la habitación contigua—. También hay un hornillo eléctrico.

Y siguieron con el examen de las habitaciones en las que un grupo de niños olvidados vivieron de forma clandestina durante más de dos años sin darse cuenta de que seguíamos habitando en ellas. Pasaron junto al sillón de Mamá Luisa, y ella, aferrada a su eterna revista, miraba con ojos lánguidos cómo aquellos extraños mancillaban nuestro espacio, ese que habíamos convertido en nuestro hogar perpetuo. Diego, apoyado en la ventana, apretaba la mandíbula para contener su rabia mirando a los dos hombres que esperaban en el pasillo sin atreverse a cruzar la puerta.

—Parece que también vivieron aquí algunos niños, debió de colarse una familia de las que montaron las chabolas de la zona. ¿Usted sabía que se le habían colado aquí okupas? —preguntó el agente que parecía ser el jefe a don Matías.

—No, los jardineros que trabajaron durante el periodo en el que estuvo cerrado el edificio no me comentaron nada en absoluto.

—Probablemente ellos tampoco lo sabían —dijo el policía—. Esta gente es experta en el camuflaje; son capaces de colarse en un edificio y que los vecinos no se den cuenta hasta pasado mucho tiempo.

El policía sacó la ropa de una de las bolsas de plástico preparadas para el traslado al pueblo y la extendió sobre la mesa. Las camisetas perfectamente dobladas de Carlitos, acompañadas de sus calzoncillos y su pijama, le arrancaron un sollozo a Mamá Luisa.

—¡No toquen eso! —gritó.

Pero nadie, salvo nosotros, oyó sus lamentos.

—La chica delgada con cicatrices en las muñecas dijo que los últimos habitantes de la casa fueron seis menores, entre ellos el joven que hemos encontrado arriba, y una trabajadora de la residencia. ¿Sabe usted qué fue de ellos?

—En efecto, esos fueron los últimos en marcharse. Los niños no tenían a nadie que los reclamase, por eso se quedaron más tiempo. Creo que la mujer tramitó su adopción y se los llevó a su pueblo de origen. Aquí los hubiesen repartido por diferentes centros, separándolos, ya sabe.

—¿Recuerda el nombre del pueblo?

Don Matías fingió concentrarse.

—No, lo siento. Ni siquiera logro acordarme de cómo se llamaba aquella trabajadora.

Ahí tuve que sujetarte porque saliste dispuesto a darle una patada con todas tus fuerzas. De poco hubiera servido.

El policía volvió a mirar la ropa de los olvidados extendida sobre la mesa y, como si hubiera recordado algo, se fue hacia la escalera.

—Dad un último repaso por si encontráis algo más y bajad al vestíbulo. Pronto llegarán los demás internos y le prometí al doctor que estaríamos fuera para entonces.

84

Disociación perceptiva

*T*ras mi confesión, regresé al pasillo de paredes amarillas con las pulsaciones retumbándome en las sienes. Sabía que mi historia era imposible de creer. ¿Unos niños a los que solo veía yo? ¿Unos espíritus? ¡Venga, hombre! ¡Se me había ido la cabeza por completo! ¡Pero eran tan reales! Aunque tenían esos ojos…

Lo peor de todo era pensar que Diego llevaba muerto tres meses. Quizás nunca llegué a conocerlo con vida o, tal vez, solo estaba vivo la primera vez que lo vi desde mi ventana, cuando paseaba con el pequeño de los dos niños por el jardín delantero.

Durante mi interrogatorio había omitido su visita nocturna; hay cosas que deben guardarse para una misma y no creí que fuera relevante para el caso. Tampoco conté que me había entregado un paquete de tabaco para Luna. Eso la hubiera comprometido y, además, ella no iba a corroborarlo; había jurado negarlo todo.

En el vestíbulo, Óscar ocupaba el puesto de Bernardo tras la ventanilla de recepción. Miré al jardín y pensé en acercarme hasta el huerto y echar una ojeada, pero todavía se palpaba el revuelo policial y subí a mi dormitorio. Me quedaban pocas páginas para terminar mi libro, así que me tumbé en la cama y procuré concentrarme en Holden y su hermana mientras esta giraba en un carrusel del zoológico.

El último capítulo me estremeció tanto que tuve que incorporarme para leerlo. Holden, al igual que yo, se encontraba en un hospital psiquiátrico recuperándose de su locura y, desde allí, me aconsejaba que nunca contara nada a nadie porque, en cuanto lo hiciera, comenzaría a echar de menos a todo el mundo.

Tarde, el consejo me llegaba tarde.

Pasé la página final y encontré la última anotación a mano:

Buscad a los olvidados bajo la tierra, donde los huertos dan sus frutos.

Sentí la boca seca.

Salí con el libro en la mano, corriendo hacia la sala común. Tal vez Mario también hubiera terminado ya con su interrogatorio.

En cuanto enfilé el corredor amarillo, oí un ruido que provenía del despacho de Castro, un poco más adelante. Distinguí la voz del sargento Antúnez y me acerqué con sigilo. Todavía me quedaban esperanzas de que hubiera descubierto algo que ratificara mi historia. Quizás pudiera mostrarles mi libro para que vieran las anotaciones que Diego había hecho en los márgenes.

309

—Es una historia muy descabellada, lo sé. Lo han comprobado desde la central y Luisa Suárez Castañar jamás adoptó a ninguno de los niños de la residencia. No hemos encontrado su paradero actual, pero todo indica que permaneció aquí con los últimos residentes de la escuela durante algún tiempo, parece ser que de manera ilegal.

—Probablemente todo eso sea cierto y Alma lo haya escuchado en alguna conversación de pasillo. Recuerde que algunos trabajadores de la clínica son los mismos que prestaban sus servicios en aquella época —dijo el doctor Castro.

Tras unos segundos de silencio, continuó:

—Alma presenta un cuadro claro de disociación perceptiva por estrés postraumático. Sus pensamientos y sentimientos están alterados, de manera que ciertas informaciones que llegan a su mente no se asocian e integran con otras, tal y como sucedería en condiciones normales. El accidente le provocó un estado parecido a la amnesia. Para que lo entienda: la mente de Alma ha eliminado algunas funciones con el fin de bajar la tensión emocional a límites manejables. Pero suele ser un fenómeno episódico. Desde hace pocas semanas, Alma ha comenzado a prepararse para aceptar y, finalmente, asimilar lo ocurrido. Ya ha proyectado la idea de muerte en otro foco diferente al real creando una historia paralela basándose en pequeños datos verdaderos, como la antigua actividad de este edificio o la existencia de esos niños.

—¿Quiere decir que ella desarrolla todas esas historias basándose en datos que extrae de conversaciones, lecturas o cualquier otro lugar de una forma inconsciente?

—¿De verdad cree que hay seis niños y una mujer adulta enterrados en el jardín?

No me hizo falta escuchar más para saber que el doctor Castro tenía razón. Me abracé a mi libro sabiendo que su lectura había influido en mis alucinaciones. Solo me quedaba confiar en que todo fuera tan solo un episodio en mi vida, aunque eso supusiera seguir encerrada en la clínica durante algún tiempo.

Respiré hondo.

«Bueno —pensé—, después de todo aquí no se está tan mal.»

Imaginé cómo sería regresar a mi vida, al colegio, quedar con mis amigos… Todo el mundo me miraría como a un bicho raro. Sería la loca que perdió a toda su familia en un accidente, después se cortó las venas y acabó en un manicomio donde hablaba con espectros e, incluso, se acostó con uno de ellos. Todo eso era lo que me esperaba fuera; en cambio, allí dentro era una más. Con mi estrés postraumático y mi disociación perceptiva, pero una loca más.

Ni siquiera pensé en que en un año cumpliría los dieciocho y tendría que abandonar la clínica, simplemente di por hecho que todos los psiquiátricos serían idénticos, con el mismo tipo de gente recorriendo sus pabellones.

Casi de puntillas, me fui alejando del despacho del doctor Castro en dirección a la sala común. Mario, sentado frente al ordenador, era el único ocupante.

—¿Te han dejado quedarte aquí solo? —le pregunté. Me parecía extraño que, tras su aventura con los libros, lo autorizaran a permanecer en la sala sin vigilancia.

—Bueno —respondió—, Silvia estaba conmigo hasta hace un segundo. Hoy es un día raro, ya sabes. Supongo que volverá enseguida.

Me senté a su lado y miré su pantalla. «Mensajes subliminales en la literatura.» Todavía seguía con eso. Aferrada a mi ejemplar de *El guardián entre el centeno,* me hizo casi hasta gracia.

—Déjalo ya, Mario. Todo es culpa mía. Estoy loca, ya sabes. Yo recreé toda esa historia de los niños que deambulan por el edificio y los jardines, de las notas escritas con rotulador rojo. Reconoce que lo que hay detrás de la piscina es solo un borrón; incluso pude escribir yo esa frase, que casi te obligué a leer.

—El cadáver que han encontrado arriba es el de Diego, el hermano mayor de los niños muertos —dijo de corrido, sin girarse hacia mí—. Seguro que los demás, los últimos habitantes de la residencia de sordos, están bajo las verduras de Bernardo.

Dejé el libro sobre la mesa y le cogí las manos. Necesitaba que me escuchara solo a mí, que dejara de prestar atención a esas otras voces que se habían instalado en su cabeza y que, al parecer, le repetían aquello con lo que yo las había estado alimentando.

—Le he contado todo a la policía y al doctor Castro, y dudo que excaven para comprobar si los cuerpos están ahí. He escuchado cómo Castro le explicaba al sargento que me lo invento, así que en parte soy un poco como tú. Te juro que para mí es real, aunque me doy cuenta de que es imposible.

Los ojos de Mario empezaron a abrirse y cerrarse y a esconderse en el fondo de sus cuencas.

—Lo siento mucho, Mario. Perdóname —dije, y abandoné la sala justo cuando entraba Silvia, acompañada por los demás internos de fin de semana.

311

Más a la izquierda

*D*ecidimos no cruzarnos con Alma durante la siguiente semana; casi no nos movimos de la sala en la que solíamos ver pasar las horas, tan muertas como nosotros. Solo tú te escabullías para recorrer a tu antojo el edificio.

—Es un niño —te defendía Mamá Luisa—. Los niños no deben estar tanto rato quietos.

El lunes nos contaste que un equipo de limpieza había subido a la quinta planta y había acabado con el palomar. Explicaste cómo estuvieron arrancando los excrementos de las palomas con espátulas hasta que dejaron las paredes y el suelo casi limpios. También habían arreglado la persiana y cambiado el cristal roto, y añadiste que debieron rociar la sala con lejía o algo parecido, porque el pestazo se había transformado en olor a desinfectante. Luego dijiste que nunca habías entendido por qué se empeñaban en llamarlo «olor a limpio» cuando a lo que huele es a algo que te irrita los ojos y consigue que te escueza la nariz.

Ese mismo día, las familias de los pacientes leyeron la noticia sobre el cadáver hallado en la clínica en la que habían ingresado a sus hijos y no tardaron en pedir explicaciones. El doctor Castro organizó una reunión en la que, junto al sargento Antúnez, les informó del descubrimiento del cuerpo sin vida de un joven sordo que había vivido allí desde muy niño y que había decidido regresar para quitarse la vida. Recuerdo cómo repetías sus palabras, te las habías aprendido como un lorito: «No deben preocuparse por la seguridad de sus hijos. Este ha sido un hecho aislado que nada tiene que ver con la actual función del edificio. Ese joven conocía todos los rincones de esta construcción y pudo acceder a ella e instalarse en la última planta. Aun así, les informo de que hemos doblado la seguridad de todo el complejo».

Mamá Luisa y Diego no volvieron a discutir sobre los actos que ambos habían realizado para llegar a «este lado de la existencia»; ella tampoco nos rogó que comprobáramos, ni una sola vez más, si los olvidados continuaban durmiendo.

—Los olvidados murieron mientras dormían, y quienes quisieron perpetuarlos en el desprecio de no ser recordados ocultaron sus cuerpos sin darles tiempo a despertar —dijo, y ahí se acabó el tema.

Por las rendijas de la persiana de la salita pudimos ver a Alma cargar con su bolsa de deporte hasta la piscina. Lo hizo todos los días de la semana, mañana y tarde, y, las últimas veces, sonreía cuando regresaba hacia el edificio principal.

Yo intuía que tú estabas tramando algo, pero nunca imaginé que estabas pegándote a Mario para disfrazarte de una de las voces que revoloteaban en su cabeza y meterle la idea de que debía desenterrar los cuerpos de los olvidados.

Debiste dejarlos tranquilos.

El viernes por la noche regresaron las tormentas. En cuanto el último coche de los que nos abandonaban los fines de semana salió por la cancela, comenzaron a caer las primeras gotas. Ese era el último fin de semana antes de Navidad, ¿recuerdas? Habían decorado el edificio con algunas luces, y el abeto de la entrada repleto de bolas y adornos que colgaron los internos.

Esa noche insististe para que Diego y yo bajáramos contigo.

—¡Tenéis que comprobar lo bonito que está el árbol! —dijiste—. Y este es el mejor momento. Más tarde apagarán las luces y ya no las veréis brillar.

Hacía rato que los pocos internos que se quedaban los fines de semana habían terminado de cenar, incluso Luna se había fumado ya su cigarrillo, así que lo más probable fuera que no nos cruzáramos con nadie. Sí, ya sé que la única que podía vernos era Alma, pero nosotros sí podíamos verlos a ellos y, la verdad, ni a Diego ni a mí nos apetecía un carajo.

Tiraste de nosotros hasta que nos plantaste delante del abeto. Juro que hacía tiempo que no sonreías tanto.

—¡Mirad los adornos! —repetías.

Fui mirándolos uno a uno, tampoco eran nada del otro mundo, hasta que lo vi y, en ese instante, comprendí tu sonrisa. Tu gorro de flor colgaba desafiante de una de las ramas más altas.

—¿De dónde lo has sacado? —te preguntó Diego.

—Del trastero.

—¿Y cómo entraste? ¿Acaso me robaste las llaves?

Te limitaste a sonreír. Siempre te salías con la tuya, ¿verdad? Aunque se te fuera la vida en ello.

Rodeamos el edificio para acceder por la puerta de servicio. Se acercaba la hora en la que los internos subían a sus habitaciones y Diego dijo que era mejor que no corriésemos riesgos. Creo que se moría de ganas de volver a ver a Alma, pero sabía que sería peor para ella. Le costaría más olvidarnos y creerse el diagnóstico del doctor Castro, un diagnóstico que conseguiría curarla y le dejaría continuar con su vida.

Giramos hacia el lateral derecho y fue entonces cuando oímos los ruidos: Mario, empapado por la lluvia y con las manos llenas de barro hasta los codos, cavaba sin descanso destrozando la huerta de Bernardo.

—¡No es ahí! —le gritaste—. ¡Los olvidados están enterrados dos metros más allá, a la izquierda de las tomateras!

Pero no podía oírte, la lluvia le volvió sordo a todo lo que estuviera fuera de su cabeza.

Empezaste a patalear y a berrear, como hacías siempre que querías conseguir algo, como aquel día en el que quisiste cruzar solo a por un helado. Entonces recordé que el día que Mamá Luisa preparó las bolsas con la ropa de los olvidados para no volver jamás también berreaste.

Y lo supe: fuiste tú quien soltó la goma de la estufa que Mamá Luisa, arrepentida, había vuelto a colocar en su sitio.

No oigo a los niños jugar

*D*entro de un rato vendrá el abuelo a recogerme; el doctor Castro me ha dado el alta, dice que estoy mucho mejor y yo también lo creo. Durante este año me ha ayudado a aceptar la muerte de mis padres y de Lucía y hemos estado trabajando mi concepto de culpa. Siento que tuve parte de responsabilidad, pero ahora sé que yo no los maté. Fue un accidente.

También sé que jamás podré deshacerme del recuerdo de aquellas cuatro horas bajo los focos de tres pares de ojos de muerto, pero, al menos, ya no los veo cuando cierro los míos.

«No oigo a los niños jugar», le dije al doctor Castro en una de mis sesiones. Y era cierto, no encontré nunca más a Diego ni a los pequeños, a pesar de que recorrí varias veces los rincones que habíamos compartido. No volví a oírlos ni a verlos simplemente porque no existen. Tampoco existieron las historias de sus vidas que yo misma fui tejiendo. Lo sé ahora, pero entonces las viví como si fueran reales.

No voy a regresar a mi casa ni a mi colegio. Me voy con el abuelo a vivir a Barcelona. Creo que me costará menos comenzar en un sitio nuevo. Me asusta un poco no tener cerca al doctor Castro, ni a Mari ni a los demás, pero estoy segura de que allí estaré bien.

El día que encontraron el cuerpo de aquel joven en la última planta, dejé olvidado el ejemplar de *El guardián entre el centeno* sobre la mesa de Mario, y me lo birló sin que me diera cuenta. Reconozco que debería haberlo buscado, pero también he trabajado esa culpabilidad con el doctor Castro y no fui yo quien lo obligó a salir al jardín durante aquella tormenta y destrozar el huerto de Bernardo. Por supuesto, no encontró nada, aunque, cuando lo descubrieron lleno de barro, empapado por la lluvia y aterido de frío, no paraba de gritar que se había equivocado de sitio, que los cuerpos estaban enterrados a la izquierda de las tomateras. Le pusieron vigilancia para que no lo volviera a intentar.

También él está mejor, dejó la clínica hace un par de meses, pero no para volver a casa. Ahora vive en otra clínica, una para mayores de edad. El abuelo me ha prometido que, cada vez que vengamos a Madrid, me llevará a visitarlo.

Luna salió el mismo día que cumplió los dieciocho años. Se fue en un coche con las lunas tintadas de negro, creo que dentro la esperaba su madre. El otro día Amelia nos enseñó una revista en la que aparecía junto a otros hijos de famosos. Estaba muy guapa, aunque iba demasiado pintada y con unos tacones aún más altos que los que solía calzar aquí dentro. Me reí imaginando cómo debían sonar sus pasos sobre aquellos andamios.

Ferran y Candela continúan aquí, ellos todavía tienen diecisiete. A Candela le ha crecido el pelo y Ferran tiene por fin un amigo que le ríe sus gracias sin gracia: Ángel, el chaval con acné, que ya está en una habitación de la tercera planta.

Ya ha llegado el abuelo.

Me abraza; sigue oliendo igual que papá.

Epílogo

—*M*irad, se va esa chica tan dulce que llegó el año pasado —dijo Mamá Luisa con la nariz pegada al cristal de la ventana y el ojo sobre la abertura que dejaba la persiana.

—¿A ver? —gritaste, y echaste a correr hacia ella.

Diego y yo llegamos justo a tiempo de ver cómo Alma descendía la escalinata y entraba en un coche oscuro. Andrea y Mari habían salido a despedirla, agitaban sus manos.

—¿Os dais cuenta de que, en cuanto abandone el recinto, nosotros cuatro dejaremos de existir? —dijo Diego.

Agradecimientos

*E*n primer lugar, a José Antonio Castro, que me prestó su nombre y sus conocimientos y me guio en el entramado psicológico de los personajes, y a Enrique Pérez Moreira, que me mostró, a través de su hijo Facu, cómo es el día a día de una persona con este tipo de patologías.

A mis compañeros de El Sol: Alexandra Palomar, Andrea Martínez, Esther Campos, Marcos Gallo, María Jesús Escalona, Patricia Sánchez y Silvia Olaizola. Todos ellos aparecen en la novela. También a Sandra Porcuna, que llegó más tarde, pero con un ímpetu increíble.

A Victoria Prada y Ramón Lara, por leerme tantas veces como se lo pido y ayudarme con mis dudas; a Pablo de Aguilar González, mi maestro, por su constante apoyo literario, y al resto de *lectores cero*, esos que siempre me dan su sincera opinión y me ayudan a mejorar mis novelas: Blanca Téllez, Carmen Moreno, Eduardo Haro, Javier Amo, José Antonio Martín Gil, Lourdes Pérez Luna, Lourdes Vila, Marcos Sangrador, María Luisa González-Bueno, Marisa Lorenzo, Marisol Neila, Milena Regattieri, Mónica Lara, Paloma Hierro y Ramón Lara Gómez.

A Blanca Rosa Roca, mi editora, por confiar siempre en mí; a Silvia Fernández, por su apoyo incondicional, y a Esther Aizpuru, que sigue al pie de la letra aquello de «limpia, fija y da esplendor».

A mi agente, Justyna Rzewuska, de Hanska Literary & Film Agency, por ese empujoncito final.

Y, cómo no, a Fernandito.

Este libro utiliza el tipo Aldus, que toma su nombre
del vanguardista impresor del Renacimiento
italiano, Aldus Manutius. Hermann Zapf
diseñó el tipo Aldus para la imprenta
Stempel en 1954, como una réplica
más ligera y elegante del
popular tipo
Palatino

No oigo a los niños jugar se acabó de imprimir
un día de primavera de 2021, en los talleres
gráficos de Liberduplex, s. l. u.
Crta. bv-2249, km 7,4.
Pol. Ind. Torrentfondo,
Sant Llorenç d'Hortons
(Barcelona)